HEULFAN

AM YR AWDUR

Brodor o Gaerdydd yw Llwyd Owen. Dyma ei seithfed nofel.
Mae'n byw yn ardal Rhiwbeina'r ddinas gyda'i wraig
Lisa a'i angylion, Elian Sgarlad a Syfi Nona.

Am fwy o wybodaeth ewch i
www.llwydowen.co.uk

NOFELAU ERAILL GAN YR UN AWDUR

Ffawd Cywilydd a Chelwyddau (2006)

Ffydd Gobaith Cariad (2006)

Yr Ergyd Olaf (2007)

Mr Blaidd (2009)

Faith Hope & Love (2010)

Un Ddinas Dau Fyd (2011)

HEULFAN

LLWYD OWEN

CYM NOF
OWE

Argraffiad cyntaf: 2012

Ffuglen yw'r gwaith hwn. Er ei fod yn cynnwys cyfeiriadau at bobl
a sefydliadau go iawn, maent yn ymddangos mewn sefyllfaoedd
dychmygol a chyd-ddigwyddiad llwyr yw unrhyw debygrwydd
rhyngddynt a gwir sefyllfaoedd neu leoliadau.

Dymuna'r cyhoeddwyr gydnabod cymorth ariannol
Cyngor Llyfrau Cymru

Cynllun y clawr: Jamie Hamley
Llun yr awdur: Lisa Owen

Rhif Llyfr Rhyngwladol: 978 1 84771 514 2

FSC

Cyhoeddwyd ac argraffwyd yng Nghymru
ar bapur o goedwigoedd cynaladwy
gan Y Lolfa Cyf., Talybont, Ceredigion SY24 5HE
gwefan www.ylolfa.com
e-bost ylolfa@ylolfa.com
ffôn 01970 832 304
ffacs 832 782

I Wncwl Ronnie a Madog:
adeiladwyr ysbrydoledig

Hoffwn ddiolch i'r canlynol:

Lisa, Elian a Syfi, am fod yn ysbrydoliaeth barhaus;

gweddill fy nheulu, yn enwedig Pops a Russ,
am fod mor gefnogol ac amyneddgar;

Jamie Hamley am greu clawr arall cofiadwy;

Dewi Prysor a Catrin Beard;

Lefi, Alun, Nia a phawb arall yn y Lolfa,
am eu gwaith caled a'u cefnogaeth barhaus.

Hoffwn hefyd gydnabod cefnogaeth ariannol
Cyngor Llyfrau Cymru.

'Your environment might help make you who you *are*, but what you *do* is all your own work.'

Christopher Brookmyre

C Fawr

1996

Chwibanodd Gari Caradog – allan o diwn, ond mewn amseriad perffaith – gyda'r dôn ddienaid ddiweddaraf i godi i frig y siartiau ddechrau mis Medi 1996, wrth iddo wibio yn ei BMW glasddu newydd sbon ar hyd Heol y Bont tuag at Lwyn yr Eos, sef ystad briciau coch ddiweddaraf Gerddi Hwyan. Gyda'r Ray-Bans drudfawr ar ei drwyn Rhufeinig cam yn gwarchod ei lygaid rhag haul annisgwyl yr haf bach Mihangel, roedd Mr C, ynghyd â gweddill poblogaeth y dref, wedi hen anghofio am wlybaniaeth diflas Gorffennaf ac Awst.

Cyn-adeiladwr oedd Mr C – roedd ei gorff cyhyrog yn brawf o hynny – oedd bellach yn gweithio fel datblygwr tai ar raddfa fechan. Diolch i freuddwydion mawreddog Dickie Attenborough a maer y dref, y Gwir Anrhydeddus Aled Williams, roedd wrthi'n helpu i droi'r faestref fechan hon yn ganolbwynt diwydiant ffilmiau Cymru, os nad Prydain i gyd. 'Valleywood' oedd enw chwerthinllyd y prosiect, er mai'r wasg a fedyddiodd e'n hynny yn hytrach nag unrhyw un oedd yn gysylltiedig â'r cynllun, ac roedd yr arian yn llifo i goffrau'r dref o wahanol ffynonellau, cyn rhaeadru i bocedi'r datblygwyr a'r adeiladwyr lleol.

Gorfodwyd Mr C i roi'r gorau i weithio fel adeiladwr ymarferol tua dwy flynedd ynghynt yn sgil y disg wnaeth lithro yn ei gefn – canlyniad uniongyrchol pymtheg mlynedd yn cario a phalu, codi a phlygu – a'r llawdriniaeth hanfodol a'i dilynodd. Bu amseriad rhoi'r golau gwyrdd i Valleywood yn berffaith iddo. Newidiodd gyfeiriad rhyw fymryn, gan sefydlu cwmni adeiladu a datblygu tai ei hun a bwrw ati'n syth i sicrhau lle ar Gyngor Datblygu a Phwyllgor Cynllunio'r dref. Agorwyd y drws, felly, i

Caradog Constructions sicrhau contractau datblygu yn sgil y ffyniant a ddaeth law yn llaw â'r bwriad i agor stiwdios ffilm. Nid oedd yn syndod o gwbl i Mr C fod y Maer ei hun, ac aelodau eraill y pwyllgorau, yn llwgr ac yn manteisio i'r eithaf ar eu dylanwad dros benderfyniadau'n ymwneud â datblygiad y dref. Ymgartrefodd yn syth yn eu plith, gan fynd ati i sicrhau cytundebau ar ran ei gwmni drwy bleidleisio i'r person cywir ar yr achlysur cywir a gwneud fel y gofynnid iddo. Cyn hir roedd Caradog Constructions yn ffynnu, a dros dri deg o ddynion yn gweithio iddo. Bellach, roedd y cwmni wrthi'n cyflawni ei ail gytundeb mewn ychydig dros ddeunaw mis, sef ystad fechan arall, y tro hwn yn cynnwys deuddeg o dai briciau coch, ar gyrion y dref.

Prynhawn dydd Gwener oedd hi, diwrnod talu cyflogau ei fyddin fechan, ac ar y sedd wrth ei ochr yn y Beamer gorweddai dogfenfag du yn llawn amlenni brown oedd yn bolio ag arian parod. Dim ond y lleiafswm angenrheidiol o drethi y byddai Mr C yn ei dalu, a diolch i'w gyd-aelodau pwdr ar bwyllgorau'r dref roedd ganddo fynediad at y cyfrifwyr gorau i'w helpu yn y maes, heb sôn am gefnogaeth y cyfreithwyr gorau pe bai'r sefydliad yn digwydd ei erlyn.

When in Rome, meddyliodd gyda gwên wrth godi'r dogfenfag a gadael sedd gyfforddus y car, oedd yn nefoedd i fôn ei gefn, a chamu'n ofalus trwy'r baw a'r graean tuag at ddatblygiad diweddaraf ei ymerodraeth. Carafán fwdlyd ac oer a brynodd Mr C oddi wrth ffermwr lleol oedd swyddfa'r safle ac wrth ei hymyl ymddangosodd Pete Planc, rheolwr y safle, o'r cuddygl cachu drewllyd gerllaw, yn brwydro i gau ei falog ar ôl gwagio'i gylla a ffarwelio â rogan josh y noson cynt.

'Gwell?' gofynnodd Mr C.

Cododd Pete ei olygon cyn baglu ar frisbloc a chwympo'n syth i ganol y budreddi.

'Bastard!' rhegodd y rheolwr wrth godi'n araf a sychu ei ddwylo ar ei drowsus i gyfeiliant bonllef o chwerthin o'r galeri o gyd-weithwyr oedd yn ei wylio o'r sgaffaldiau a amgylchynai'r tai newydd cyfagos. Ymgrymodd Pete Planc i'r gynulleidfa fel petai newydd orffen dawnsio *Swan Lake*, a chynyddodd y miri fwy fyth, cyn i'r rheolwr a'r perchennog gerdded i'r swyddfa. Eisteddodd Pete y tu ôl i'w ddesg yn dal i ddiawlio a rhegi o dan ei anadl a cheisio cael gwared â'r llaca oddi ar gledrau ei ddwylo.

'Ti ddim am eistedd?' gofynnodd pan sylwodd nad oedd Mr C wedi parcio'i din gyferbyn â fe.

'Ar honna?' Cyfeiriodd Mr C at y gadair blastig leidiog, cyn pwyntio at ei ddillad glân drudfawr. 'Yn rhain?'

'Digon teg, Man at C&A. Ti moyn cael pip rownd y site heddiw o gwbl?'

'Dim really. Beth yw'r newyddion? Unrhyw broblemau?'

'Dim o gwbl. Ni on course i orffen ar amser, within budget, fel arfer. Fi'n llywio dy long fel Captain ffycin Kirk, Gari, gobeithio bod ti'n gwerthfawrogi hynny.'

Gwenodd Mr C arno. Roedd y bastard haerllug yn genweirio am fonws arall, ond nid oedd dim byd o'r fath yn ei amlen heddiw.

'Wrth gwrs 'y mod i, Pete bach,' winciodd.

Agorodd y dogfenfag, tynnu'r holl amlenni allan a'u gosod ar y ddesg er mwyn i Pete gael eu dosbarthu i'r gweithwyr. Roedd pob amlen wedi'i gludo a'i selio ag arflun yr SAS, a hyd yn hyn nid oedd yr un o weithwyr Mr C wedi cyhuddo unrhyw un arall o ddwyn, diolch i'r syniad syml hwn.

'Wela i ti ddydd Llun, iawn? Ga i bip rownd y lle bryd hynny,' dywedodd Mr C a'i throi hi ar unwaith, cyn i Pete gael cyfle i edrych ar gynnwys ei becyn cyflog.

'Paid anghofio dy welis,' meddai'r rheolwr, ond roedd Mr C eisoes ar ei ffordd yn ôl at gysegr ei gar. Gallai fwynhau'r penwythnos yn awr gan wybod bod ei ymerodraeth yn datblygu fel y dylai, a chontract arall yn agos at gael ei wireddu.

Taniodd yr injan ac anelu am adref, ac wrth adael y safle gwelodd Pete yn nrws y garafán yn chwifio amlen frown o'i flaen fel dyn o'i gof. Gwenodd Mr C ar hygoeledd y rheolwr, cyn codi ei fys canol arno a gyrru o'r safle'n araf ac yn ofalus.

Ymhen tair cân ac ychydig o sgwrsio dibwys rhwng y cyflwynydd radio a'i westai arbennig, cyrhaeddodd Mr C ei gartref yn Ystad y Castell. Parciodd ei gar, chwifio ar Mr Kemp, un o'i gymdogion – gŵr digon cyfeillgar oedd wrthi'n brysur heddiw yn chwynnu ac yn twtio'i ardd, gan fanteisio i'r eithaf ar y tywydd braf – cyn camu i gyntedd anferth, ond noeth, ei dŷ pum ystafell wely, gan gofleidio'r tawelwch ag un llaw a hiraethu am gwmnïaeth â'r llall.

Roedd e'n dri deg pump oed bellach, ac er ei fod yn mwynhau ei ryddid i fynd a dod a gwneud fel y mynnai, roedd rhyw ran fach ohono hefyd yn ysu am gael rhannu ei gyfoeth a'i gartref ag enaid arall – menyw rywiol, werthfawrogol a mud, yn llawn dychymyg a stamina os oedd hynny'n bosib!

Aeth i'r gegin a gwneud ysgytlaeth protein, cyn llarpio'r hylif trwchus a thorri gwynt fel arth. Ei fwriad wedyn oedd anelu am ei gampfa bersonol yn y garej ddwbl er mwyn codi pwysau i gyfeiliant ei hoff fand newydd, y Manics. Ond cyn gwneud, brasgamodd i fyny'r grisiau er mwyn newid ei ddillad. Er bod ganddo bum ystafell wely, dim ond dwy ohonynt a ddefnyddiai – un i gysgu ynddi, a'r llall fel walk-in wardrobe. Roedd y tair arall yn llawn bocsys, heb eu hagor ers iddo symud i mewn rhyw chwe mis ynghynt.

Wedi dadwisgo a hongian ei grys Ralph Lauren glas tywyll a'i 501s yn ofalus gyda gweddill ei gasgliad, gwerthfawrogodd ei adlewyrchiad yn y drych hir yr ochr arall i'r ystafell, gan ystumio megis Arnie yn nyddiau cynnar gyrfa'r Awstriad anferthol yn yr Amerig.

Lookin' good, meddyliodd gan wenu. Roedd ei ymdrechion yn talu ar eu canfed, heb os.

Yna, canodd y ffôn, ac aeth i'w ystafell wely ac eistedd ar ochr ei wely brenhinol i'w ateb.

'Gari Caradog, Caradog Constructions.'

'Mr Caradog, Sioned Reeves o hosbis Cartrefle sy 'ma. Newyddion gwael sydd gen i'n anffodus.'

'Beth?' gofynnodd Mr C yn ddiemosiwn.

'Sdim lot o amser ar ôl gyda Gwyn yn awr, Mr Caradog. Awr neu ddwy, ar y mwyaf. Gwell i chi frysio…'

'Diolch, Sioned. Bydda i yna cyn gynted ag y galla i.'

Rhoddodd y ffôn yn ôl yn ei grud a syllu ar y llawr. Gwenodd. *Hen bryd,* meddyliodd. Roedd wedi cael llond bol o aros i'w frawd farw, a'r bastard bach wedi bod yn bygwth mynd ers misoedd bellach.

Cododd a dychwelyd i'w ystafell wisgo, cyn dewis ei hoff fest – un binc, lac oedd yn arddangos ei bectorals yn berffaith – a phâr o siorts Lycra du, a'r rheini'n glynu'n dynn at ei gluniau cyhyrog. Yna, aeth i'r garej, rhoi tâp *Generation Terrorists* yn y stereo a phwmpio haearn fel ffŵl, gan sicrhau nad oedd yn rhoi unrhyw straen diangen ar waelod ei gefn, tan i nodyn olaf yr albwm dawelu. Gyda'r chwys yn diferu o bob croendwll yn ei gorff, a'i gyhyrau'n dychlamu, aeth i brif ystafell ymolchi'r tŷ, lle llenwodd y bath cornel a suddo i'r swigod wedi i'r dŵr gyrraedd dyfnder derbyniol.

Ac yno y bu am hanner awr dda, gyda llyfr diweddaraf Andy McNab, cyn-aelod o'r SAS ac arwr pennaf Mr C, yn tanio'i ddychymyg ac yn bwydo'i obsesiwn â rhyfela, brwydro a gynnau yn gyffredinol.

Gwisgodd bâr o jîns gwahanol, ond eto'n union yr un peth â'r rhai a wisgai cynt, a chrys polo Lacoste coch. Disgleiriai sbardiau Adidas Samba ar ei draed. Yna dychwelodd i'r garej a datgloi'r cwpwrdd dur dinod yn y gornel, cyn estyn y gwn allan yn ofalus a theimlo'r pwysau yn ei ddwylo. Anelodd at dargedau dychmygol â gwên filain ar ei wyneb a lled godiad yn ei drôns. Roedd fel plentyn mewn parti pen-blwydd perffaith, ac er nad oedd erioed wedi defnyddio'r arf, nac yn bwriadu gwneud chwaith, roedd wrth ei fodd bod yn berchennog arno. Teimlai fel Andy McNab wrth ei fyseddu, a'r gwefrau'n lledu ar hyd ei gorff. Nid oedd neb yn gwybod amdano ac, am ryw reswm, gwnâi hynny e'n fwy arbennig byth yn ei feddwl ef.

Ac yntau ag un llygad ar gau a'r Walther PPK yn ei ddwylaw, yn anelu at ryw elyn ffantasïol oedd yn cuddio y tu ôl i'r fainc codi pwysau, canodd y ffôn unwaith eto a tharfu ar ei hwyl. Dychwelodd y gwn i'r cwpwrdd yn ofalus, gan hanner gobeithio y byddai'r ffôn yn distewi, cyn cerdded yn hamddenol i'r gegin a'i ateb, o'r diwedd.

'Mr Caradog! Diolch byth,' bloeddiodd y nyrs heb aros am ateb. '*Rhaid* i chi ddod ar unwaith – mae eich brawd… ma fe… mae ei amser e'n brin iawn, Mr Caradog.'

'Fi ar fy ffordd. Roedd 'na argyfwng yn y gwaith a dim dewis 'da fi yn anffodus ond delio â'r sefyllfa. Bydda i 'na nawr.'

Heb frys, casglodd Mr C ei bethau – allweddi, siaced ac ati – cyn gadael y tŷ, chwifio ar y garddwr unwaith eto a thanio'r BMW. Atgyfododd y radio heb rybudd, gan chwarae cân addas iawn o dan y fath amgylchiadau, 'He Ain't Heavy, He's My Brother', a chwibanodd Mr C allan o diwn, ond mewn amseriad perffaith, wrth yrru tua'r hosbis a'i frawd mawr, a fyddai wedi marw cyn iddo gyrraedd – neu o leiaf, dyna oedd y gobaith.

Stopiodd chwibanu wrth gerdded at ddesg derbynfa hosbis ganser Cartrefle, a'i wyneb mor ddifrifol â ficer yn ymweld â theulu aelod ymadawedig. Arwyddodd y gofrestr, gan nodi rhif personol ei gar – B1G C – â gwên slei yn cosi corneli ei geg. Yna troediodd y coridorau tuag at orffwysle olaf ei frawd gan synnu at y tawelwch. Fel arfer, byddai ambell besychiad neu sgrech i'w chlywed, ond nid heddiw. Wrth swyddfa'r nyrsys, gwelodd Sioned Reeves. Gwenodd yn wan wrth weld y tosturi yn ei llygaid, a cheisiodd ei hefelychu, gan ysgwyd ei ben yn araf i danlinellu ei boen.

'Chi *jyst* mewn pryd, Mr Caradog,' datganodd y nyrs ifanc, cyn ei dywys ar unwaith at wely ei frawd a'r celain byw oedd yn dal i anadlu.

'Diolch byth!' ebychodd Mr C. 'Ro'dd rhaid i fi fynd i'r gwa…'

'Sdim ots am hynny nawr. Chi 'di cyrraedd. Bydd e *mor* falch.'

Ymosododd y drewdod ar ei drwyn cyn gynted ag yr agorwyd y drws, ond goroesodd yr ymosodiad a chofleidiodd feibion ei frawd fel petai'n wirioneddol falch o'u gweld.

Bu'r brodyr – Prys oedd yn ddwy ar bymtheg a Morgan oedd rhyw flwyddyn yn iau – yn eistedd wrth wely eu tad ers tair wythnos a mwy yn aros iddo ymuno â'u mam, a laddwyd mewn damwain ffordd pan oedd y ddau'n dal yn eu cewynnau. Cawsant gyfle i ddod i adnabod eu tad, o leiaf, ac yntau wedi gweithio'n ddiwyd drwy eu hoes er mwyn sicrhau bod bwyd ar y bwrdd a tho uwch eu pennau.

'Chi'n iawn, bois?' gofynnodd Mr C yn ansensitif. Roedd y gwir yn amlwg ar eu hwynebau, ond atebodd Prys beth bynnag.

'Ni'n OK, Wncwl Gari. Sdim byd ar ôl i'w ddweud nawr, o's e? Ma Dad yn gwybod yn iawn sut y'n ni'n teimlo, ac o leia so fe mewn unrhyw boen…'

Wylodd Morgan wrth i'w frawd orffen ei frawddeg. Rhoddodd Mr C ei freichiau am ysgwyddau'r ddau a'u tynnu'n agosach ato.

'Peidiwch becso nawr, bois. Fi'n mynd i ofalu amdanoch chi, reit.'

Goleuodd wynebau'r brodyr wrth glywed geiriau eu

gwaredwr, er nad oedd syniad ganddynt o wir fwriad eu hewythr.

Yna camodd Mr C at Gwyn ac eistedd ar yr unig gadair wrth ochr y gwely, gan bwyso mor agos ato ag y gallai, heb gyfogi, er mwyn ceisio clywed yr hyn oedd gan ei frawd i'w ddweud wrtho. Mwmiodd hwnnw'n aneglur trwy wefusau crin, dannedd pydredig a'r halitosis gwaethaf i Mr C ei arogli erioed. Ni ddeallodd yr un gair a ynganodd ei frawd, ond doedd dim angen. Roedd wedi'u clywed nhw o'r blaen, fwyfwy yn ystod y chwe mis diwethaf – ei atgoffa o'i ddyletswydd fel ewythr, brawd a thad bedydd oedd e, i sicrhau na fyddai Prys a Morgan yn cael eu cymryd gan yr awdurdodau a'u gosod mewn cartref plant, fel y digwyddodd iddynt hwy ar ôl i'w rhieni eu gadael cyn i'r naill na'r llall gyrraedd glasoed. Roedd bod mor agos at ei frawd yn gwneud i Mr C deimlo'n sâl, ac roedd hi'n rhyddhad iddo pan stopiodd Gwyn anadlu.

Trodd Mr C a gwahodd y brodyr i ymuno â fe. Camodd Prys at y gwely ar unwaith, ond safodd Morgan yn yr unfan yn wylo. Wrth i Prys fynd ati i gusanu talcen ei dad, aeth Mr C at Morgan, ei gofleidio a'i arwain at y gwely er mwyn iddo yntau hefyd gael ffarwelio.

Gadawodd e nhw yno yn eu dagrau, y brodyr ifanc yn sefyll wrth y gwely yn gafael yn ei gilydd, ac aeth yn syth i swyddfa'r nyrsys i rannu'r newyddion â Sioned Reeves a'i chyd-weithwyr. Sicrhaodd Mr C hwy y byddai'n dychwelyd yfory i arwyddo'r dogfennau perthnasol, ac y byddai'n tywys y bechgyn adref cyn gynted ag y byddent yn barod. Cydymdeimlodd y nyrsys â fe, a diolchodd Mr C iddynt am eu holl ymdrechion.

Ymhen hanner awr roedd y brodyr yn barod i fynd. Mr C arweiniodd y ffordd ar hyd y coridorau, gyda'r ddau'n ymlusgo ar ei ôl – braich Prys o amgylch ysgwydd ei frawd, yn ei dywys tuag at eu dyfodol ansicr.

'Gewch chi aros gyda fi am sbel,' meddai Mr C wrth gefnu

ar yr hosbis, er nad oedd ganddo ystafell yn barod i'r brodyr gysgu ynddi.

'Diolch,' atebodd Prys, ond ni allai Morgan yngan yr un gair.

Ac wrth deithio adref mewn tawelwch llethol, dychwelodd y gân gynharach i atseinio rhwng clustiau Gari Caradog, ond ni chwibanodd hi nawr, dim ond trydar yn fewnol, rhag dirmygu ei neiaint ar ddiwrnod trist fel hwn.

Gallwch ddewis eich ffrindiau...

2016

Gwyliodd Catrin ei rhieni'n mynd yn llai ac yn llai yn nrych ôl ei Mini Cooper, cyn iddynt ddiflannu'n llwyr wrth iddi droi'r cornel allan o'u stryd, gan gefnu ar Rest Bay, Môr Hafren a thref Porth-cawl, ac anelu am ei chartref yng Ngerddi Hwyan, rhyw bymtheg munud i fyny'r cwm.

Er bod to'r car i lawr ar y ffordd yno, diolch i'r tywydd annisgwyl o braf ar ddiwedd haf gwlyb arall, roedd ar gau bellach gan ei bod hi'n noson oer, a'r sêr yn disgleirio uwchben. Anadlodd yn ddwfn ac agor y ffenest rhyw fymryn. Rhyddhad pur. Roedd yr artaith drosodd am ryw fis arall.

'Ti'n *siŵr* so ti 'di cael dy adopto?' gofynnodd Morgan, ei gŵr, a eisteddai wrth ei hochr yn ysgwyd ei ben ac yn gwenu arni. Byddai'n gofyn yr un cwestiwn bob tro wrth iddynt ffarwelio â'i rhieni ar ôl swper lletchwith arall yn eu cwmni ffroenuchel.

Edrychodd Catrin arno trwy gornel un llygad, gan gadw'r llall ar y ffordd o'i blaen. Gwyddai fod yr ymweliad misol yn waeth o lawer iddo fe, gan nad oedd ei rhieni snobyddlyd erioed wedi dangos unrhyw fath o barch tuag ato, yn eu siom ynghylch dewis eu merch ieuengaf o gymar.

Yn wahanol i Bethan, ei chwaer fawr, gwrthododd Catrin ddilyn breuddwyd gwlyb y dosbarth canol: ysgol gynradd, ysgol uwchradd, un ar ddeg TGAU, tair Lefel A, gradd o Brifysgol Aber-fuckin-ystwyth, swydd fel athrawes mewn ysgol gynradd, priodi doctor/cyfreithiwr/cyfarwyddwr teledu, cael o leiaf ddau blentyn a rhoi enwau Cymraeg unigryw iddynt (gydag o leiaf un ohonynt wedi'i enwi ar ôl naill ai ffrwyth

18

neu gymeriad o'r Mabinogion), cyn i'r cylchdro ddechrau unwaith eto, am byth bythoedd, A-men.

Y prif reswm pam na throediodd Catrin y llwybr hwnnw – fel y gwnaethai mwyafrif ei chyfoedion yn yr ysgol – oedd nad oedd hi'n academaidd, er na dderbyniai ei rhieni hynny. Erbyn hyn, roedd hi'n amau ei bod yn ddyslecsig, er nad oedd hi erioed wedi cael prawf. Ta waeth am hynny, penderfynodd yn reit gynnar mai trin gwallt oedd ei galwedigaeth, ac wedi iddi ffaelu ei harholiadau Lefel A, cafodd brentisiaeth mewn salon trendy ym Mhorth-cawl. Making Waves oedd enw'r salon, ond er bod y lle wedi'i ddodrefnu ar gyfer trin gwallt pobl ifanc cŵl, eto i gyd, y blue-rinse brigade oedd bara menyn y busnes.

Bellach, fel roedd ei char yn cyhoeddi i'r byd trwy gyfrwng sticeri lliwgar a dynnai sylw pawb wrth basio, Catrin oedd cyd-berchennog balch Curls & Claws, gyda'i ffrind gorau, Ceri Caradog. Busnes trin gwallt ac ewinedd oedd e, a'r merched yn ymweld yn bennaf â chartrefi henoed yr ardal: Catrin yn trin gwallt yr hen wragedd, a Ceri'n mynd ati i ddelio â'u traed corniog.

Roedd y busnes wedi ffynnu ers blynyddoedd, a Catrin a Ceri'n gwneud elw da o ganlyniad i'w holl waith caled – ffaith ffodus iawn o gofio mai cyflog isel tu hwnt a gâi Morgan am dorri ei gefn yn ddyddiol yn adeiladu ar ran ei filiwnydd o ewythr. Ond prin y byddai ennill tendr i drin gwallt y frenhines wedi ennyn edmygedd ei mam, a'r unig beth a enynnai ddiddordeb ei thad oedd golffio a'r *Daily Telegraph*. Roedd galwedigaeth o'r fath yn bell islaw eu hurddas, a dyna'r prif reswm pam roedd perthynas Catrin a'i rhieni mor lletchwith. Yn wir, mor eithafol oedd eu safbwyntiau fel bod Bethan, ei chwaer hŷn, wedi ymfudo i Brisbane ers degawd i ddianc rhagddynt. Yr ast lwcus! Ond ym marn Catrin, roedd sefydlu, datblygu a chynnal cwmni llewyrchus, beth bynnag oedd ei swyddogaeth, yn fwy o lwyddiant na dilyn llwybrau disgwyliedig y dosbarth canol.

Eto i gyd, am ryw reswm, a hithau'n dri deg wyth bellach, daliai Catrin i geisio ennill cymeradwyaeth ei rhieni, er y gwyddai na fyddai byth yn ei chael.

'Fi'n amau'r un peth bob tro fi'n 'u gweld nhw, babes,' atebodd gan chwerthin wrth i'r car agosáu at y draffordd. 'Der â ffag i fi, nei di? Fi'n gaspo fan hyn.'

Plygodd Morgan ac estyn y bag llaw o'r llawr rhwng ei goesau. Twriodd ynddo am eiliad neu ddwy cyn cael gafael ar y pecyn Marlboro Lights. Tynnodd un sigarét allan a'i phasio i'w gymar. Taniodd y fflam a phwyso'n ofalus tuag at wyneb ei wraig, gan wylio'r rhyddhad yn tonni drosti wrth iddi dynnu'r mwg yn ddwfn i'w hysgyfaint.

'Diolch, babes,' dywedodd hithau wrth anelu llond ceg o fwg tua'r ffenest agored a'r noson oer y tu hwnt. 'A diolch am ddod gyda fi unwaith eto. Fi'n gwybod bod nhw'n hunllef, ond…'

'You can choose your family, but you can't choose your friends…'

'Not quite, ond fi'n gwybod beth sy 'da ti.' Nid Morgan oedd y gyllell finiocaf yn y gegin, ddim o bell ffordd, ond roedd yn annwyl, yn deyrngar, yn feddylgar ac yn driw – heb anghofio'r ffaith ei fod yn gyhyrog, yn rhywiol ac yn fawr iawn yn y mannau cywir. Roedd Catrin yn ei garu fwy nag erioed, hyd yn oed ar ôl bod gyda fe ers yn agos at ugain mlynedd. 'Ond fi yn gwerthfawrogi hynny, ti'n gwybod…'

'Aye. Wrth gwrs. Gei di ddangos faint yn hwyrach heno.'

'Wel, ma hynny'n dibynnu os nei di basio mas ar soffa Prys eto!'

'Fe wna i 'ngorau i beidio, I promise.'

'Gewn ni weld, ie? So dy trac record di'n dda iawn yw e, Mogs?'

'Ti'n gwybod shwt ma fe…'

'Ydw – pothead mwya'r wlad!'

'Dim 'na beth o'n i'n meddwl. *Unig* o'n i'n mynd i ddweud.'

'Ie, wel, ma'r ddau beth yn mynd law yn llaw, os ti'n gofyn i fi.'

'Falle…'

Tawelodd Morgan wrth iddo ystyried sefyllfa druenus ei frawd mawr. Nid oedd ei galon wedi adfer go iawn yn dilyn yr hyn ddigwyddodd rhyngddo fe, Ceri ac Wncwl Gari rhyw ddau ddegawd yn ôl. Cafodd ei gariad cyntaf, ei *unig* gariad, ei dwyn gan ei ewythr ac fe'i priododd o dan ei drwyn, heb unrhyw ystyriaeth iddo fe o gwbl. Cafodd flynyddoedd anodd, ond diolch i gyfuniad hudolus o lager cryf, ganja cryfach a digonedd o one-night stands, goroesodd Prys y gwaethaf. Roedd yn dal i fyw yn eu cartref teuluol ar ystad tai cyngor y Wern ac yn gweithio gyda'i frawd i Wncwl Gari, ond daliai i hiraethu am Ceri Caradog.

Roedd Morgan wedi cwrdd â Catrin ar yr union adeg pan gyfarfu Prys â Ceri. Cawsai Morgan a Catrin gymaint o hapusrwydd o'u perthynas a'r unig beth nad oedd wedi mynd o'u plaid oedd dechrau teulu. Roedd hynny y tu hwnt i amgyffred yr arbenigwyr hyd yn oed, oherwydd yn ôl yr holl brofion roedd y ddau'n hollol abl, ond eto nid oedd Catrin wedi gallu cario plentyn yn ei chroth am gyfnod llawn, ac fe gamesgorodd ar bedwar achlysur blaenorol, heb unrhyw esboniad pam.

Gyda'r mwgyn yn mygu yng nghornel ei cheg, trodd Catrin y car oddi ar yr M4 ger canolfan siopa McArthurGlen ac anelu am Erddi Hwyan, rhyw wyth milltir i fyny'r cwm.

'Ti moyn lifft draw at Prys, neu ti'n mynd i gerdded o dŷ Cer?'

'At y drws, plis, os nag wyt ti ar frys.'

'Ddim o gwbl. Dim ond mynd draw am lased a bach o chinwag fi'n neud.'

'Cŵl. Wedodd Prys rywbeth am fynd i'r Butchers am gwpwl o beints 'fyd…'

'Beth? Chi actually'n mynd i adael y tŷ am unwaith?'

'Fi'n gwbod. Controversial iawn. Ond pwy a ŵyr pa siâp fydd arno fe pan gyrhaedda i. Mae'n reit hwyr yn barod, nag yw hi.'

Edrychodd Catrin ar y cloc digidol ar y dash.

'Hanner awr 'di deg. Digon o amser am ddau cyn last orders. Os chi'n brysio.'

'So Prys byth yn brysio, Cats. Dylset ti wybod hynny erbyn hyn.'

Trodd Catrin i mewn i'r Wern, a gyrru'n araf ac yn ofalus am gartref Prys. Roedd y lle'n brysur heno, gyda phobl ifanc yn cymdeithasu ar y llecyn gwyrdd oedd yn ganolbwynt i'r ystad dlawd o dai cyngor. Gwelodd Catrin fachgen a merch yn lapswchan ar fainc, a gwenodd wrth gofio'n ôl at ddechrau ei charwriaeth hi a Mogs. Buon nhwythau'n troedio'r un llwybrau o amgylch yr ystad, gan adael i'w dychymyg a'u dwylo grwydro i lefydd newydd, cyffrous a nwydus. Breuddwydiai'r ddau am fod gyda'i gilydd am byth, er nad oedd Catrin, ar y pryd, yn credu y byddai hynny'n digwydd – diolch yn bennaf, mae'n siŵr, i agwedd snobyddlyd ei rhieni, oedd yn dal â'u gafael yn dynn arni yr adeg honno.

Stopiodd y car, ac wedi i Morgan ddatgloi ei wregys diogelwch, trodd ati a'i chusanu, gan afael yn dynn yng nghefn ei phen a gadael i'w tafodau ddawnsio rymba cegol. Gadawodd y car heb air pellach a gwyliodd Catrin ei phishyn personol yn cerdded yn dorsyth tuag at ddrws ffrynt cartref ei frawd. Cafodd ei swyno gan ei din tyn wrth iddi siglo o ochr i ochr yn y combats tywyll, a chyhyrau hanner uchaf ei gorff yn bolio o dan y siaced ysgafn ddu a wisgai. Trodd Morgan ac edrych dros ei ysgwydd arni – ei cheeky mullet, ei groen coco a'i wên ddisglair yn gwneud iddi grynu, hyd yn oed heddiw, ar ôl blynyddoedd maith o gyd-fyw.

Cydiodd mewn sigarét arall a'i thanio, ond cyn iddi bwyso ar y sbardun cyrhaeddodd neges destun ei ffôn symudol. Estynnodd e o ddryswch ei bag llaw.

```
sori babes. paid dod draw. migraine.
mynd i gwely. gweld ti gwaith fory x
```

Cododd ei phen a gweld bod Morgan wedi diflannu. Yna gyrrodd i ffwrdd â chwestiwn cyfarwydd yn atseinio yn ei phen: *Beth mae'r bastard wedi'i wneud iddi nawr?*

* * *

Wedi cnocio ar y drws a chlywed llais ei frawd yn ei wahodd i mewn, camodd Morgan i gyntedd ei hen gartref, nad oedd wedi newid dim mewn tri degawd. Yr un papur wal, yr un carped a'r un arogl. Roedd Prys mewn stasis, wedi'i adael ar ôl gan y byd o'i gwmpas.

Yn y lolfa, ffeindiodd ei frawd yn eistedd ar ochr y soffa yn gwneud sbliff ar y bwrdd coffi. Ni chododd Prys ei ben: gwyddai mai Morgan oedd yno, gan na fyddai neb arall byth yn galw.

'So ti'n mynd i smocio honna cyn i ni fynd, wyt ti?'

Atebodd Prys ddim ar unwaith. Yn hytrach, aeth ati i lyfu'r papur a gorffen rholio'n gelfydd. O'r diwedd, edrychodd ar ei frawd y tu ôl i'r soffa.

'Iawn, Mogs? Beth wedest ti?'

Ailadroddodd Morgan ei gwestiwn braidd yn ddiamynedd. Gwenodd Prys arno – ei lygaid coch yn brawf ei fod eisoes wedi bod yn ymbleseru.

'Na. Fi'n mynd i smocio hi cyn gynted ag y down ni'n ôl.'

Â chefn ei law, brwsiodd y llutrod i fowlen bren, ei fowlen dorri, a'i rhoi ar y llawr wrth ochr y soffa. Gosododd y sbliff orffenedig yn y blwch llwch ar y bwrdd coffi, cyn codi a gafael yn ei got.

'Ti'n barod, 'de?'

'Aye,' atebodd Morgan, cyn i'r brodyr adael y tŷ a'r sêr yn dal i ddisgleirio fry.

Llygod a Llewod

Gyda'r cloc-radio wrth ochr y gwely dwbl blodeuog yn datgan ei bod yn agosáu at un ar ddeg o'r gloch y nos, cododd Mrs Moira Kemp nofel clawr caled ddiweddaraf ei hoff awdures, Maeve Binchy, oddi ar y bwrdd bach lle gorffwysai ei theclyn cymorth clyw a'i dannedd gosod, ac ymsuddo'n ôl i'r clustogau plu gŵydd i ddarllen rhyw bennod fach glou cyn diffodd y golau a ffarwelio â diwrnod arall ar ystad ffug-Sioraidd y Castell.

Roedd hi a'i gŵr yn eu saithdegau hwyr bellach, ac roedd e eisoes yn chwyrnu wrth ei hochr, a'r llyfr am fywyd a marwolaeth y paffiwr Johnny Owen yn gorwedd ar agor ar ei fola ar yr un dudalen â'r noson cynt. Er hynny, roedd bywyd yn braf, ac ar wahân i'w clyw a'u cryd cymalau, roedd y ddau'n iach ac yn dal i fwynhau eu hunain, boed yn chwarae golff, yn cymdeithasu gyda'u ffrindiau a'u teulu neu'n gweld y byd, fel y gwnaent o leiaf ddwywaith y flwyddyn, a thaith ar bleserlong i'r fjords i edrych ymlaen ati cyn diwedd y mis.

Cyn mynd ati i ddarllen, crwydrodd llygaid yr hen wraig o amgylch yr ystafell, ei chalon yn llenwi â balchder wrth weld ei hwyrion yn gwenu'n ôl arni o'r casgliad o gynfasau lliwgar oedd yn hongian ar y wal. Yn syth o'i blaen, ar y mur gyferbyn â phen y gwely, roedd morlun dramatig gan yr artist Esther Eckley yn dangos Carreg Bica, Llangrannog – y pentref lle magwyd ei gŵr – o dan warchae'r tonnau tywyll. Prynodd y cwpwl y llun yn Oriel y Bont ar eu hymweliad diwethaf ag Aberystwyth, lle'r aeth y ddau i'r coleg dros hanner canrif yn ôl. Byddent yn dychwelyd yno o leiaf unwaith y flwyddyn, i gofio ac i gerdded ar hyd yr hen lwybrau.

Yn sydyn reit, tonnodd blinder drosti, fel y lli yn y llun o'i blaen, ac ailosododd y nofel swmpus ar y bwrdd heb ddarllen gair, cyn diffodd y golau ac ymuno â'i gŵr mewn cwsg. O fewn dwy funud roedd chwyrniadau'r hen gwpwl yn llenwi'r ystafell, gan ganu mewn cytgord perffaith, fel y gwnaethent ers cyn cof.

* * *

Yn yr ardd gefn, oedd yn debycach o ran maint i gae pêl-droed, yn gwylio'r tŷ o gysgod yr helygen wylofus ar lan y pwll pysgod, safai dau gysgod tywyll, eu hwynebau wedi'u cuddio gan falaclafas a'u cyrff a'u dwylo o dan orchudd defnyddiau du.

Pan ddiffoddwyd y golau yn yr ystafell wely, cododd un ei ddwylaw i ddynodi deg munud, cyn gwirio'r amser ar ei oriawr.

Arhosodd y llech-helwyr mewn tawelwch, a'u llygaid yn crwydro dros gefn y tŷ yn ogystal â chartrefi'r cymdogion, yn chwilio am unrhyw arwydd o fywyd. Ond, ar wahân i gwpwl o gathod oedd i'w clywed yn mewian yn y cyffiniau, doedd neb ar dir y byw yn y cornel bach yma o Erddi Hwyan.

Yna troediodd y dihirod yn ysgafndroed ar hyd y llwybr hir o waelod yr ardd at yr ardal ddecio a'r drws cefn, yng nghysgod heulfan anferthol a chrand, yn llawn cacti a choed palmwydd. Roedd y lle'n drewi o arian, ond, wrth gwrs, roedd y lladron yn gwybod hynny'n barod – dyna pam roedden nhw yno.

Datglowyd y drws stabl pren tywyll yn ddidrafferth, yna camodd y lladron i mewn i'r gegin, cau dwy ran y drws yn dawel drachefn a sefyll yn yr unfan am funud gyfan yn gwrando i sicrhau nad oedd neb ar ddihun. Byddai'r lladron o hyd yn synnu nad oedd larymau'n diogelu cartrefi o'r fath. Ond, wrth gwrs, roedd y ffaith honno'n gwneud eu tasg yn llawer haws.

Gydag ystum arall â'i law, arweiniodd y lleiaf o'r ddau y ffordd tuag at y swyddfa ym mlaen y tŷ – trwy'r gegin fawr, yr ystafell fwyta ac ar hyd y cyntedd llawr derw. Gwenodd yr arweinydd wrth weld bod drws y swyddfa ar agor ac i mewn â nhw, gan gau'r drws yn ofalus ar eu hôl.

Munud arall o fudandod, y tro yma am ddau reswm – yn gyntaf, i sicrhau nad oedd neb yn symud uwch eu pennau nac yn dod i lawr y grisiau; ac yn ail, er mwyn rhoi cyfle i'w llygaid gyfarwyddo â'r tywyllwch.

Agorodd yr arweinydd ei warfag ac estyn fflachlamp fechan bob un. Nodiodd y dihirod ar ei gilydd cyn eu tanio a dechrau ar y dasg o chwilio am y diogelflwch, neu, yn fwy penodol, yr hyn a gedwid yn y diogelflwch.

Yn dawel ac yn glinigol, aeth y lladron ati i chwilio ym mhob twll a chornel o'r ystafell: o dan y ddesg, yn y droriau, yn y cypyrddau, y tu ôl i'r llyfrau ar y silffoedd, gan bocedu symiau bychan fan hyn a fan draw – tua chanpunt mewn arian parod o un o'r droriau, a meddalwedd cyfrifiadurol fel newydd, gwerth o leiaf ddau gan punt – cyn dod o hyd i'r Greal Sanctaidd yn cuddio yn y wal y tu ôl i ffotograff wedi'i fframio o garfan rygbi'r Llewod 1974.

Heb oedi, aeth un ohonynt ati i agor y diogelflwch gan ddefnyddio teclyn nad oedd modd ei bwrcasu ar y farchnad agored, ac roedd y cynnwys yn eu gafael o fewn dwy funud. I mewn i'r gwarfag aeth pentwr o arian parod, tua mil a hanner o ewros a llond dwrn o emwaith, yn aur ac arian a diemyntau. Ond nid oedd y lladron yn farus nac yn ddiofal, felly dychwelwyd gwerth mil o bunnoedd o sieciau teithio, yn ogystal â phentwr o gytundebau amrywiol oedd yn gysylltiedig ag eiddo'r hen gwpwl a ddaliai i chwyrnu yn y gwely i fyny'r grisiau. Yn ogystal, wedi ail-gloi'r diogelflwch ac ailosod y llun o'r Llewod ar y wal, anwybyddodd y lladron y teledu, y peiriant DVD a'r stereo ar eu ffordd yn ôl i'r gegin a'r ardd gefn. Roedd yr hyn roedd arnynt ei eisiau yn ddiogel yn y gwarfag, a'u gwaith drosodd am noson arall.

Cynt-beth, syr?

Pwysodd DC Aled Colwyn yn ôl yn ei gadair droelli gyfforddus, gan aros i'w gyfrifiadur atgyfodi ar ôl noson hir o gwsg. *Y bastard lwcus*, meddyliodd. Roedd cwsg yn beth estron iddo bellach, diolch i'r ffaith fod ganddo dri o blant o dan bump oed gartref, a'r ddau ifanca'n cynllwynio yn ei erbyn ef a'i wraig bob nos, gan ymddangos fel petaent yn ymfalchïo wrth eu hatal rhag ymweld â byd y breuddwydion am fwy na rhyw bedair awr ar y tro.

Fel mae'n digwydd, roedd neithiwr yn noson dda, os nad yn noson ardderchog – er, rhaid cofio bod 'da' ac 'ardderchog' yn gysyniadau cymharol iddo y dyddiau hyn. Aeth Angharad, ei wraig druan, i'r gwely tua wyth mewn ymdrech ragataliol i ddelio â nonsens beunosol eu babanod annwyl. Dilynodd Aled hi ar ôl gwylio newyddion deg, gan freuddwyd-fwydo'r lleiaf, Siani, a chael cip ar y ddau arall, Cian a Gwen, yn eu gwelyau wrth fynd. Yna, cwsg trwm tan chwarter i chwech – saith awr heb ymyrraeth! – cyn i'r plantos ddihuno un ar ôl y llall, fel dominos aflafar.

Wedi codi a gwisgo'n gyflym, aeth Aled â'r triawd i lawr i'r lolfa, gan adael i Angharad gysgu. Wedi'r cyfan, roedd hi'n haeddu hynny. Hi fyddai'n gwneud y gwaith caled go iawn, gan ofalu am y plant yn llawn-amser. Bwydodd Aled y tri, er bod mwy o fwyd wedi cyrraedd y llawr na'u boliau, cyn eu gwisgo a'u gadael o flaen *Cyw* a mynd â myg o de i'w anwylyd, er mwyn ei dihuno a ffarwelio â hi ar unwaith. Gosododd ei phaned wrth ochr y gwely a mwytho'i gwallt cyrliog tywyll tan i'w llygaid agor yn anfodlon o araf.

'Faint o'r gloch yw hi?' mwmiodd ei wraig trwy'r niwl.

'Chwarter i wyth. Fi'n gorfod mynd. Ond ma'r plant yn barod

amdanat ti o flaen y bocs, yn lân, wedi'u gwisgo a'u boliau'n llawn. Ma brechdanau Cian yn y ffridj.'

'Diolch, Al...' sibrydodd Angharad, gan gau ei llygaid unwaith eto.

'Der nawr, ma paned i ti fan hyn. Paid mynd 'nôl i gysgu...'

'Ond ma hi mor neis 'ma.'

'Fi'n gwybod. Ond sdim dewis 'da ti. *Ti* oedd moyn tri o'r buggers bach, wedi'r cyfan.'

Gwenodd Angharad a thynnu ei hun i'w heistedd mewn pryd i wylio'i gŵr yn gadael. Yfodd ei the'n ofalus a gwrando arno'n ffarwelio â'r triawd yn yr ystafell fyw islaw, cyn i Siani ddechrau crio wedi iddo fynd trwy'r drws ffrynt.

*   *   *

Syllai DC Colwyn ar wynebau ei deulu annwyl yn awr, wrth i'r pedwarawd wenu'n ôl arno'n llawn dannedd o sgrin ei gyfrifiadur. Roedd hi bellach yn ugain munud wedi wyth, a fe oedd y cyntaf o adran dditectifs Gerddi Hwyan i gyrraedd y swyddfa'r bore yma. Byddai'n mwynhau'r adeg yma, y llonyddwch cyn y storm, fel petai. Roedd ei gartref fel corwynt dynol, a'r gweithle'n gallu bod yn reit dymhestlog hefyd, ond gyda choffi cryf yn anweddu ar y ddesg o'i flaen a'r tawelwch yn tylino'r clymau a'r straen o'i ysgwyddau, gwerthfawrogai'r heddwch, er y gwyddai na fyddai'n para am fwy na rhyw ddeg munud arall.

Llaciodd ei dei wrth agor Outlook er mwyn cael pip ar ei e-byst, fel y gwnâi'r peth cyntaf bob bore. Tynnodd ei siaced, a sylwi ar y staen amheus ar ysgwydd ei grys gwyn, gan wybod bod Siani wedi chwydu drosto rywbryd yn ystod y bore. Roedd wedi gweld gwaeth, llawer gwaeth, ond cododd a mynd i'r tŷ bach er mwyn sychu ei grys mewn ymdrech i ymddangos yn hanner deche o leiaf ar ddechrau'r dydd.

Wrth sefyll dros y sinc yn dabio'i ysgwydd â dŵr oer, sylwodd ar y cylchoedd tywyll o dan ei lygaid brown, gwaetgoch. Ymolchodd ei wyneb, er y gwyddai na fyddai hynny'n gwneud dim i gael gwared ar y düwch – dim ond cwsg allai wneud hynny. Gwenodd wrth weld y mwstash cochlyd yn dechrau twchu o dan ei drwyn, gan ei fwytho â'i fawd a'i fynegfys. Dyma'r tro cyntaf iddo erioed dyfu un, ac roedd yn falch iawn mai ei fwstash ef oedd y gorau o ddigon yn y swyddfa, gan fod adran y ditectifs yn eu tyfu er mwyn codi arian i'r hosbis ganser leol (ar wahân i DI Crandon a DS Clements, oedd eisoes yn meithrin mwsi yr un). Yna, twtiodd ei wallt, cyn dychwelyd at ei ddesg ac agor neges e-bost oddi wrth DS Clements, dirprwy'r adran.

Hysbysodd y neges ef fod ganddo fe a'i bartner, DC Richard King, gyfarfod â Clements a DI Crandon, y pennaeth, am naw i drafod achos oedd newydd gael ei ailagor am y pumed tro mewn deg mlynedd. Gan fod Col wedi gweithio i'r adran ers dros bum mlynedd bellach, gallai gofio'r ddau dro diwethaf y cafodd yr achos ei ailagor, ac nid atgofion melys mohonynt. Roedd Clements wedi cynnwys cyfeirnod yr achos, ac agorodd Col gronfa ddata heddlu Gerddi Hwyan o'r holl achosion troseddol oedd heb eu datrys. Wedi ffeindio'r achos a sganio'r wybodaeth yn gyflym, roedd un peth yn amlwg yn syth, sef nad oedd gan yr heddlu unrhyw syniad pwy oedd yn gyfrifol am y lladradau. Yn wir, er bod yr achos yn ymestyn yn ôl i oes arall, dim ond dau ôl troed roedd y lladron wedi bod mor esgeulus â'u gadael ar eu hôl erioed.

Agorodd drws y swyddfa. Trodd Col yn ei gadair a gwenu wrth weld DC Danny Finch yn camu i mewn yn bwrpasol. Roedd ei gyhyrau mor amlwg â'i liw haul potel; yn wir, roedd Finchy yn ymgnawdoliad o Magnum PI, tra ymdebygai Col yn ei gysgod i Harry Angel ar ddiwrnod gwael.

'Iawn,' cyfarchodd Col ef.

'Ti'n gynnar,' daeth yr ateb, er mai Col fyddai'r cyntaf i gyrraedd o hyd.

'Ti'n cofio'r achos 'ma?' gofynnodd Col, gan wahodd Finchy draw at ei gyfrifiadur i'w weld.

'Aye. Hunllef lwyr os fi'n cofio'n iawn. O'n i'n dal mewn iwnifform pan agorodd e ddiwethaf, though. Rhyw ddwy flynedd 'nôl. Dim gobaith dal y bastards. Pam?'

'Fi a Kingy 'di cael ein galw i weld Crandon am naw i drafod yr achos...'

'Gutted.'

'Pam?' gofynnodd DC Nigel Phillips wrth gamu i mewn i'r swyddfa â pheint o goffi o Costa yn ei law.

'Dyma'r union fois...' meddai Danny Finch.

'I beth?' gofynnodd DC Steven Hewlett yn ddrwgdybus wrth ddilyn ei bartner i mewn i'r swyddfa, a choffi anferth yn ei afael yntau hefyd.

'Chi oedd y ddau ddiwethaf i archwilio'r achos lladradau 'na rhyw ddwy flynedd yn ôl, yn dyfe?'

'Pa achos lladradau?' gofynnodd Hewlett.

'Ie, I mean, ma lladradau'n reit gyffredin yn ein gwaith ni,' daeth cefnogaeth goeglyd Phillips.

Anwybyddodd Col nhw. 'Chi'n gwbod, y lladradau 'na sy 'di bod yn digwydd bob dwy flynedd ers 2006,' esboniodd, gan ennyn ochenaid yr un o gegau Hewlett a Phillips, oedd yn ei atgoffa o Chuckle Brothers gordew diolch i'w hymdrechion ym maes tyfu mwstash. Eisteddodd y ddau dditectif boliog, cyn ymhelaethu.

'Ti a Kingy 'di cael yr alwad, do?'

Nodiodd Col mewn ateb i gwestiwn Hewlett.

'Wel, pob lwc i chi!'

'Ie, pob lwc,' ymunodd Phillips. 'Ro'dd yr ymchwiliad yn jôc, fi'n dweud wrthot ti. Dim leads. Dim cliws. Dim olion bysedd. Dim B&E. Dim llanast o gwbl...'

'Fel fuckin' 'sbrydion…'

'Yn gwmws.'

'Sneb byth yn gweld na chlywed dim a ma nhw mor daclus fel nad yw'r victims yn sylweddoli fod rhywun wedi dwyn oddi wrthyn nhw am wythnos neu ddwy mewn rhai achosion.'

'Erbyn diwedd ein hymdrechion ni, ro'dd Crandon yn mynd yn mental am y peth. Ro'dd e'n hollol embarrassed. Cymryd yr holl beth yn bersonol.'

'Meddwl bod y lladron yn cymryd y piss…'

'Ond jyst neud jobyn da ma nhw. I mean, prif amcan unrhyw leidr yw peidio ca'l 'i ddal.'

'Ond ma pethe'n waeth fyth nawr, diolch i Alban ac Efrog a'r internal investigation 'ma.' Cyfeirio roedd Phillips at archwiliad mewnol yn dilyn helyntion diweddar yr hocedwr o heddwas, Efrog Evans, a'i bartner anffodus, Alban Owen. Bu farw Efrog yn ogystal â chyn-faer y dref, Grontius Bach, a Jack Devine, dihiryn lleol, mewn amgylchiadau dramatig rhyw flwyddyn ynghynt, ond roedd cysgod yr helynt yn dal i dagu adran y ditectifs, yn enwedig DI Crandon.

'Ie, ma Crandon o dan fwy o bwysau nag erioed o'r blaen…'

'Diolch bois.' Tro Col oedd hi i fod yn goeglyd nawr. 'Chi 'di llenwi fi â hyder…'

Gwenodd Hewlett a Phillips, cyn tawelu a throi at eu cyfrifiaduron, mewn pryd i weld Crandon a Clements yn ffrwydro trwy ddrws y swyddfa.

'Pum munud. Fy swyddfa i!' cyfarthodd Crandon wrth wibio heibio i ddesg Col.

'Ges ti 'neges i?' gofynnodd Clements yn dawel, gan oedi wrth ddesg DC Colwyn, cyn dilyn ei fos ar ôl cael cadarnhad.

Ymhen pum munud, cododd Col a cherdded draw i swyddfa DI Crandon. Cnociodd.

'Mewn!' bloeddiodd y pennaeth heb godi ei lygaid o'r gwaith papur ar ei ddesg.

Ufuddhaodd y ditectif, a DS Clements yn ei ddilyn. Eisteddodd y ddau a gwylio'u bos yn darllen, heb gymryd unrhyw sylw ohonynt.

'Ble ma King?' gofynnodd Crandon, â'i ben yn ei bapurau o hyd.

'Heb gyrraedd eto, syr,' atebodd Col gan edrych dros ei ysgwydd i weld a oedd unrhyw sôn am ei bartner.

'Hmmm,' meddai Crandon gan ysgwyd ei ben a griddfan, cyn dychwelyd at ei ddarllen a gadael Col a Clements yr ochr arall i'r ddesg yn syllu ar ei gorun moel.

Manteisiodd Col ar y cyfle i ymlacio am funud neu ddwy, gan fwynhau'r tawelwch. Bu bron iddo hepian, ond clywodd lais DC King yn cyfarch ei gyd-weithwyr, felly cododd ar ei draed, camu at y drws ac ystumio arno i ddod draw ar unwaith.

'Syr. Syr. Col,' meddai'r ditectif ifanc wrth gamu i'r swyddfa ac eistedd yn betrusgar wrth ochr ei bartner. Aroglodd Col y cwrw ar unwaith, ac wedyn y mwg – persawr rhagosodedig Kingy, hyd yn oed ar fore Llun. Chwech ar hugain oed oedd e, felly pam lai? Er ei fod yn ifanc, roedd e'n dditectif o'r radd flaenaf ac nid oedd ganddo unrhyw gyfrifoldebau go iawn. Ar wahân i'w swydd, wrth gwrs. Yn wir, roedd e'n atgoffa Col o'i fywyd e'i hun rhyw ddegawd yn ôl, cyn i'r wraig a'r plant roi stop ar ei hwyl. Efallai mai dyna pam roedd y ddau ohonynt yn cyd-dynnu mor effeithiol. Byddai Col yn gweld eisiau'r 'hen ddyddiau' hefyd, yn enwedig wrth glywed straeon ei bartner, er na fyddai'n cyfnewid ei fywyd nawr gan fod ei deulu mor bwysig iddo erbyn hyn.

'DC King.' Cododd Crandon ei ben, cyn gwneud sioe o edrych ar ei oriawr, er na ddywedodd air ynglŷn â'r ffaith fod y ditectif ifanc yn hwyr chwaith. 'Reit, dwi a DS Clements 'di troi'r tombola, a'ch enwau chi ddaeth allan o'r het...'

Gwenodd Col ar y trosiad lletchwith, tra syllai Kingy arno trwy lygaid gwydrog, diemosiwn.

'Mae'n siŵr eich bod eisoes yn gyfarwydd â'r achos hwn…' Pasiodd ffeil drwchus at DC Colwyn. 'Neu o leiaf wedi clywed sôn amdano.'

'Nid oedd DC King yn yr adran y tro diwethaf i ni agor yr achos, syr,' cynigiodd DS Clements.

'Na?' Edrychodd Crandon yn syn ar ei ddirprwy, er nad oedd rheswm ganddo i amau ei eiriau. 'O… reit… wel, gwell i ni ddechrau o'r dechrau 'te. DS Clements, esboniwch chi.'

Ac wrth i DI Crandon ddychwelyd at y dogfennau ar ei ddesg, trodd DS Clements i wynebu'r ddau dditectif.

'Wel, ma'r lladradau wedi ailddechrau unwaith eto…'

'O'r dechrau!' ebychodd Crandon.

'Sori, syr… iawn… ma'r ffeil yma'n esbonio popeth, ond, yn syml, mae 'na gyfresi o ladradau heb eu datrys wedi digwydd bob rhyw ddwy flynedd yng Ngerddi Hwyan ers 2006…'

'Bob dwy flynedd?' gofynnodd DC King.

'Ie. Ma'r patrwm bron yn union yr un peth: 2006 – cyfres o bum lladrad; 2008 – pum lladrad; 2010 – pum lladrad; a'r un peth yn 2012 a 2014. Yr un MO bob tro. Ma nhw'n targedu hen bobl, cyplau a gweddwon. Pobl gefnog. Dim cŵn. Dim anifeiliaid anwes o gwbl, mewn gwirionedd. Dim larymau ar y tai. Ma nhw'n dewis eu targedau'n ofalus. Sdim byth arwydd o B&E. Dim llanast. Dim olion bysedd. Dim cliwiau. So nhw'n farus a so nhw byth yn dwyn nwyddau trwm – teledu, DVDs, stereos ac yn y blaen. Arian parod. Gemwaith. Meddalwedd cyfrifiadurol o bryd i'w gilydd. Fel arfer, o sêffs yn nhai yr hen bobl 'ma…'

'Fel tasen nhw'n gwybod bod nhw yno,' ymunodd Crandon yn yr hanes.

'Yn gwmws, syr. Diolch. Ma nhw'n gwneud eu gwaith cartref, mae hynny'n sicr.'

'Nhw? Sut y'ch chi'n gwybod nad un lleidr sy'n gyfrifol?'

'Mewn deg mlynedd, dim ond dau gliw sydd gennym ni.

Olion traed, i fod yn fanwl gywir. Un droed maint wyth ac un droed maint deuddeg. Dyna ni. Mae'r bois fforensics yn dyfalu'u bod nhw'n gwisgo bagiau plastig dros eu sgidiau, er mwyn osgoi gadael marc, a dim ond ddwywaith mae'r bagiau wedi rhwygo yn ystod yr holl ladradau.'

'Dwêd wrthon nhw am y diogelflychau, Clem.'

'Y beth, syr?'

'Y sêffs, DS Clements. Y sêffs!'

'Iawn. Sori, syr. Ie, wel, yn y lladradau cynnar byddai'r lladron yn torri i mewn i'r dioge... diogel... y sêffs mewn ffordd gyntefig iawn...'

'Cynt-beth, syr?' gofynnodd DC King.

'Cyntefig. Primitive. Cymryd heavy-handed tactics i agor y diogelf... y sêffs – chwalu'r clo ac ati, neu hyd yn oed yn dwyn y sêff yn gyfan gwbl os nad oedden nhw'n llwyddo i'w hagor hi. Dim ond sêffs bach, cofiwch, digon o faint i gadw'r pethe pwysig. Ta beth, mae'r lladron wedi datblygu dros y blynyddoedd i fod yn fwy soffistigedig o lawer ac erbyn hyn ma nhw'n gallu agor pob clo heb adael marc. Ni newydd gael adroddiad am ail ladrad sy'n ffitio'r MO. Daeth yr un cyntaf ddydd Llun diwethaf, a'r ail nos Sadwrn, a dyna pam gwnes i anfon neges e-bost atat o fy nghyfrif personol.'

Nodiodd Colwyn, er nad oedd wedi sylwi ar darddle'r neges pan ddarllenodd hi'n gynharach.

'Felly, gallwn ni ddisgwyl tri lladrad arall yn ystod yr wythnosau nesaf, cyn bydd y lladron yn diflannu unwaith eto am ddwy flynedd,' dywedodd Crandon, a'i lygaid ar dân. Anadlodd yn ddwfn ac yfed llond cegaid o ddŵr, cyn parhau. 'Ni o dan bwysau, bois, ac mae angen canlyniad arnon ni. Mae'r hyn wnaeth Efrog Evans i barddu'o enw da'r adran yn golygu fod angen datrys yr achos hwn nawr, fwy nag erioed o'r blaen, a chyn i'r bastards ddianc unwaith eto.'

'Y gwir yw bod yr achos wedi parhau'n rhy hir a dyw'r

archwilwyr mewnol ddim yn hoffi gweld hynny. Ma nhw'n credu y dylai *pob* achos gael ei ddatrys…'

'Sdim clem 'da nhw! Sdim un ohonyn nhw'n heddlu go iawn!'

'Na. Ond dyna'r sefyllfa. Dwi'n awgrymu eich bod chi'n mynd i weld y dioddefwyr diweddaraf i ddechrau…'

'Y beth, syr?' gofynnodd DC King wrth i'r ysfa am sigarét donni drosto.

'Y victims. Ma'r cyfeiriadau yn y ffeil…'

'Diolch,' meddai Crandon, gan ddod â'r cyfarfod i ben.

Cododd Colwyn, King a Clements a gadael gan gau drws swyddfa DI Crandon ar eu hôl.

'DC Colwyn. DC King. Gair, plis.' Ystumiodd Clements arnynt i'w ddilyn i'w swyddfa. Caeodd y drws ar eu holau, ond ni wahoddodd nhw i eistedd i lawr.

'Beth sy, syr?' gofynnodd Col, â'r ffeil drwchus o dan ei gesail.

'Dim ond eisiau tanlinellu pa mor bwysig yw'r achos yma i DI Crandon. Yn enwedig gyda'r archwiliad a phopeth…'

'Sdim angen esbonio dim, syr. Achos yw achos yw achos, yn tyfe? Fe newn ni'n gorau…'

'Wel, ma lot o'i gyfeillion e wedi'u targedu ar hyd y blynyddoedd, chi'n gweld. Pobl flaenllaw yn y clwb golff a sefydliadau eraill y dre. Dyna pam bod yr inspector yn teimlo mor lletchwith am yr holl beth…'

'Dim problem, syr. Fel wedes i, sdim eisiau esbonio dim.'

'Diolch, Col. Ond… ma'r inspector… wel… ma fe'n gobeithio cael ei wneud yn gapten y clwb golff eleni, a byddai datrys yr achos yn help mawr…'

Syllodd y ddau dditectif ar yr uwch-swyddog heb yngan gair, cyn troi a gadael y swyddfa, a hurtrwydd y sefyllfa'n goglais eu boliau cwrw.

Ar eu ffordd i'r maes parcio a'r Astra llwyd fyddai'n mynd

â nhw ar drywydd yr ysbrydion, taniodd DC King sigarét ar yr union eiliad y canodd ei ffôn symudol. Craffodd ar yr enw, cyn gwenu a chodi'r teclyn at ei glust.

'Alright, Jo babes. Ti'n iawn?'

Gwenodd Colwyn wrth glywed enw'r ferch, gan feddwl tybed beth ddigwyddodd i 'Lucy babes' yr wythnos cynt. Camodd ar draws y maes parcio tuag at y car ac, wrth iddo lithro i mewn, canodd ei ffôn yntau.

'Helô,' atebodd, heb edrych ar yr enw. Angharad, pwy arall, gyda Siani a Gwen yn y cefndir, yn brysur a bywiog, heb sôn am swnllyd. Gwrandawodd Col ar ei wraig, cyn cadarnhau ei gorchymyn wrth i Kingy ymuno â fe yn y car.

'Dim problem, calon. Calpol a cewynnau, bara a llaeth. Wela i di heno. Hwyl.'

Creithiau Cignoeth Ceri

'… a dim ond wedi 'ny sylwes i fod y ffenest ar agor a'r broga wedi mynd…'

Gwenodd Catrin ar Mrs Rogers a'i hannog i barhau â'i monolog diderfyn trwy nodio'i phen a chodi'i haeliau rhyw fymryn. Yna, wrth i'r hen wreigan wyro ymhellach oddi wrth y stori wreiddiol, dychwelodd Catrin at dwtio'i gwallt wrth i'w meddyliau grwydro ac ystyried pennod ddiweddaraf priodas drychinebus Ceri.

Roedd Catrin, fel y gwnâi ym mhob cartref preswyl yr ymwelai Curls & Claws ag ef, wedi troi un o'r ystafelloedd bach gwag yn siop drin gwallt dros dro. Eisteddai Mrs Rogers yn y gadair o flaen y drych symudol â'i chefn ati, tra ymlaciai tri aelod arall o'r blue-rinse brigade preswyl o dan y peiriannau sychu yn pori trwy hen rifynnau o *Saga*, *Bella* neu *Best*.

'… ti'n gweld, bach, dyna fel roedd hi yn ystod y rhyfel – dim digon o siwgr i wneud cacs… a dim digon o lo i gynnau tân…'

Nodiodd Catrin unwaith eto, er na chlywodd y geiriau mewn gwirionedd. Oedodd am eiliad a gwylio Ceri wrth ei gwaith trwy ddrws agored yr ystafell gyffredin. Roedd hi'n dawel bore 'ma – yn dawelach nag arfer, hynny yw. Merch dawedog fuodd hi erioed – wel, efallai nid erioed, ond yn sicr doedd hi ddim yn uchel ei chloch – ond byddai'n ffinio ar fod yn fud pan fyddai wedi dioddef wrth law ei gŵr y noson cynt. Gwyddai Catrin wrth wylio'i symudiadau trwsgl bod y bastard wedi'i churo neithiwr, er nad oedd unrhyw farciau na chleisiau amlwg i'w gweld, wrth gwrs.

Penglîniai Ceri ar y llawr, wrth wadnau Mrs Walker, un o breswylwyr hynaf Sŵn y Nant, yn llyfnu ei chyrn, fel y gwnâi bob pythefnos wrth ymweld â'r cartref hwn. Roedd llygaid y weddw ar gau, er bod ei cheg yn llydan agored, ac roedd Ceri hithau fel petai ar blaned arall heddiw wrth iddi lifio'r croen sych a cheisio anghofio'r noson flaenorol.

Tosturiai Catrin at sefyllfa anobeithiol ei phartner busnes. Wrth ystyried ffawd anffodus ei ffrind, gwerthfawrogai ei sefyllfa garwriaethol ei hun. Er nad oedd Morgan yn ennill cyflog uchel ac nad oedd ganddo swydd bwysig, roedd e'n uffar o ŵr da, ac yn gwybod yn iawn sut i blesio'i wraig ar lawer o lefelau, o'r pethau dibwys sydd eto'n bwysig mewn perthynas hirdymor – roedd e'n gogydd a hanner, er enghraifft, ac yn fwy na pharod i wneud ei siâr o ran y gwaith tŷ – i'r ffaith ei fod yn fwy nag abl i fodloni ei greddfau mwyaf sylfaenol ac anifeilaidd.

Crwydrodd ei meddyliau yn ôl at oriau mân y bore pan ddychwelodd Mogs o dŷ ei frawd, y cwrw a'r mwg yn glynu at ei gyhyrau noeth a'i ddyndod cyn galeted ag einion gof.

'Ti ar ddihun?' gofynnodd wrth iddo lithro o dan y dŵfe a gosod ei raw o law ar ei chlun, cyn tynnu ei phen-ôl tuag ato a gadael iddi deimlo ei gadernid. Er ei bod wedi cysgu ers oriau, dihunodd Catrin gan bwyll bach a gadael iddo'i chymryd yn dyner ac yn araf, fel petai wedi ymdreiddio i'w breuddwydion, tan i'r ddau ddod mewn cytgord a chwympo i gysgu ym mreichiau ei gilydd. Gallai deimlo'i weddillion hylifol o hyd. Gwenodd.

'… a wedyn aeth Derek i mofyn asyn ar y traeth ond da'th e 'nôl â gwylan farw…'

Chwarddodd Mrs Rogers yn groch ar yr atgof, gan orfodi i Catrin ddychwelyd at ei thasg a gorffen ei gwallt, cyn troi ei sylw at y tair oedd yn dal o dan y peiriannau sychu.

Ymhen rhyw awr a hanner arall, a hithau'n tynnu at ganol dydd, roedd y cwsmeriaid oll yn eistedd unwaith eto yn eu cadeiriau cyfforddus o flaen yr ynfytyn-flwch, a Catrin a Ceri'n symud yr offer o'r salon dros dro yn ôl i'w ceir.

Daliai Ceri i symud fel cranc cloff, felly Catrin gariodd y rhan fwyaf o'r cyfarpar. Wedi gorffen, eisteddodd y ddwy yng nghar Catrin i fwyta brechdan cyn symud ymlaen i gartref preswyl arall. Roedd Curls & Claws wedi hen sefydlu erbyn hyn, a chylch gwaith y merched yn dilyn patrwm rheolaidd bob pythefnos. Byddent yn ymweld â dau gartref preswyl bob dydd, bedwar diwrnod yr wythnos, gan deithio o Erddi Hwyan i'r Pîl ac o Ben-coed i Borth-cawl er mwyn cyflawni'r gwaith. Roedd pob dydd Gwener wedi'i neilltuo ar gyfer y pethau pwysig – sesiwn zumba, nofio, ychydig o faldod fel triniaeth dwylo neu sesiwn dylino cyn cinio, wedyn siopa yn y prynhawn a dechrau ar y gwin yn go gynnar. Wedi'r cyfan, roedd angen ychydig o hwyl ar ôl gweithio yng nghwmni'r henoed weddill yr wythnos.

Bwytaodd y ffrindiau eu brechdanau mewn tawelwch, yr haul hydrefol isel yn treiddio trwy ddail y coed ac yn llenwi'r car â gwres croesawgar, cyn cynnau sigarét yr un er mwyn helpu'r broses o dreulio'r bwyd. Neu o leiaf, dyna'r esgus diweddaraf.

'Shwt ma dy ben di heddiw, 'te?' gofynnodd Catrin, gan nad oedd modd iddi ofyn y cwestiwn oedd ar ei meddwl.

'Uh?' Trodd Ceri ac edrych arni, heb wybod yn iawn am beth roedd hi'n sôn.

'Dy ben tost. Y migraine. Ydy fe 'di mynd?'

Atebodd Ceri ddim mewn geiriau ond, yn hytrach, drwy ddagrau.

Wrth weld ymateb ei ffrind, ffliciodd Catrin ei sigarét allan drwy'r ffenest a'i chofleidio. Ond wrth i Catrin afael ynddi, gwingodd Ceri, a llifodd y dagrau i lawr ei bochau cochion.

'Beth ddigwyddodd, Cer?' gofynnodd Catrin wrth i'r casineb fudferwi yn ei bola.

Heb air, cododd Ceri gefn ei chrys gwaith pinc golau a dangos y creithiau cignoeth i Catrin. Ei phartner busnes oedd yr unig berson, ar wahân i'w gŵr wrth gwrs, a wyddai am yr artaith roedd hi'n ei dioddef y tu ôl i ddrysau cloëdig ei phlasty priodasol.

Gwingodd Catrin ar yr hyn a welodd. Ar waelod cefn ei ffrind, ac yn cripian i lawr dros fochau ei thin, roedd tair craith a wnaethpwyd, heb os, gan wregys trwchus Gari Caradog. Ar ben hynny, roedd y cachgi diawl wedi'i chwipio â bwcl dur ei felt, gan i'r metel adael ei farc ar ei chorff. Yng nghanol y cleisiau tywyll, daliai'r briwiau gwaedlyd i wylo, gan adael arlliw ysgarlad ysgafn ar ei lifrai gwaith.

'Der 'ma.' Symudodd Catrin ati'r tro hwn a gafael yn dyner am ei hysgwyddau. Cusanodd ei thalcen wrth i Ceri wylo yn ei breichiau. '*Rhaid* i ti adael e, Cer, so ti'n haeddu hyn. Sneb yn haeddu hyn,' dywedodd, fel y gwnaethai ddegau o weithiau cyn hyn, er y gwyddai na ddigwyddai hynny byth. Roedd Ceri wedi'i charcharu mewn gwe gymhleth o gread ei gŵr – gwe seicolegol oedd â gafael fel gefail amdani. Dymunai Catrin ei helpu i ddianc, er nad oedd hi hyd yn oed yn siŵr a oedd Ceri *eisiau* torri'n rhydd.

Hei ho, hei ho...

Eisteddai Prys a Morgan ochr yn ochr ar fainc yng ngwaelod gardd gefn cwsmeriaid diweddaraf Caradog Constructions, yn ardal gefnog Glasfryn ar gyrion Gerddi Hwyan. I'r chwith, yn disgleirio yn haul cynnes canol dydd, roedd pwll addurniadol yn llawn pysgod aur a dail lilis y dŵr. I'r dde, gasebo mawreddog a gwinwydden aeddfed yn dringo drosto. Ac o'u blaenau, y tu hwnt i'r lawnt streipiog a'r prysgwydd a'r planhigion aeddfed oedd yn ei hystlysu, heulfan ar ei hanner a gweddill cartref crand Mr a Mrs Cook.

Dyna oedd bara menyn y brodyr bellach. Yn wir, adeiladu heulfannau oedd prif weithgaredd Caradog Constructions ers blynyddoedd, ers i Wncwl Gari benderfynu ei fod wedi gwneud digon o arian ar draul datblygiadau Valleywood. Roedd Wncwl Gari'n aml yn honni mai fe oedd wedi adeiladu hanner Gerddi Hwyan, er nad oedd hynny'n agos at fod yn wir.

Dechreuodd y brodyr weithio i'w hewythr oddeutu ugain mlynedd ynghynt – yn syth ar ôl gadael yr ysgol. Bryd hynny, roedd degau o bobl yn gweithio iddo, ond ar ôl i freuddwyd Dickie Attenborough chwalu, trodd Mr C ei sylw at brosiectau llai o faint, gan gael gwared ar y mwyafrif o'i weithlu. Ers hynny, dim ond ei neiaint roedd e'n eu cyflogi yn llawn-amser.

Erbyn heddiw, nid oedd angen llawer o help arnynt i ennill eu bywoliaeth. Prys oedd brêns y bartneriaeth a Morgan oedd y bôn braich. Prys fyddai'n gwneud y pethau celfydd – y gwaith coed, y gwaith maen a'r plastro – tra byddai Morgan yn gwneud yr holl gario, cymysgu a phalu. Yr unig beth nad oedden nhw'n ei wneud eu hunain oedd y gwaith trydanol. Rhaid cyfaddef eu bod yn dîm gwych erbyn nawr, wedi hogi eu sgiliau crefftus dros ddau ddegawd o gydweithio.

Wrth gwrs, byddai'n braf ennill mwy o arian, ond fel y byddai Morgan yn atgoffa'i wraig yn aml, roedden nhw'n ffodus bod mewn unrhyw swydd erbyn hyn, er bod Caradog Constructions cyn brysured ag erioed. Roedd crach Gerddi Hwyan yn hoff iawn o'u heulfannau, a Mr C yn adnabod digon ohonynt i sicrhau monopoli yn y dref. Roedd y ffaith fod y brodyr mor broffesiynol o gymorth mawr i'r busnes, er nad oedd Wncwl Gari fel petai'n gwerthfawrogi hynny. Rhy brysur yn cyfri'r arian, mae'n siŵr.

Roedd blwch bwyd Morgan ar agor yn ei gôl. Tro Catrin oedd gwneud y brechdanau neithiwr, ac roedd hi wedi gwneud jobyn da, fel arfer. Cododd ail hanner trionglog y frechdan gyntaf o dair at ei geg, gan lowcio'r tiwna, y mayo a'r salad lliwgar yn chwantus gan ei fod e'n starfo, fel y byddai bob dydd ymhell cyn canol dydd. Roedd brecwast yn atgof pellennig, er bod blas cwrw a mwg y noson cynt yn parhau i ymdroi yn ei geg.

'Ar ôl i ti fynd neithiwr, wylies i'r ffilm 'ma o'r enw *Black Wax* ar BBC4… fi'n credu mai 'na beth oedd 'i enw hi ta beth… anyway, ffilm am Gil Scott-Heron oedd hi… fuckin' amazing, fi'n dweud wrthot ti… *fe* ddylse 'di bod yn Arlywydd croenddu cyntaf America, dim Obama… ro'dd e'n siarad lot o synnwyr, ti'n gwbod, politics, black rights, hawliau dynol yn gyffredinol actually… ac o'dd ganddo fe'r llais mwyaf melfedaidd ers Bill Withers… neu Teddy Pendergrass… neu'r boi 'na o'r Temps, beth bynnag o'dd 'i enw fe…'

Wrth i'w frawd barablu, crwydrodd atgofion Morgan yn ôl i oriau mân y bore, yn y gwely yng nghwmni'i wraig, er na fyddai'n rhannu'r hanes â Prys, yn bennaf am nad oedd eisiau atgoffa'i frawd o'i unigrwydd. Gwyddai Morgan fod ei frawd yn genfigennus o'i berthynas ef a Catrin. Nid oherwydd ei fod yn ffansïo ei chwaer yng nghyfraith na dim, ond roedd Prys eisiau perthynas fel fe, ac roedd hi'n anodd iddo wylio'i frawd bach analluog yn llwyddo mewn maes y bu e'n fethiant llwyr ynddo.

Yn ifanc, cawsai Prys lwyddiant ym mhopeth – gyda'r merched, ar y maes chwaraeon ac yn y dosbarth – tra methai Morgan yn academaidd dro ar ôl tro, ond eto, yn yr hirdymor, Morgan oedd wedi bwrw'r jacpot wrth ddewis cymar, tra enillodd Prys y booby-prize, diolch i greulondeb Wncwl Gari. Catrin oedd yr unig fenyw i Morgan ei charu erioed, yn gorfforol ac yn emosiynol. Bu'r ddau'n caru ers eu harddegau, a hyd yn oed heddiw roeddent yn dal i gynnal perthynas gorfforol reit wyllt, ac yn herio'i gilydd yn feddyliol – er, rhaid cofio nad oedd hi'n cymryd llawer i herio Morgan yn yr adran honno.

'… es i i'r gwely tua pedwar yn y pen draw… ar ôl gwylio cwpwl o *South Parks* ar ôl i *Black Wax* orffen…'

Nodiodd Morgan, gan nad oedd modd iddo ymateb ar lafar oherwydd bod ei geg yn llawn bwyd. Nid oedd yn credu am eiliad bod ei frawd wedi mynd i'r gwely mor hwyr chwaith. Ond eto, un fel 'na fuodd Prys erioed, yn dweud celwydd am y pethau mwyaf dibwys. Roedd yntau wedi saethu, sychu a chwympo i gysgu cyn un, a doedd dim llawer o ddiddordeb gan Morgan yn yr hyn a wyliodd Prys, gan fod eu chwaeth bersonol mor wahanol. Tra bod Prys wrth ei fodd yn gwylio ffilmiau dogfen ar *BBC4*, *Sky Arts* ac ati, nid oedd fawr o ots gan Morgan beth oedd ar y bocs, cyn belled â'i fod yn gorwedd ar y soffa wrth ochr ei wraig.

Tawelodd Prys wedyn, gan droi ei sylw at y pastai Ginsters blas tikka cyw iâr a brynodd ben bore yn Spar. Wedi gorffen, fflysiodd Prys y briwsion â llymaid o Cherry Coke, tra yfai Morgan ddŵr.

'Chi 'di gwneud gwaith penigamp bore 'ma 'to bois.'

Trodd y brodyr i gyfeiriad y llais, gan nodio eu diolch i Mr Cook, perchennog y palas swbwrbaidd, am ei glod. Safai ei wraig yn wên gyfeillgar wrth ei ochr.

'We're here to please,' atebodd Prys, cyn defnyddio'i fynegfys i balu am fwydach yng nghefn ei geg.

'Wrth gwrs, wrth gwrs, a dyna pam y'n ni'n eich defnyddio chi 'to, yn tyfe bois…'

'Naethoch chi job mor dda o'r garej.' Ymunodd Mrs Cook yn y canmol, gan gyfeirio at job a wnaeth y brodyr rhyw bum mlynedd ynghynt i'r hen gwpwl.

'Diolch,' meddai Morgan, braidd yn chwithig.

'Byddwn ni'n rhoi'r ffenestri mewn prynhawn 'ma…'

'Ma'r to 'di gorffen nawr…'

'Dim ond y plastro a'r peintio a'r llawr fydd ar ôl i 'neud wedy'ny…'

'A'r decking.'

'O, ie. A'r decking. Byddwn ni 'di gorffen mewn wincad nawr…'

'Dydd Gwener, fan pella, os gewn ni'r tywydd…' addawodd Morgan, cyn gorffen ei drydedd frechdan.

'Gwych iawn,' gwenodd Mr Cook, gan daro ysgwydd Morgan.

'Ni'n mynd mas am y prynhawn,' dywedodd ei wraig, gan estyn allwedd o'i phoced a'i rhoi i Prys. 'Allwedd y drws cefn yw honna. Yr un sbâr, felly man a man i chi ei chadw tan ddydd Gwener. Helpwch eich hun i de a choffi…'

'Picnic yn yr ardd, myn uffarn i!' ebychodd Wncwl Gari wrth gerdded tuag atynt i lawr y llwybr wrth ochr y tŷ. Roedd dillad y bos yn bradychu'r ffaith ei fod wedi dod yn syth yma o'r cwrs golff, wedi deunaw twll cyflym cyn cinio yng nghwmni un o'i bartneriaid arferol, y Cynghorydd Iwan Lloyd. Gwisgai chinos glas tywyll a siwmper Pringle felen oedd yn glynu at gyhyrau boliog hanner uchaf ei gorff – y cyhyrau oedd yn sicrhau y gallai yrru pêl golff am dri chan llath, a chael ei fedyddio'n 'Happy Gilmore' gan rai o'i gyd-aelodau. Ar ei ben, cap Kangol à la Samuel L Jackson, a maneg wen Titleist yn hongian o boced gefn ei drowsus yn cwblhau'r ddelwedd.

'Gari, sut wyt ti? Sai 'di anghofio am y cheque.'

'Cheque?' ffugiodd Mr C â gwên ffuantus. 'Martin bach, dim dyna pam dwi 'di dod 'ma.' Llifodd y celwydd o'i geg fel afon. 'Dim ond dod i weld shwt ma Dumb and Dumber fan hyn yn siapo ydw i.'

Anwybyddodd y brodyr y sylw sarhaus; wedi'r cyfan, dyna un o hoff jôcs Wncwl Gari, ac roedden nhw wedi'i chlywed gant a mil o weithiau dros y blynyddoedd.

'Wel, gan dy fod ti yma, fe a' i hôl e i ti nawr...'

Dim ond dair gwaith yn ystod job y byddai'r brodyr yn gweld eu hewythr: ar y diwrnod cyntaf pan fyddai'n casglu chwarter yr arian fel arian parod (yn syth i'w boced heb air wrth neb); hanner ffordd trwy'r gwaith, fel heddiw, i gasglu siec am 50% o'r cyfanswm (i gael ei rannu â Chyllid a Thollau ei Mawrhydi); ac eto ar y diwrnod olaf i gasglu chwarter olaf y taliad fel arian parod (i'w boced heb air wrth neb unwaith eto).

'Fe a' i hôl e nawr,' cynigiodd Mrs Cook. 'Dwi 'di anghofio fy sbectols haul ta beth...'

'Diolch, bach,' meddai ei gŵr, ac wrth i Mrs Cook fynd i mofyn ei phethau, trodd yntau ei sylw yn ôl at y gwaith. 'Ma gweithwyr caled 'da ti fan hyn, Gari. So nhw 'di stopo ers wyth bore 'ma... ers wythnos diwethaf a dweud y gwir...'

'Falch clywed,' daeth yr ateb. ''Na pam dwi'n 'u talu nhw!'

'Digon gwir, digon gwir. Sut ma Ceri gyda ti?'

'Grêt, diolch. Cannwyll fy llygad, Martin bach. The light of my life...'

Bu bron i Prys chwydu wrth glywed geiriau gwag ei ewythr, ond newidiodd Wncwl Gari'r pwnc heb oedi'n hir ar ei wraig.

'O'n i moyn gair 'da ti am gapteniaeth y clwb golff...' dechreuodd Mr C, gan wneud i'r brodyr stopio gwrando ar unwaith.

Clwb Golff Gerddi Hwyan oedd gwir ddiddordeb eu hewythr erbyn hyn ac roedd ei fwriad o geisio am gapteniaeth y clwb wedi bod yn bwnc llosg gyda mwyafrif cwsmeriaid ei gwmni yn ddiweddar.

'Ti'n gwybod pwy arall sy'n sefyll?' gofynnodd Mr Cook yn rhethregol. Roedd *pawb* yn gwybod pwy oedd yr ymgeisydd arall.

'Barod nawr!' Dychwelodd Mrs Cook, ei sbectol haul ar ei thrwyn ac amlen i Mr C yn ei llaw, cyn i'r triawd gerdded yn hamddenol i lawr y llwybr wrth ochr y cartref crand tuag at y ceir drudfawr ar y dreif o flaen yr eiddo.

Ymhen munud neu ddwy clywodd y brodyr ddwy injan yn tanio.

'Glywes ti'r bollocks 'na?' gofynnodd Prys i'w frawd trwy gwmwl o fwg piws melys.

'Do.'

'What a fuckin' cock!'

Ond ni ddywedodd Morgan yr un gair mewn ymateb.

Prys y Penci

1996

Roedd wythnos union bellach ers i Gwyn Caradog farw, ac yn y crem y byddai'r angladd yn cael ei gynnal yfory. Aros gyda'u hewythr roedd y brodyr, gan rannu matres dwbl yn un o'r ystafelloedd nas defnyddid ar lawr gwaelod y plasty, gan fod yr ystafelloedd gwely sbâr yn llawn bocsys.

Ysai Prys am gael mynd adref, er nad oedd wedi crybwyll hynny hyd yn hyn, tra oedd Morgan, ar y llaw arall, wrth ei fodd yno, yn bennaf gan ei fod ef a'i ewythr wedi closio'n aruthrol yn ystod yr wythnos, diolch i ddiddordeb y ddau mewn codi pwysau.

* * *

Yn y garej, gwyliai Mr C yn gegagored wrth i'w nai ifanc godi'r bar, a hwnnw'n plygu fel gwialen bysgota diolch i'r wyth deg pwys ar bob pen, am y canfed tro yn ystod y sesiwn. Dyma'r trydydd tro i'r ddau fynd ati yn y garej ers marwolaeth tad y bechgyn, a synnai Mr C wrth weld cynnydd Morgan mewn cyfnod mor fyr. Wedi blynyddoedd o godi pwysau, dim ond rhyw bedwar deg pwys yn fwy na'i nai y gallai yntau ei godi.

Gyda *Generation Terrorists* yn udo yn y cefndir, gorweddai Morgan ar ei gefn ar y fainc yn gwisgo fest felen a siorts Lycra du, rhan o gasgliad dillad ymarfer helaeth Wncwl Gari, â'r chwys yn rhaeadru i'r llawr wrth draed ei ewythr, a safai y tu ôl iddo. Cyn iddo ddod i aros gyda Mr C, nid oedd Morgan erioed wedi bod mewn campfa go iawn, ond roedd yn fachgen mawr ac yn naturiol gyhyrog. Roedd eisoes wedi'i fachu.

Er mai dim ond un ar bymtheg oed oedd Morgan, roedd wedi stopio tyfu ers iddo gyrraedd chwe throedfedd a thair modfedd rhyw flwyddyn ynghynt. Teimlai'n falch o hynny, gan fod bod *mor* dal *mor* ifanc yn ei neilltuo oddi wrth weddill ei gyfoedion ac yn gallu tynnu sylw annymunol rhai o gymeriadau amheus yr ysgol. Wrth gwrs, roedd manteision hefyd – roedd Morgan wedi arwain tîm rygbi ei flwyddyn ysgol am bum mlynedd o safle'r wythwr gan ennill nifer helaeth o'r gêmau, heb lawer o gymorth ei gyd-chwaraewyr mewn rhai achosion.

Ond ers gadael yr ysgol ar ôl canlyniadau TGAU trychinebus, nid oedd wedi gwneud fawr o ymarfer corff. Tan yr wythnos hon. Gallai weld yn syth pam roedd pobl yn cael eu bachu gan godi pwysau. Roedd yn arfer mor gaethiwus ag unrhyw gyffur neu gêm gyfrifiadurol, ac eisoes, wedi dim ond tair sesiwn, gallai Morgan deimlo'i gorff yn datblygu a'i gyhyrau'n tyfu. Yn ogystal, roedd Wncwl Gari wedi'i gyflwyno i gysyniad newydd arall, sef bwyta'n iach, ac wedi'i arwain ar ddwy daith redeg bum milltir ar y dyddiau pan na fuon nhw yn y gampfa. 'Cydbwysedd' oedd y gair hud, yn ôl Wncwl Gari: cydbwysedd rhwng y codi pwysau, yr ymarfer cardiofasgwlaidd a'r bwyd roeddech yn ei fwyta. A chwarae teg, mewn materion o'r fath, rhaid oedd credu rhywun oedd â chorff fel eiddo ei ewythr.

Gyda'r bar a'r pwysau yn ôl yn ddiogel yn eu crud, cododd Morgan i'w eistedd gan deimlo'r gwaed yn rhuthro trwy wythiennau ei freichiau. Sychodd ei dalcen â thywel a llyncu llond ceg o Lucozade isotonig.

Patiodd Mr C ei nai ar ei ysgwydd a'i annog i symud o'r ffordd er mwyn iddo ef gael gorffen ei sesiwn trwy godi'r bar ugain tro arall. Cyn gorwedd, ychwanegodd fwy o bwysau at y bar a gofyn:

'Beth sy'n bod arno fe, 'de?'

'Be? Pwy?'

'Prys, yn tyfe. Ma fe braidd yn moody, so ti'n meddwl?'

meddai Wncwl Gari, yn hollol ddideimlad o ystyried y digwyddiadau diweddar.

'Na, fel 'na ma fe,' atebodd Morgan gan godi ei ysgwyddau, er i'w frawd fod yn llawer tawelach nag arfer ers marwolaeth eu tad. Roedd yntau hefyd wedi crio o leiaf unwaith bob dydd yn ystod yr wythnos, er bod ei gyfeillgarwch â'i ewythr wedi llenwi peth o'r gwacter yn ei achos ef. 'Ond ma fe'n gweld eisiau Dad yn fawr, 'fyd...'

'Ni gyd yn gweld 'i eisie fe, Mogs bach. Ond so ni gyd yn gadael i hynny effeithio ar eraill, ydyn ni.'

'Uh? Falle... sai'n gwbod am hynny...'

Fel arfer, nid oedd Morgan yn deall popeth a gâi ei ddweud wrtho, a doedd y ffaith fod ei ewythr yn stryffaglan a thuchan i godi'r bar a'i bwysau aruthrol fawr o help.

'Dylse fe ymuno â ni fan hyn. 'Ma'r lle gorau yn y byd i roi trefn ar dy feddylie,' dywedodd Wncwl Gari, a'r bar yn gorffwyso ar ei bectorals boliog, cyn gwthio nes bod ei freichiau'n syth unwaith yn rhagor, a'i holl gorff yn dirgrynu o dan y straen.

Ysgydwodd Morgan ei ben. Ei ewythr oedd wedi camddeall y tro hwn.

'Sdim gobaith o hynny, Wncwl Gari. Sdim diddordeb 'da Prys mewn pethe fel hyn. Fe gath y breins, fi gath y brawn. Ma fe'n fwy arty, er 'i fod yn chwaraewr pêl-droed da, ac yn faswr olreit 'fyd. Neu o leiaf, roedd e. Ma fe'n lico tynnu llunie, darllen, gwylio ffilms, gwrando ar gerddoriaeth. Chi'n gwbod... pethe fel 'na...'

Gyda help ei nai, ailosododd Mr C y bar â'r pwysau yn ei grud, cyn codi i eistedd, yfed ei ddiod isotonig a sychu'r chwys â'i dywel. Yna, trodd at Morgan a golwg ddwys ar ei wyneb.

'O ie, Renaissance man, ife?'

'Uh?' Roedd golwg ddryslyd ar wyneb Morgan.

'Meddwl bod e'n glyfar, ife? Ti'n gwbod – Prys...'

Gwenodd Morgan nawr.

'Na, na, Wncwl Gari. Dim *meddwl* 'i fod e'n glyfar mae Prys, ond *gwbod…*'

* * *

Gan orweddian ar y soffa yn yr ystafell fyw, darllenodd Prys yr un dudalen o *King Lear* am y trydydd tro mewn llai na hanner awr. Hwn oedd un o lyfrau'r cwricwlwm Lefel A Saesneg, ond nid oedd Prys yn ei fwynhau rhyw lawer. Y gwir yw, er nad oedd modd gwadu athrylith yr hen William Shakespeare, roedden nhw'n gweithio'n llawer gwell fel dramâu llwyfan nag ar y dudalen. Ym marn Prys, roedd angen gweld a chlywed y geiriau, yn hytrach na dim ond eu darllen. Yn ôl Mrs Bradley, ei athrawes, byddai'r dosbarth yn mynd i Stratford i weld cynhyrchiad byw cyn diwedd y flwyddyn academaidd, ond yn y cyfamser roedd yn rhaid darllen y testun, er ei bod hi bron yn amhosib canolbwyntio heno diolch i angladd ei dad yfory a gwên Ceri Isaac, cyd-ddisgybl yng ngholeg y chweched oedd a'i hwyneb wedi'i ysgythru ar ei gof.

Cododd y ffôn oddi ar y bwrdd coffi a gwasgu'r rhifau cyfarwydd. A'i galon ar fin ffrwydro, arhosodd am ateb a'i geg yn sych. Wedi o leiaf ugain caniad, daeth llais benywaidd ar ben arall y lein.

'Isaac residence, Jennifer speaking.'

'Uh… helô, Mrs Isaac… ydy Ceri 'na plis?'

'Na. Sori. Mae hi allan. Ga i gymryd neges?'

'Uh… na… dim neges… diolch, Mrs Isaac…'

Gwasgodd y botwm coch ac aros i'w galon arafu. Doedd hi byth adref. Wel, dim pan fyddai e'n ffonio, ta beth. Ond nid oedd eisiau meddwl gormod am hynny.

Trodd ei sylw at y llyfr braslunio oedd yn gorwedd wrth ei ochr. Cododd ei bensil a mynd ati i ychwanegu cysgod fan hyn a manylyn fan draw ar yr wyneb angylaidd a syllai arno o'r dudalen. Wrth wneud, trodd ei feddyliau at ei dad. Er ei fod wedi hen baratoi am yr anochel, roedd yr wythnos hon wedi bod yn galed iawn a'r galar yn annisgwyl o ddidostur. Er nad oedd Prys a Morgan yn agos iawn ato, nid bai eu tad oedd hynny. Roedd e'n rhy brysur yn gweithio mewn dwy swydd er mwyn sicrhau'r cyfleoedd gorau i'w feibion – security guard llawn-amser yn yr Asda lleol yn ystod yr wythnos a dwy shifft ddwbl fel barmon yng Nghlwb Rygbi Gerddi Hwyan bob penwythnos. Golygai ei amserlen wythnosol nad oedd llawer o amser ganddo i'w dreulio gyda'i feibion. Ni allai Prys erioed gofio'i weld yn sefyll ar ochr cae pêl-droed neu rygbi'n ei wylio, a chofiai iddo deimlo dicter am hynny wrth weld rhieni chwaraewyr eraill yn eu gwylio'n rheolaidd.

Wrth gwrs, roedd Prys yn caru ac yn parchu ei dad, ond ni allai honni ei fod yn ei adnabod yn dda. Bellach, ni fyddai'n cael y cyfle i ddod i'w adnabod yn well. Roedd hynny'n tywyllu tristwch Prys fwy fyth a dechreuodd ystyried ai hiraethu am yr hyn a gollasai yn ystod ei fywyd roedd e, neu alaru am farwolaeth ei dad. Byddai'r angladd yfory yn heriol hefyd, er y byddai'n rhaid iddo fod yn gryf er mwyn Morgan – roedd e wedi wylo yn ei gwsg wrth ei ochr bob nos ers i'r ddau ddod i aros at Wncwl Gari. Chwarae teg i hwnnw hefyd, roedd wedi delio â phopeth ar eu rhan, gan gynnwys sicrhau tystysgrif marwolaeth a chysylltu â threfnwr angladdau. Er y gwyddai Prys na fyddai Wncwl Gari a fe byth yn ffrindiau agos, gwerthfawrogai ei gymorth yn aruthrol yr wythnos hon. Roedd hefyd yn hapus o'i weld yn helpu Morgan trwy'r cyfnod tywyll.

Ar y gair, ymddangosodd y ddau yn y lolfa, eu cyhyrau'n sgleinio o dan wlith eu hymdrechion.

'Pwy yw honna, dy wejen?' gofynnodd Wncwl Gari gan chwibanu wrth weld y darlun yn llaw Prys.

'Na, dim byd fel 'na,' atebodd yntau, gan edrych yn slei ar ei frawd. 'Rhan o'r cwrs celf. Modiwl ar bortreadau…'

Chwarddodd Morgan ar hynny, gan besychu'n ddramatig a mwmian 'Bullshit' y tu ôl i'w ddwrn.

Gwenodd Wncwl Gari arno, cyn troi yn ôl at Prys.

'Dere. Pwy yw hi?'

'Neb. Serious nawr.'

'Ceri Isaac yw hi,' datgelodd Morgan. 'Un o ferched cŵl y coleg.'

'Neis iawn,' craffodd Mr C ar y portread. 'Way out of your league, Prys bach!'

'Too right, ma hi. Ond ma hi'n real dick tease 'fyd. Ma Prys yn meddwl bod e in there, ond so…'

'Fuck off, Mogs! So ti'n gwbod dim.'

A gyda hynny, gadawodd y ddau'r lolfa gan chwerthin, a throedio'r grisiau – cawod glou i Morgan, a bath hir yng nghwmni Andy McNab i Mr C.

* * *

Agorodd Wncwl Gari ddrws ffrynt ei dŷ a'i ddal ar agor er mwyn gadael i'w neiaint gamu i mewn i'r cyntedd o'i flaen. Edrychai Mr C a Morgan fel bownsars yn eu siwtiau tywyll a'u teis unionsyth, tra ymdebygai Prys i un o'i arwyr newydd, Jarvis Cocker, yn ei ymdrech siop elusennol yntau. Gyda'r prynhawn yn ffarwelio ar ddiwrnod hir ac emosiynol, roedd tywyllwch y cyfnos yn cripian i mewn i'w cartref, wynebau'r tri'n welw a'u llygaid yn waetgoch.

Caeodd Mr C y drws, a chyneuodd Prys y golau. Safodd pawb yn yr unfan, fel petai'r golau wedi'u rhewi yn y fan a'r lle.

'Chi'n iawn, bois?' gofynnodd Mr C am y canfed tro heddiw.

Nodiodd y brodyr, er bod eu llygaid yn awgrymu'r gwrthwyneb.

'Bydde Gwyn yn prowd ohonoch chi heddi,' ychwanegodd eu hewythr, gan afael yn eu hysgwyddau. 'Nawr, beth chi moyn i swper – Chinky neu Raj?'

'Raj,' daeth yr ateb ar y cyd.

''Na beth o'n i'n gobeithio. A' i ordro nawr. Wela i di yn y gym mewn pymtheg munud, iawn Mogs?'

Ac i ffwrdd â Morgan i fyny'r grisiau i gyfnewid y siwt am ddilladach mwy cyfforddus.

'Beth ti'n mynd i neud?' gofynnodd Mr C i Prys, oedd eisoes yn cerdded i ffwrdd oddi wrtho i gyfeiriad y drws cefn.

'Awyr iach,' atebodd yntau, heb edrych yn ôl, er nad oedd unrhyw beth iach am y sbliff o sebon tywyll oedd yn aros amdano yn y tun tybaco yn ei boced.

* * *

Rhyw ddwyawr yn ddiweddarach, eisteddai'r triawd wrth y bar brecwast yn y gegin yn bochio'r wledd Indiaidd a gyrhaeddodd am wyth o'r gloch ar y dot, yn unol â chais Mr C, chwarae teg i Ranjit, dosbarthwr cyfeillgar a chwrtais y Gujarat Palace.

Ers rhai blynyddoedd, byddai'r brodyr yn bwyta pryd o'r Palas nos Wener olaf bob mis yng nghwmni eu tad. Trît go iawn, er na fyddai eu tad yn mynd dros ben llestri yn yr un modd ag Wncwl Gari gyda'r holl seigiau ychwanegol – poppadoms a phlât picls, chapattis, tarka dhal, bara naan a'r sglodion diangen. Roedd chwaeth y brodyr wedi datblygu ac esblygu dros y blynyddoedd ac erbyn hyn roedd y malai a'r korma hufennog yn atgof pell o'u plentyndod a'r madras a'r dhansak oedd yn mynd â'u bryd. Wrth gwrs, wedi dau ddegawd ychwanegol o brofiad yn y maes, roedd plât Wncwl Gari'n domen danllyd ac amryliw, yn cynnwys jalfrezi cig oen, vindaloo cyw iâr a madarch saag, yn ogystal â'r reis pilau, sglods ac unrhyw beth arall y gallai ei wasgu arno.

Roedd Mr C a Morgan ar eu cythlwng ar ôl eu sesiwn ddiweddaraf yn y gampfa, er mai sesiwn ysgafn oedd un heno o'i chymharu ag un y noson cynt, tra bod Prys yn bwyta fel arth oedd newydd godi o drwmgwsg, diolch i ôl-effeithiau y ganja. Nid oedd yr un o'r tri wedi bwyta rhyw lawer ers amser brecwast – brechdan neu ddwy yn y bwffe bach ar ôl yr angladd – ond roedd pawb yn gwneud iawn am hynny nawr.

Er na ddisgwyliai Mr C i lawer ddod i dalu'r deyrnged olaf, roedd hi'n braf gweld cynifer yn y cynhebrwng. Rhoddodd aelodau'r clwb rygbi send-off dda i Gwyn, ac yntau wedi gweithio yno y tu ôl i'r bar am yn agos i bymtheg mlynedd.

Wylodd Morgan trwy gydol y gwasanaeth yn y crem, wrth i'w frawd a'i ewythr afael ynddo. Nid ynganodd Prys yr un gair tan i'r gwasanaeth ddirwyn i ben. Yna, fel tasai pwysau'r byd wedi'i godi oddi ar eu hysgwyddau ar unwaith, dechreuodd y ddau gyfarch y galarwyr, gan gofio a rhannu atgofion am eu tad gyda hwy. Roedd gweld hynny wedi cadarnhau ym meddwl Mr C fod yr amser wedi dod i rannu ychydig o newyddion da â'r ddau, newyddion fyddai, gobeithio, yn rhoi gwên ar eu hwynebau ar ddiwedd y diwrnod heriol hwn.

Gyda'i geg yn llawn cyrri, cododd Wncwl Gari a chamu at yr oergell.

'Pwoy smwoyn cwrhw?' gofynnodd trwy'r gybolfa gegol.

Edrychodd y brodyr arno, heb ddeall yn iawn ond eto'n hanner credu iddynt glywed y gair hud, 'cwrw'.

Llyncodd Wncwl Gari, cyn ailadrodd ei ymholiad, ac yna estyn tair potelaid o Cobra o grombil y gell. Agorodd y poteli â'i ddannedd, a'r brodyr yn ei wylio'n gegagored ac yn llawn edmygedd anaeddfed.

'I Gwyn!' cynigiodd Wncwl Gari gan godi ei botel ac annog y brodyr i wneud yr un peth.

'I Dad!' atebodd y ddau ar unwaith.

Gwenodd Wncwl Gari arnynt, cyn troi yn ôl at ei wledd.

'Rhaid cael cwrw gyda'ch cyrri. Sdim byd gwell, so chi'n cytuno?'

Mwmiodd y brodyr eu cadarnhad trwy fochau tanllyd.

'Beth yw'ch plans chi 'te, bois?'

'Plans?' atebodd Prys, wrth godi'r Cobra at ei geg.

'Ie, chi'n gwbod, y dyfodol. Beth y'ch chi moyn neud… am swydd… uchelgeisiau ac ati?'

'Wel, fi moyn gweithio gyda chi, Wncwl Gari. Chi'n gwbod, labro, adeiladu, brickie. Beth bynnag. Ond sai'n gallu gwneud dim tan mod i'n pasio GCSE maths a Saesneg. 'Na beth ma Mr Pritchard y careers advisor yn dweud ta beth. Er, sai'n siŵr yw e'n gwybod yn iawn am beth ma fe'n sôn…'

'Na, na, Mogs, ma fe'n llygad 'i le. Sdim modd cael prentisiaeth hyd yn oed y dyddie 'ma heb basio GCSE maths a Saesneg gynta. Regulations newydd, t'wel…'

'O,' oedd ateb siomedig Morgan.

'A beth amdanot ti, Professor?'

Trodd Wncwl Gari i edrych ar Prys, oedd wrthi'n sychu ei blât â darn o fara naan.

'Wel, ar ôl gorffen coleg, fi moyn gwneud cwrs art foundation am flwyddyn…'

'Ac wedyn?'

Cododd Prys ei ysgwyddau mewn ateb gan fod ei geg yn llawn bara a sudd sbeislyd.

'Come on, Prys, o'n i'n disgwyl bydde master plan gyda ti.'

'Na. Sen i'n hoffi bod yn artist neu'n awdur, ond ma hynny braidd yn overambitious. Ma graphic design yn opsiwn hefyd, I suppose…'

'Digon teg, ond ma gen i rywbeth i'w gynnig i ti. I *chi*, a dweud y gwir.'

Ar unwaith, roedd y brodyr yn llawn diddordeb.

'Wel, yn gyntaf, gewch chi symud adref. I'r Wern. Gallwch chi fynd unrhyw bryd. Fi'n siŵr nad y'ch chi moyn aros fan hyn gyda fi'n lot hirach. Ac er nad yw hynny'n strictly legal, cant y cant, bydd popeth yn cŵl pan fyddi di'n troi'n ddeunaw mis nesa, Prys.'

Edrychodd y brodyr ar ei gilydd gan wenu. Roedd hynny'n newyddion gwych, a phennau'r ddau'n llenwi ar unwaith â phosibiliadau am bartis. Gwelodd Mr C nhw'n gwenu, a gwyddai y bydden nhw wedi mynd cyn diwedd yr wythnos, os nad yfory.

'Yr ail beth sy 'da fi i gynnig yw job – i ti, Prys, yn gynta ac i ti Mogs, hefyd, wedi i ti basio dy GCSE maths a Saesneg…'

'Job?' ebychodd Prys, heb fod yn siŵr a glywsai ei ewythr yn iawn.

'Ie, ond mwy na hynny hefyd. Cyfle. Dechrau da. A fi'n gwybod dy fod ti eisie mynd i'r coleg a stwff fel 'na, ond dwi'n cynnig cyfle i ti ddechrau ennill cyflog ar unwaith, yn ogystal â dysgu sgiliau y byddi di'n gallu'u defnyddio am weddill dy fywyd…'

Gwthiodd ymennydd Prys y syniad o bartis o'r neilltu ar unwaith wrth i'w ddychymyg fynd dros ben llestri ar ôl clywed am y posibilrwydd o ennill cyflog.

'Gei di hyfforddi fel saer coed, sy'n job creadigol, neu hyd yn oed astudio mewn dosbarth nos i fod yn bensaer, sdim ots 'da fi, ond fi'n cynnig swydd i ti nawr, yn dechrau dydd Llun, fel labrwr ar y site. Dim byd flash, cofia, a gwaith caled 'fyd, ond fe gei di ddau gant yr wythnos am wneud a bydd yr arian i gyd yn mynd yn syth i dy boced. Cash in hand. No questions asked…'

Edrychodd Prys ar ei frawd unwaith eto, cyn cymryd llymaid o'r cwrw a meddwl yn ddwys am y cynnig. Er nad oedd modd dadlau â doethineb ei ewythr ar yr achlysur hwn, nid oedd yn fodlon ymrwymo ar unwaith chwaith.

'Ga i feddwl am y peth, Wncwl Gari? I mean, mae'n gynnig teg, a ma fe wir yn apelio, ond ma heddiw wedi bod…'

'Sdim isie esbonio, Prys. Ca' think, a gad fi wbod fory neu'r diwrnod wedyn…' Ond roedd Mr C yn gwybod beth fyddai ei ateb yn barod. Gallai adnabod penci ar fachyn yn unrhyw le…

Ar y trywydd...

2016

Llifodd yr haul trwy do gwydr heulfan anferthol Mr a Mrs Peter Evans, dioddefwyr lladrad cyntaf y gyfres ddiweddaraf, gan fwytho croen gwelw DC Aled Colwyn a gwneud i'w lygaid gau wrth i ddiffyg cwsg y blynyddoedd diwethaf ddal i fyny gyda fe am ychydig eiliadau. Nid oedd ei ail frecwast diangen o'r Badell Ffrio yn ei helpu rhyw lawer chwaith.

Wrth i'w bartner bendwmpian, edrychodd DC Richard King o'i gwmpas, gan ryfeddu at y lle. Roedd yr heulfan hon yn fwy o faint na'i fflat un ystafell wely yntau, tra bod gweddill y tŷ yn debyg o ran maint i'w ysgol gynradd gynt. Doedd dim rhyfedd bod lladron yn targedu llefydd o'r fath, gan fod arian a chyfoeth eu perchnogion yn cael eu hysbysebu i'r byd a'i bartner ar ffurf y ceir drudfawr ar y dreif tu fas, y gerddi taclus a'r garddwyr estron a ofalai amdanynt, heb sôn am y trysorau oedd yn hongian o welydd mewnol y plastai modern.

O'r diwedd, dychwelodd Mrs Evans atynt yn cario llond hambwrdd o ddanteithion – cafetière llond coffi ffres a detholiad o gacennau a bisgedi o bob math. Gosododd y bwydach ar y bwrdd coffi gwydr gan eistedd ar y gadair gyferbyn â'r heddweision.

Er ei bod yn hawdd yn ei chwedegau bellach, roedd Mrs Evans yn dal i ofalu am ei hymddangosiad fel merch hanner ei hoedran. Roedd hynny'n amlwg iawn heddiw, gan ei bod yn gwisgo gwisg ymarfer corff un darn o Lycra tyn, wedi i'r ditectifs darfu ar ei sesiwn ddyddiol yng nghhampfa breifat ei chartref. Roedd lliw iach ar ei chroen hefyd, ond yn wahanol i Danny Finch, nid oedd hi wedi bod yn agos at wely haul.

Roedd gwreiddiau ei lliw hi yn y Caribî yn hytrach nag ar stryd fawr Gerddi Hwyan.

Wedi corlannu'r ditectifs i mewn i'r heulfan ac esbonio bod ei gŵr, yn ôl ei arfer, allan yn chwarae golff, aeth Mrs Evans ati i baratoi lluniaeth, yn ogystal â thwtio rhyw fymryn ar ei gwedd. Nid oedd hi'n hoff o unrhyw un yn ei gweld yn chwysu, yn enwedig rhywun mor hyfryd â DC King. Ystyriodd newid a chael cawod gyflym, ond yna cofiodd am gadernid greddfol ei gŵr o'i gweld yn gwisgo'i ddillad ymarfer, felly penderfynodd beidio. Ac wrth eistedd yno gyferbyn â nhw, yn arllwys coffi cryf i ddau hen fyg – nid oedd angen gwastraffu'r tsieina gorau ar yr heddlu, wedi'r cyfan – gwyddai, er nad oedd hi'n eu gwylio, fod y ddau dditectif gwalltog yn gwerthfawrogi ei hymdrechion, ac efallai hyd yn oed yn synnu bod menyw mor hen yn gallu edrych mor dda.

'Sai'n gwybod beth alla i ychwanegu at yr hyn wedes i wrth y ddau swyddog ddaeth draw yr wythnos diwetha…' dechreuodd Mrs Evans, gan ystumio at y cacennau â'i llaw. 'Sdim llawer i'w ddweud, dyna'r gwir. Chlywes i na Peter ddim byd. A dweud y gwir, falle bysen ni'n dal ddim callach oni bai bod Peter wedi mynd i nôl bach o petty cash y diwrnod canlynol i dalu'r dyn llath neu'r boi ffenestri, sai'n cofio'n iawn off top fy mhen, a gweld fod yr amlen wedi diflannu…'

Fel myfyriwr cydwybodol, ysgrifennodd Col bopeth yn ei lyfr nodiadau.

'Fi'n gwbod bod hyn bach yn ddiflas, Mrs Evans. Yr holl ailadrodd, hynny yw, ond ma'n rhaid i ni ddechrau o'r dechrau bron, gan mai dim ond heddiw y'n ni'n dechrau ar yr achos…' esboniodd Col, cyn canolbwyntio ar y petty cash. 'Nawr, faint yn gwmws nath y lladron ddwyn? Faint oedd yn yr amlen?'

'Dim llawer, mewn gwirionedd. Dim byd i golli cwsg drosto ta beth,' chwarddodd Mrs Evans. 'Ma Peter yn hoff o gadw rhyw fil o bunnoedd yn nrôr ei ddesg. Arian parod i dalu'r gweithwyr. Y dyn llath, y boi ffenestri, y garddwr, y boi sy'n glanhau'r ceir ac ati. A fel y'ch chi'n siŵr o fod yn gwybod yn barod, nath y lladron ddim cymryd unrhyw beth arall. Dim, ond y petty cash! Am ladron!'

Chwarddodd eto ar afresymoldeb tactegau'r dihirod, er bod y ddau dditectif yn parchu eu rheolaeth a'u diffyg trachwant. Wedi'r cyfan, trwy fod yn farus y caiff lladron eu dal…

'A doedd dim arwydd o dorri mewn o gwbl?' Ymunodd DC King yn yr holi, gan gadw un llygad ar y cacennau a'r llall ar gorff gogoneddus y bensiynwraig.

'Dim o gwbl, chwarae teg iddyn nhw! Er, ni'n gwybod iddyn nhw agor y sêff, ond naethon nhw ddim dwyn dim allan ohoni…'

'Beth oedd yn y sêff, Mrs Evans?' gofynnodd Col, trwy lond ceg o gacen foron felys.

'Hen ddyddiaduron mam Peter, er wn i ddim pam ei fod e'n mynnu eu cadw nhw fan 'na. Cytundebau amrywiol – stwff cysylltiedig â'r tŷ, chi'n gwybod. Pasborts. Pethau felly. Dim byd gwerth ei ddwyn, yn amlwg.'

'Fyddai modd i ni gael gweld y swyddfa, Mrs Evans?'

'Wrth gwrs, dilynwch fi.'

A gyda hynny, cododd gwraig y tŷ gan wahodd y ditectifs i'w dilyn trwy'r cartref crand at y swyddfa. Safodd hithau wrth y drws agored ac edrychodd Col a Kingy o gwmpas, heb wybod yn iawn pam eu bod yno na beth yn gwmws oedden nhw'n chwilio amdano.

'Ble ma'r sêff?' gofynnodd Col.

'Gwaelod y cwpwrdd. Yn y cornel, tu ôl i Ditectif King.'

Trodd y ddau, a thro Mrs Evans oedd hi i werthfawrogi yn awr, yn enwedig pan blygodd Kingy o'i ganol i edrych yn agosach ar y diogelflwch bach dinod.

Ysgrifennodd Col nodiadau yn ei lyfr bach blêr, cyn gofyn:

'A beth am y petty cash?'

'Drôr uchaf y ddesg. Diogel iawn, fi'n gwybod!'

'Ga i?' gofynnodd Col, a'i law yn hofran uwchben dolen y drôr.

'Wrth gwrs,' meddai Mrs Evans gyda gwên.

Agorodd Col y drôr a chael ei synnu i weld amlen frown drwchus a'r geiriau 'petty cash' wedi'u sgriblan ar ei blaen yn gorwedd yno, fel pe na bai'r lladrad wedi digwydd o gwbl yr wythnos cynt.

Edrychodd Col ar Mrs Evans. Cododd hithau ei hysgwyddau arno a gwenu. Beth oedd mil o bunnoedd i bobl mor amlwg gefnog?

'Gewn ni weld yr ardd cyn i ni fynd, plis, Mrs Evans?' gofynnodd Col ar ôl cau'r drôr, ac ymhen dim roedd y triawd yn sefyll reit ar ei gwaelod, yn syllu ar y glwyd a'r ffens ar y ffin. Tu hwnt i'r terfyn roedd glastir eang Clwb Golff Gerddi Hwyan yn ymestyn am filltir neu ddwy, yn werddon o lonyddwch lled naturiol yng nghanol holl ddatblygiadau'r dref.

Fel pob gardd yn y cyffiniau, roedd un yr Evansiaid yn ymestyn am ryw gan metr yng nghefn y tŷ. Er bod yr heulfan a'r ardal ddecio, y lawnt streipiog, y coed ffrwythau a'r pwll dŵr oll yn cael eu ticio oddi ar y rhestr o nodweddion hanfodol gardd gefn y crach, roedd DC Colwyn yn dal yn genfigennus iawn ohonynt. Wedi'r cyfan, doedd dim *angen* yr holl le ar Mr a Mrs Evans – yn wahanol iddo ef a'i wraig a'i epil, oedd wedi hen lenwi eu cartref ac yn desbret am fwy o le, yn enwedig ers dyfodiad rhif tri.

Gwagiodd ei ben o'r fath feddyliau, gan droi ei sylw at y fynedfa a ddefnyddiodd y lladron.

'Dwi'n cymryd nad dyma'r unig ffordd mewn i'ch eiddo, Mrs Evans.'

'Na. Mae dwy ffordd arall rownd ochr y tŷ, ond dyma'r ffordd fwyaf amlwg, a diogel, i ladron, nag yfe?'

'Chi'n llygad eich lle…'

'Pam dod trwy'r ffrynt ar hyd y stryd, pan allwch chi gripian trwy gysgodion y coed a'r clwb golff?'

'Yn gwmws, DC King. Mae'r cwrs golff yn rhoi mynedfa berffaith i'r lladron. Er, rhaid eu bod nhw wedi dod trwy'r glwyd, yn hytrach na dros y ffens…'

Edrychodd y tri i fyny at y ffens, ac yn benodol ar y weiren bigog oedd yn glymau bygythiol ac yn rhwystr effeithiol iawn ar ei phen.

'Ond doedd dim ôl torri i mewn. Os fi'n cofio'n iawn, roedd y glwyd wedi'i chloi…'

'Ond fel ni'n gwybod, Mrs Evans, naethon nhw dorri mewn i'r tŷ heb adael marc ar y drws cefn…'

'A ni'n gwybod o'r achosion cynt bod y lladron yma'n soffistigedig iawn o ran agor cloeon a thorri i mewn i lefydd…'

'Yn gwmws, felly sdim syndod nad oes marc ar y glwyd chwaith. Ydy'r allwedd gyda chi, Mrs Evans?' gofynnodd Col.

'Allwedd y glwyd? Na, arhoswch funud, ma hi yn y drws cefn…' A chyda hynny, lonciodd Mrs Evans i fyny'r ardd gan adael y ditectifs yn ei gwylio unwaith eto.

Trodd DC Colwyn at ei bartner. 'Beth ti'n feddwl?'

'Neis iawn,' nodiodd Kingy, gan lyfu ei wefus heb feddwl. 'Am ei hoedran, yn tyfe…'

Dyrnodd Col ef yn ei ysgwydd gan ysgwyd ei ben yn anghrediniol.

'Dim Mrs Evans, y coc. Yr achos!'

Gwenodd DC King cyn ateb.

'Sori, Col. Ma hi *yn* ffit, though, ti'n gorfod cyfaddef…'

Ond cyn i Kingy gael cyfle i leisio'i farn, dychwelodd Mrs Evans gyda'r allweddi, gan ddatgloi'r glwyd heb air.

'Diolch,' cydadroddodd y ditectifs, cyn i'r ddau gyrcydu i edrych yn agosach ar yr olion yn y baw.

''Drych,' pwyntiodd Col gan ddefnyddio'i feiro, cyn sgwennu rhywbeth yn ei lyfryn bach.

'Beth?' gofynnodd Mrs Evans, oedd yn sefyll y tu ôl iddynt yn llawn diddordeb.

'Wel,' dechreuodd DC Colwyn. 'Yn gyntaf, pwy sy'n defnyddio'r glwyd yma'n rheolaidd?'

'Peter. Dyma'r ffordd ma fe'n mynd i'r clwb golff…'

'A chi?'

'Na. Sai'n gallu cofio'r tro diwetha i fi fod lawr yng ngwaelod yr ardd fel hyn, rhaid i fi gyfadde.'

'Unrhyw un arall?'

'Y garddwr.'

'A phryd oedd e 'ma ddiwetha?'

'Ma fe'n dod bob pythefnos. Bydd e'n dod eto yfory. Felly dri diwrnod ar ddeg yn ôl…'

'Grêt. A dwi'n cymryd mai dyma'r ffordd i'r clubhouse…' Pwyntiodd Col i'r dde â'i feiro.

'Ie. Pam?'

'A dyma olion traed eich gŵr.' Pwyntiodd at yr olion yn y llaca.

'Mwy na thebyg,' oedd ateb Mrs Evans.

'Ac os edrychwch chi fan hyn…' pwyntiodd eto at y llawr â'i feiro, 'fe welwch chi ddau ôl troed gwahanol…'

'Maint wyth ac un deg dau, I reckon…' ychwanegodd DC King, gan gofio'r meintiau ar ôl eu trafod yn y cyfarfod y bore hwnnw.

'Mwy na thebyg, DC King,' atebodd Col. 'Ond well i ni neud yn siŵr.'

'Ewch chi 'nôl at eich workout, Mrs Evans. Newn ni ffonio fforensics nawr, er mwyn iddyn nhw neud cast o'r olion 'ma. Make and model, os liciwch chi. Fe arhosa i mas yn y ffrynt a dod â nhw lawr ochr y tŷ. Aros di fan hyn, Kingy. A ffonia di SOCO, OK? Newn ni ddim eich styrbio chi ymhellach, Mrs Evans…'

'Dim problem o gwbl, unrhyw bryd,' meddai Mrs Evans, gan lygadu DC King wrth iddi droi a cherdded gyda DC Colwyn yn ôl tuag at y tŷ.

Wrth gyrraedd y drws cefn, estynnodd Colwyn ei law er mwyn i Mrs Evans ei hysgwyd.

'Diolch am eich help, a sori am darfu ar eich diwrnod…'

'Sdim eisiau ymddiheuro,' atebodd hithau.

'Un peth arall, os ga i. A dim byd i neud gyda'r achos chwaith. Ro'n i methu peidio â sylwi ar eich conservatory chi…'

'O ie?' Cododd Mrs Evans ei haeliau.

'Ma'r wraig adre yn sôn am gael un. Ac estyniad 'fyd. Tri o blant a dim digon o le, chi'n gweld. Ta beth, meddwl o'n i os ydy rhif ffôn yr adeiladwyr gyda chi'n handi?'

'Peter sy'n delio â'r pethe 'na, DC Colwyn, felly sdim rhif gyda fi i chi. Ond enw'r cwmni yw Caradog Constructions, a dwi'n siŵr bod y rhif yn y llyfr neu ar-lein…'

'Gwych iawn. Diolch,' dywedodd y ditectif, cyn sgwennu'r enw yn ei lyfr.

* * *

Dychwelodd y partneriaid i'r swyddfa'n fuddugoliaethus. Ar ôl dim ond un bore ar yr achos roedden nhw wedi canfod y cliw cyntaf ers blynyddoedd! Ond, er y gorfoledd, nid oedd unrhyw bwynt dathlu gormod. Nid oedd yr olion traed yn debygol o arwain at y lladron mewn gwirionedd, er ei bod yn braf gallu dangos rhywbeth, unrhyw beth, i Crandon a Clements a gweddill y criw.

Wedi cinio diflas yn y cantîn, aeth Colwyn a King ati i bori trwy'r ffeiliau a manylion yr achosion blaenorol, mewn ymdrech i ffeindio patrwm. Roedd Col yn obsesiynol ynglŷn â phatrymau. Credai fod patrwm i bopeth – i bob achos, hynny yw.

Ac wedi pedair awr o chwilio, cafodd ei broffwydoliaeth ei

gwireddu unwaith eto wrth i'r partneriaid ddarganfod nid un patrwm yn unig, ond dau. Yn gyntaf, darganfu DC King fod 37% o'r dioddefwyr yn aelodau o Bwyllgor Cynllunio Gerddi Hwyan, tra darganfu DC Colwyn fod 63% o'r dioddefwyr yn aelodau o Glwb Golff Gerddi Hwyan. Ac er nad oedd yr ystadegau hyn yn profi dim, ar wahân i ddiogi a diffyg gweledigaeth y ditectifs a fu'n ymwneud â'r achos o'u blaen, roedd gan y ditectifs lwybr i'w ddilyn.

Am hanner awr wedi pump yn union, diffoddodd y ditectifs eu cyfrifiaduron. Ond cyn iddynt gael cyfle i wisgo'u cotiau a gadael am y dydd, canodd y ffôn ar ddesg DC King.

Cododd hwnnw'r derbynnydd a gwrando am funud neu ddwy gan ofyn ambell i gwestiwn fan hyn a fan draw. Ysgrifennodd enw a chyfeiriad ar ddarn o bapur, cyn diolch a ffarwelio â'r galwr.

'Un arall,' dywedodd wrth ei bartner, gan wisgo'i got.

'Tri i lawr...'

'Dau i fynd...'

Cymhlethdodau Cariad (Rhan 1)

Dechreuodd y conan cyn gynted ag y cerddodd Catrin trwy'r drws. Chwarae teg i Morgan, doedd dim rheswm ganddi i gwyno mewn gwirionedd. Nid oedd e'n gorweddian ar y soffa'n gwylio'r *Simpsons* yn ei ddillad gwaith brwnt nac yn arllwys cwrw oer i lawr ei gorn gwddwg – er mai dyna oedd ei haeddiant wedi diwrnod o waith corfforol, neu, o leiaf, rhyw amrywiaeth ar y senario.

Na, yn syth ar ôl dychwelyd o faw a llaca gardd gefn Mr a Mrs Cook, tynnodd Morgan ei ddillad brwnt a mynd ati i dwtio'r tŷ. Yn ei bants, er mwyn osgoi baeddu set o ddillad glân. Erbyn i Catrin gyrraedd adref rhyw ddwyawr ar ei ôl, roedd y lle'n daclus tu hwnt: y llawr wedi'i hwfro a'i fopio; y golch wedi'i sychu a'i blygu a'i osod yn y mannau priodol; y tŷ bach, y sinc, y bath a'r gawod yn sgleinio ac yn arogli mor ffres â choedwig binwydd rhyw fymryn i'r gogledd o Stabbursdalen; a'u swper yn aros yn amyneddgar amdanynt yn y ffwrn. Un o hoff brydau madam 'fyd, sef cyrri corbys coch, reis lemwn ac wyau wedi'u berwi'n galed ar frig y gymbo sbeislyd. Heb anghofio'r bara naan a'r iogwrt mintys, wrth gwrs.

Yn ogystal, roedd Morgan wedi cael cawod, wedi eillio ac wedi gwisgo dillad glân. Ymdrech go lew ar ddiwedd diwrnod gwaith, a byddai'r rhan fwyaf o fenywod yn falch iawn o ddod adref i'r fath groeso. Ond nid Catrin, nid heddiw ta beth.

Roedd Morgan yn ddigon hapus i wneud yr holl dasgau gan fod ei wraig yn cyfrannu mwy, yn ariannol, at y bartneriaeth. Hi oedd yn ennill yr arian mawr – wel, mawr o'i gymharu â'i gyflog ef – ac felly ychwanegai at ei gyfraniad yntau trwy wneud y rhan helaeth o'r gwaith tŷ. Cydbwysedd oedd y peth pwysig. Cydbwysedd a chadw'r wraig yn hapus. Er nad oedd pethau'n gweithio fel y dylent heddiw...

* * *

Daeth cnoc ar y drws ffrynt wrth i Ceri ddod i lawr y grisiau yn gwisgo gŵn nos drwchus dros ei gwisg nofio un darn ddu. Er bod y cleisiau a'r creithiau ar waelod ei chefn yn dal i losgi a gwynegu, byddai hanner can hyd yn y pwll a hanner awr yn y sawna yn gwneud byd o les iddi. Roedd Gari allan mewn rhyw bwyllgor neu gyfarfod eto heno, diolch byth, felly nid oedd y bygythiad bythol yn ei herlid o amgylch ei chartref, ei charchar, am y tro.

Camodd at y porth pren tywyll a syllu allan i'r gwyll trwy'r twll ysbïo. Gwenodd wrth weld Prys yn sefyll yno a chyflymodd ei chalon rhyw fymryn, er y gwyddai o brofiad mai torcalon fyddai canlyniad ei ymweliad annisgwyl.

Nid oedd wedi'i weld ers misoedd lawer – ers iddo alw draw fel hyn rhyw chwe mis ynghynt, fel y byddai'n gwneud o bryd i'w gilydd, heb rybudd. Roedd pen Prys, fel ei phen hithau, ar chwâl ers dau ddegawd, ers i Gari chwalu eu gobeithion.

Gwiriodd ei gwallt yn nrych anferth y cyntedd, ac er nad oedd ei llygaid yn sgleinio – sut gallent o ystyried ei bodolaeth gaethiwus? – roedd ei gwên lydan yn masgio'r boen ac yn groeso cynhesach o lawer nag yr oedd Prys yn disgwyl ei dderbyn.

'Beth sy'n digwydd draw fyn'na?' gofynnodd Prys, gan gyfeirio at y tŷ gyferbyn.

Camodd Ceri trwy'r drws gan gau ei gŵn nos yn dynn amdani. Y tu allan i'r plasty ffug-Sioraidd dros y ffordd roedd car heddlu wedi'i barcio. Ymddangosai'r plasty yr un fath â'i thŷ hi o'r tu blaen, er y gwyddai Ceri nad oedd gan ei chymdogion bwll nofio, sawna na champfa yn y cefn.

'Rhywun wedi torri mewn neithiwr neu'r noson cynt. Weles

i Mrs Kemp pan ddes i 'nôl o'r gwaith. Ro'dd hi'n ypsét iawn, er nad oedd y lladron wedi cymryd llawer o ddim byd chwaith, medde hi. Teimlo'n violated, wedodd hi. Afiach meddwl fod rhywun yn gallu torri mewn tra bod hi a'i gŵr yn cysgu.'

'Bach o ecseitment yn y 'burbs,' gwenodd Prys, ac aroglodd Ceri'r cwrw ar ei anadl ar unwaith.

'Falle. Ond gobeithio neith e ddim digwydd fan hyn. Byth.'

'Sai'n meddwl bod angen i ti fecso am hynny, ryw ffordd.'

'Sut ti'n gallu bod mor siŵr?'

'Achos fi a Mogs nath helpu i osod y system alarms mwyaf soffistigedig tu allan i Fort Knox 'ma, ti'n cofio? Ni a Mark Sparks, rhyw chwe mlynedd yn ôl…'

'O ie!' ebychodd Ceri. Roedd y system ddiogelwch yn rhan mor annatod o'i bywyd cartref bellach nes bod defnyddio'r larwm yn hollol reddfol a diymdrech. Yn wir, roedd gwasgu'r cyfuniad pedwar rhif wrth adael a chyrraedd ei chartref yr un mor arferol â throi'r allwedd yn y clo erbyn hyn.

* * *

Wrth gyrraedd adref, ni sylwodd Catrin ar ymdrechion gwaith tŷ ei gŵr. Roedd hi'n ddall i'w waith â'i hwyl wedi bod mor dywyll â chrombil cloddfa ers gweld y cleisiau a'r creithiau ar waelod cefn Ceri amser cinio. Byddai'n ymddwyn fel hyn o bryd i'w gilydd – fel arfer ar ôl i Gari Caradog gam-drin ei ffrind gorau – a gallai weld Morgan druan yn ffoi i'w gragen drosiadol cyn gynted ag y dechreuai gyfarth. Nid oedd y lwmp yn hoff o'r gwrthdaro, yn enwedig pan nad oedd rheswm drosto. Ni fyddai modd iddo ennill y frwydr hon ta beth, gan nad oedd posib rhesymu â Catrin ar adegau fel hyn.

* * *

'Beth ti'n neud yn dy ŵn nos, 'te?'

'Mynd am swim. Ond der mewn am funud. Ma Gari mas…'

'Fi'n gwbod. Rhyw bollocks yn y clwb golff. So fe'n stopio sôn am y gapteniaeth.'

'Tell me about it!' meddai Ceri, er nad oedd ei gŵr yn dweud llawer wrthi am unrhyw beth bellach.

Camodd y ddau i mewn i'r tŷ, a theimlodd Prys yr ias gyfarwydd y byddai'n ei theimlo bob tro yr ymwelai â'r lle.

Dilynodd Ceri trwy'r cyntedd, gan ysu am fynegi ei gariad bythol tuag ati, er y gwyddai mai ofer fyddai gwneud hynny heddiw, mor ofer â'r degau o weithiau blaenorol. Roedd wedi dysgu'i wers dros y blynyddoedd, ond nid oedd ei galon yn gallu ei ryddhau.

Gwyddai na allai Ceri adael ei gŵr am ddyfodol tlawd mewn tŷ cyngor gyda pothead alcoholig pathetig fel fe. Roedd gafael Gari Caradog arni yn hollbwerus, ac fel y gwyddai Prys, roedd yn tarddu o'r digwyddiad echrydus hwnnw ddiwedd y ganrif ddiwethaf.

Yn ddiarwybod i Prys, breuddwydiai Ceri am gael dianc yn ei gwmni o grafangau milain ei gŵr ond roedd y bygythiad yn absoliwt a'r hyn y byddai Mr C yn ei wneud iddynt yn rhy erchyll i'w ystyried. Roedd Gari'n ddyn byrbwyll a bygythiol, gwyddai Ceri hynny, a doedd hi ddim am beryglu bywyd Prys, na'i bywyd hithau, mewn unrhyw fodd. Dyna oedd athrylith Gari Caradog – y gallu i reoli ei wraig a'i nai gyda dim ond awgrym o'r hyn y gallai ei wneud iddynt. Er, yn achos Ceri, gwyddai'n iawn beth y gallai ei gyflawni hefyd.

* * *

Dechreuodd y stŵr direswm go iawn pan feiddiodd Morgan awgrymu efallai fod angen gwydraid o win ar ei wraig, gan ei bod yn amlwg o dan ychydig o straen.

'Sai'n stressed o *gwbl*, Morgan!' poerodd Catrin ei hateb ar dop ei llais, gan awgrymu nad oedd syniad ganddi am beth roedd e'n sôn.

Nid atebodd Morgan. Yn hytrach, aeth ati i weini'r cyrri a'r reis a'r wyau mewn tawelwch. Doedd dim modd rhesymu â hi ar adegau fel hyn.

Wedi munud o fwyta mewn tawelwch, cododd Catrin o'r bwrdd yn cwyno nad oedd digon o halen yn y cyrri. Dychwelodd o'r gegin gyda'r felin halen, cyn dechrau ar ei chŵyn arferol, sef mai cyfyngedig oedd cyfraniad Morgan i'r bartneriaeth.

Gwyddai Morgan mai dyma fyddai'n digwydd a gadawodd iddi gwyno cyn ailadrodd ei fantra arferol, sef bod 'unrhyw swydd yn well na dim, yn enwedig yn yr amgylchiadau economaidd presennol'.

* * *

'Ti moyn rhywbeth i'w yfed?' gofynnodd Ceri wrth gyrraedd y gegin.

'BYO,' atebodd Prys, gan godi'r bag plastig oedd yn ei afael ac estyn can o Breaker oer o'i grombil.

'Ti moyn gwydr? Iâ?'

'Dim diolch. Fi'n straight-from-the-can man. Dylset ti wybod hynny erbyn hyn.'

'Wel, sai 'di gweld ti ers misoedd. Falle bod ti wedi newid…'

Gwenodd Prys mewn ymateb i hynny. 'Dim gobaith!' meddai, gan agor y can gyda chlec ac arllwys y swigod i'w geg.

'Ti'n iawn, then? Sai byth yn gwybod beth i'w ddweud pan ti'n dod draw…'

'Sdim isie dweud dim, o's e? O'n i jyst moyn gweld dy wyneb – yn lle clywed amdanot ti gan Gari, Mogs neu Catrin. Fi'n gweld dy…'

Ond torrodd Ceri ar ei draws, cyn i Prys allu gorffen y frawddeg.

'Ti'n iawn, sdim isie dweud dim. Beth yw'r pwynt?'

'Indeed.'

Cytunodd Prys â chalon drom. Yna safodd y ddau yno mewn tawelwch, yn syllu i fyw llygaid ei gilydd.

* * *

'Ond ti'n haeddu gwell, Mogs, nag wyt ti'n gallu gweld hynny? Ma'r sgiliau a'r profiad 'da ti i ennill mwy o arian!' ebychodd Catrin. 'Dylset ti adael dy wncwl – so fe'n dy werthfawrogi di na dy frawd o gwbl. Ma fe 'di bod yn eich defnyddio chi ers y dechre. Cheap labour. Slave labour…'

Daliodd ei wraig i gwyno wrth i Morgan fwyta'i swper, gan nodio bob hyn a hyn, yn bennaf er mwyn cadarnhau ei fod yn gwrando arni ac osgoi cael ei ddwrdio am beidio â gwneud hynny hefyd.

* * *

'Reit,' meddai Prys ar ôl gorffen ei gan. 'Fi off. Wela i di mewn rhyw chwe mis…'

Paid mynd! ysai Ceri ddweud wrtho, ond nid ynganodd yr un gair.

Camodd Prys ati gan agor ei freichiau i'w chofleidio, ond tynnodd Ceri'n ôl. Wrth gwrs, roedd hi *eisiau* teimlo'i freichiau cryfion yn gafael amdani – yn fwy na dim byd ar wyneb y ddaear – ond gwyddai y byddai'n gwingo oherwydd y cleisiau a'r creithiau ac nid oedd am ddatgelu gwir natur ei pherthynas â'i gŵr iddo, er ei les e'n bennaf, gan nad oedd modd gwybod beth fyddai'n digwydd pe bai'r trais yn cael ei ddadlennu.

'Wela i di, 'de,' meddai Prys, gan droi ei gefn ar geidwad ei galon.

'Cym bwyll,' meddai hithau, heb symud.

Gwyliodd Ceri Prys yn ymlusgo tua'r drws ffrynt â'i ysgwyddau'n isel, ac er iddo droi ac edrych arni cyn camu allan i'r nos, ni sylwodd ar y dagrau oedd eisoes yn llifo i lawr ei bochau. Yn bennaf oherwydd y dagrau oedd yn llenwi ei lygaid ef...

* * *

O bryd i'w gilydd, teimlai Catrin fel petai'n ysgwyddo baich popeth, er ei bod hi ei hun hyd yn oed yn gwybod nad oedd hynny'n wir go iawn. Efallai nad oedd Morgan yn ennill cyflog swmpus, ond nid oedd yn gwario'n helaeth chwaith, yn wahanol iddi hi, a fe fyddai'n gwneud y rhan fwyaf o'r gwaith tŷ hefyd.

Gallai ei diflastod gael ei danio gan amryw o bethau – derbyn cyfriflen banc oedd yn dangos ei gorwariant misol ar ddu a gwyn; clywed am gynnydd parhaus mewn prisiau bwyd a thanwydd; gweld hen ffrind o'i gorffennol ar ei theithiau, a honno'n sôn am lwyddiant 'y gŵr'. Oedd, roedd rhai greddfau etifeddol yn amhosib i gael gwared arnynt.

Ysai am ddatgelu'r gwir wrth Morgan am artaith Ceri a gwneud iddo gasáu ei ewythr gymaint ag y gwnâi hi. Ond eto, pryderai am yr hyn y byddai ef a'i frawd yn ei wneud petaent yn darganfod y gwir. Ac, er ei holl ddiffygion, doedd hi ddim am golli'r lwmpyn i'r carchar o achos rhywun fel Mr C.

Rheswm arall dros fod yn flin oedd y ffaith nad oedd wedi cael misglwyf am yr ail fis yn olynol. Ni wyddai Morgan, Ceri na neb am hyn, ac felly bu'r holl emosiynau a phryderon yn cronni a mudferwi ers wythnosau, cyn iddynt ffrwydro i'r wyneb heddiw. Gan na fuodd hi'n sâl, ymresymai mai dim ond 'un o'r pethau yna' oedd e, ond roedd hi'n dal i boeni am y sefyllfa ac yn bwriadu canfod y gwir cyn diwedd y noson.

Byddai wedi bod yn llawn cyffro tasai hyn wedi digwydd yn y gorffennol, ond â'i phen-blwydd yn bedwar deg yn agosáu, pryder a chwestiynau a lenwai ei phen, yn hytrach na hapusrwydd a chynnwrf.

Heblaw am ei hoedran, ei hanes a'r holl gymhlethdodau sy'n mynd law yn llaw â beichiogi mor hwyr, pryderai ynglŷn â'r ffaith ei bod yn hunangyflogedig ac felly na fyddai'n ennill unrhyw incwm o werth yn ystod ei chyfnod mamolaeth (ac wrth gwrs, roedd cyflog isel Morgan i'w ystyried). Roedd yn ymwybodol hefyd o'i diffyg paratoi tuag at y dyfodol. Nid oedd pensiwn ganddi, ond heb ymrwymiad teuluol heblaw am Morgan a hithau, nid oedd wedi ymddangos yn broblem chwaith. Tan nawr.

Ond, yn lle rhannu hyn â'i gŵr fel y byddai person normal a chall yn ei wneud, dal ati fel tiwn gron wnaeth Catrin, a chafodd Morgan lond bol. Ar ôl clirio'r ford a llenwi'r peiriant golchi llestri mewn mudandod lletchwith, gwisgodd ei got, â'i wraig yn parhau i barablu yn yr ystafell fyw, cyn gadael y tŷ heb ffarwelio â hi.

Wrth i Morgan anelu am gartref ei frawd, a'r cwrw a'r mwg fyddai'n rhoi croeso cynnes iddo yno, camodd Catrin i'r toiled er mwyn piso ar y teclyn siâp pensil a brynasai yn Boots ar ei ffordd adref o'r gwaith.

Cymhlethdodau Cariad (Rhan 2)

Parciodd Col y Ford KA ar y dreif dwbl, wrth ochr y Citroën Picasso saith sedd, ac eistedd yno am funud fach yn meddwl am ddatblygiadau'r diwrnod. Byddai'n gwneud hyn yn aml, oherwydd gwyddai na fyddai'n cael cyfle i wneud rhyw lawer o fyfyrio ar ôl iddo gamu i mewn i'w gartref, diolch i'r anhrefn bythol a lenwai'r lle.

Wedi rhoi rhyw fath o drefn ar ei feddyliau, cefnodd ar y ceir ac anelu am ddrws ffrynt y tŷ pâr briciau coch tair ystafell wely. Oedodd wrth y drws a gwrando. Yn yr awyr agored, gallai glywed murmur parhaol yr M4 i'r de o Ystad Bryn Glas a gwylanod yn cecru wrth droelli yn y gwyll uwchben y becws diwydiannol lleol, yn ogystal â lleisiau grŵp o bobl ifanc yn dal i loetran yn y maes chwarae cyfagos.

Yr ochr arall i'r drws, yn y cyntedd ac ar waelod y grisiau, gallai glywed Gwen yn dwrdio ei chwaer fach gan weiddi 'Twt twt', a Siani'n ymateb trwy wneud sŵn rhech uchel – ei thric newydd yr wythnos hon. Er nad oedd yn gallu eu gweld, gwyddai Col fod Cian, yr hynaf o'r triawd llawn trybini, yn eistedd fel delw o flaen y teledu, yn rhy flinedig i wneud dim ond syllu ar y lliwiau llachar wedi diwrnod llawn arall yn yr ysgol, tra bod Angharad yn brysur yn y gegin yn paratoi swper i'r plant – swper fyddai'n siŵr o gael ei wastraffu.

Weithiau, pan fyddai Col yn gofalu am y tri ac Angharad wedi dianc i'r gym neu i'r siopau am seibiant, ni fyddai'n gwneud unrhyw ymdrech wrth baratoi pryd ola'r dydd. Byddai'n rhoi llond powlen o Weetabix a Cheerios i'r triawd, gan wybod y byddent yn bwyta'r cyfan heb fawr o help ganddo fe. Roedd hyd yn oed Siani, a hithau bron yn ddeunaw mis bellach, yn hoff o'i bwydo'i hun, ac er y byddai mwyafrif ei bwyd yn methu'r targed, roedd hi'n mynnu gwneud, a Col yn ddigon hapus i adael iddi.

Trodd Col yr allwedd a gwthio'r drws, gan weld wynebau Siani a Gwen ill dwy'n goleuo cyn gynted ag y gwelson nhw pwy oedd wedi dychwelyd. Yna, mewn corws o 'DAD, DAD, DAD!', sbonciodd y ddwy i'w gyfeiriad gan gofleidio'i goesau'n dynn. Ar unwaith, toddodd ei galon, ac wedi datglymu'r ddwy o'i gluniau, penglinidd ar lawr y cyntedd a'u dal nhw'n dynn. Yn syth, dechreuodd Siani fwytho'i fwstash, fel y byddai'n gwneud ar bob cyfle, a dechreuodd Gwen adrodd hanes ei phrynhawn yn nosbarth meithrin yr ysgol gynradd leol. Anadlodd Col yn ddwfn a cheisio gwrando ar y sgwrs, ond roedd bysedd Siani bellach i fyny ei drwyn a'r aroglau cig, iogwrt, amonia a Johnson's Baby Shampoo oedd yn codi o gyrff 90% noeth y ddwy yn gwneud hynny bron yn amhosib.

Dyma fel roedd hi bob tro y byddai'n dychwelyd o'r gwaith – anhrefn a gwallgofrwydd ar gymaint o lefelau. Am ryw reswm, byddai'r merched yn tynnu eu dillad ar y cyfle cyntaf, ac yn aml byddai'r ddwy'n aros amdano yn gwisgo dim byd ond cewyn a nics.

Gyda'r ddwy'n dal i barablu heb wneud fawr o synnwyr, cododd Col, â'r merched yn dal i afael ynddo, a cherdded i mewn i'r lolfa lle'r eisteddai Cian rhyw fedr o'r sgrin deledu yn syllu trwy lygaid gwydrog ar un o'i hoff ffilmiau, *The Jungle Book* – ffilm roedd wedi'i gwylio o leiaf hanner cant o weithiau yn ei chyfanrwydd a ffilm na fyddai byth yn blino arni. Yna dechreuodd Siani a Gwen ill dwy gusanu ei fochau gan adael pydew o lysnafedd gwyrdd ar eu holau.

'Ble ma Mam, Ci?' gofynnodd Col i aelod callaf y triawd, wrth i Shere Khan fygwth Mowgli ar ddiwedd y ffilm.

Cododd Cian ei ysgwyddau mewn ymateb, heb hyd yn oed edrych ar ei dad.

'Diolch am dy help,' atebodd Col, cyn gosod y merched

yn ofalus ar y soffa a llafurio tuag at y gegin trwy'r cefnfor o deganau, pensiliau a ffelt pens, dolis a Lego oedd ar wasgar ar lawr y tŷ.

Yn ôl y disgwyl, dyna lle roedd Angharad yn sefyll dros y stôf. Ond roedd rhywbeth yn amlwg o'i le heno, gan fod ei wraig yn dal â'i phen yn ei phlu. Pen tost, dyfalodd Col. Migraine, i fod yn fanwl gywir. Digwyddiad rheolaidd o ganlyniad i ofalu am dri o blant heb lawer o help. Aeth yn syth ati a dechrau mwytho'i hysgwyddau'n dyner. Mwmiodd Angharad ei gwerthfawrogiad, ond ni ddywedodd yr un gair. Nid oedd yn gallu siarad pan fyddai'r pennau tost eithafol hyn yn effeithio arni.

'Migraine?' gofynnodd Col.

Nodiodd Angharad a throi i gael cwtsh gan ei gŵr. Roedd hi'n falch iawn ei fod wedi dod adref. Roedd heddiw wedi bod yn ddiwrnod hir.

'Ti 'di cymryd rhywbeth?'

Nodiodd ei chadarnhad unwaith eto.

'Gwely 'te. Go on. 'Na i sortio'r plant, dim problem. Ydy'r bwyd 'ma'n barod neu be?'

Nodiodd Angharad eto, cyn rhoi sws ar foch ei harwr ac ymlwybro'n araf tua'r grisiau a'r gwely. Dim ond mewn tywyllwch a thawelwch y byddai'r boen aruthrol yn pylu ac roedd y ddau gynhwysyn allweddol yn bethau prin iawn gyda thri o blant o dan ei thraed.

* * *

Erbyn y trydydd peint, roedd Kingy'n teimlo'n iawn unwaith eto. Yn wych, a dweud y gwir. Roedd heddiw wedi bod yn ddiwrnod heriol, a brwdfrydedd ei bartner yn bygwth ei ddagu ar fwy nag un achlysur. Safai wrth y bar yn nhafarn y Butchers yng nghwmni Dangerous Danny Finch, tra eisteddai llond llaw o iwnifforms ifanc o gwmpas bwrdd cyfagos, er nad oedden nhw'n eu gwisgo bellach, wrth gwrs.

'Ro'dd hi'n fuckin' neis, Finchy, fi'n dweud wrthot ti. Ac ro'dd hi'n amlwg eisiau tamed bach o yours truly…' broliodd Kingy, gan adrodd hanes ymweliad y bore.

'Faint wedes ti o'dd 'i hoed hi 'to?' gofynnodd Finch wrth godi ei wydr at ei wefusau.

'Pumdegau hwyr. Falle bach yn henach na hynny. Ond, serious nawr, ro'dd hi'n cadw'n heini, ti'n gwbod. Corff neis…'

'Profiadol.'

'Exactomundo! *Profiadol*. Fi bron yn meddwl mynd 'nôl 'na mewn munud i barhau â'r ymholiadau.'

Chwarddodd Finchy ar hynny, cyn llowcio llond pen arall o Stella. Roedd yntau hefyd ar ei drydydd peint, ond yn wahanol i DC King, dyma'i olaf am heno. Roedd wedi cael penwythnos trwm. Gwely cynnar oedd ei angen arno a dim mwy o alcohol. Ond er bod Kingy wedi cael penwythnos trwm hefyd, nid oedd e'n bwriadu stopio. Ddim am gwpwl o flynyddoedd, ta beth.

'Fi off,' datganodd DC Finch ar ôl gorffen ei beint.

'One for the road?' ceisiodd Kingy ei demtio.

'No way!' ebychodd Finchy. ''Na ddigon i fi am heno. Cawod, wanc a gwely cynnar here I come…'

Gwyliodd Kingy fe'n mynd, gan ystyried ei opsiynau. Gallai eistedd gyda'r iwnifforms am sbel, ond na, nid dyna'r ateb. Ysai am dri pheth nawr – mwy o ddiod, bwyd a ffwrch. Felly, dim ond un peth amdani, ac estynnodd ei ffôn o'i boced er mwyn galw Jo ar ei ffordd i'r siop kebabs.

Wedi gorffen ei beint a dweud nos da wrth ei gyd-weithwyr, camodd o'r dafarn gan anelu am Colossus Kebabs i gael swper. Wrth droedio'r palmentydd, ffoniodd Jo – ei goncwest ddiweddaraf.

Atebodd hithau bron ar unwaith, ac er ei bod yn amlwg yn falch o glywed ei lais, ni allai wneud dim gyda fe heno gan fod y plant yn ei gofal a neb yn gallu eu gwarchod. Er nad oedd DC King hyd yn oed yn ymwybodol bod ganddi blant, awgrymodd y gallai alw heibio i'w gweld, ond gwrthod hynny wnaeth hi, gan esbonio nad oedd hi eisiau drysu'r plantos mewn unrhyw ffordd.

Ffarweliodd Kingy, gan addo ffonio eto ar y penwythnos.

Wedi archebu kebab wedi'i foddi mewn saws poeth, camodd o'r siop wrth i'r cogydd ei baratoi. Estynnodd ei ffôn unwaith eto a chwilio am rif arall, cyn gwasgu'r botwm gwyrdd ac aros am ateb.

'Lucy!' ebychodd yn llawen pan atebodd ei goncwest olaf ond un.

'Be *ti* moyn?' Roedd ei chwestiwn yn oeraidd a digroeso, wrth reswm, ond llwyddodd Kingy i'w dadrewi gyda chyfuniad o hiwmor, celwydd ac addewidion gwag. Ac ar ôl iddo gasglu ei swper, off â fe i'w gweld, a'i obeithion am ychydig o ymarfer corff yn yr ystafell wely wedi'u hailgynnau.

* * *

Col oedd yr olaf i eistedd wrth y bwrdd bwyd, ac erbyn iddo ddychwelyd i'r gegin am y degfed tro i nôl rhywbeth 'hanfodol' i un o'i angylion, roedd rhan helaeth swper Siani eisoes ar y llawr pren laminedig. Edrychodd arni gan godi un o'i aeliau a gwenodd hithau arno o'i chadair uchel, cyn gwneud sŵn rhech. Eto. Y gyfrinach oedd peidio colli limpin. Roedd Col wedi dysgu hynny dros y blynyddoedd. Byddai codi'i lais yn gwneud pethau'n waeth o lawer. Roedd pawb wedi blino, a doedd y dagrau byth ymhell, yn enwedig ar ddiwedd dydd.

Roedd Angharad wedi gwneud pryd o basta syml i'r plant – saws tomato, garlleg a madarch wedi'i arllwys dros vermicelli, a chaws mozzarella yn toddi'n araf ar y top. Gan fod ei wraig yn y gwely am y noson, penderfynodd Col gael llond powlen hefyd, er mwyn peidio gorfod meddwl am ei fola ar ôl i'r plant glwydo maes o law.

Yn ôl y disgwyl, dim ond Col gliriodd ei blât. Trodd Cian y bwyd â'i fforc, fel tasai'n archeolegydd yn chwilio am olion Rhufeinig, ond ni fwytaodd fwy na phum llond cegaid. Nid oedd cynigion Col o lwgrwobrwyon – losin, siocled ac ati – hyd yn oed yn apelio heno. Gwnaeth Gwen ymdrech go lew, chwarae teg iddi, er na lwyddodd hi i fwyta hanner yr hyn oedd yn ei phowlen Hello Kitty. Ac, os byddai'n rhaid iddo ddyfalu, cyrhaeddodd 97% o swper Siani'r llawr a'r 3% arall ei chôl. Anadlodd Col yn ddwfn. O leiaf roedd ei fola fe'n llawn.

'Reit,' dywedodd, gan godi o'i gadair a sychu gwep Siani a Gwen â baby-wipe. 'Bath.'

* * *

Agorodd Lucy ddrws ei fflat llawr gwaelod un ystafell wely a syllu ar yr ynfytyn a safai yno, yn wên o glust i glust yn cario potel o rosé rhad yn un llaw a thusw o flodau rhatach fyth yn y llall. Oedd, roedd hi'n grac nad oedd Richard King wedi'i ffonio ers iddynt wneud y gwneud bron i bythefnos ynghynt. A na, nid oedd yn gallu ymddiried ynddo o gwbl. Ond eto, roedd rhywbeth mor annwyl a drygionus amdano fel nad oedd modd ei wrthod chwaith.

'Hia,' dechreuodd Kingy, gan nodi edrychiad drwgdybus ei gyfaill cnychu. Estynnodd y gwin a'r blodau i'w chyfeiriad wrth deimlo'r fodca rhad roedd wedi bod yn ei yfed en route yn gafael ynddo ac yn gwneud i'w ben droelli rhyw fymryn.

'Www, fy ffefryn,' dywedodd Lucy wrth gymryd y rhoddion, heb geisio cuddio'r coegni. 'Der mewn.'

A doedd dim angen ail wahoddiad ar DC King. Dyna'r golau gwyrdd roedd wedi bod yn aros amdano.

Roedd Lucy eisoes hanner ffordd trwy botel o Chardonnay rhewllyd, ac wedi llenwi gwydr ymlaen llaw i Rich, fel y galwai hi DC King. Eisteddodd y ddau ar y soffa i siarad yn wag am ddim byd penodol, wrth i Lucy geisio twyllo'i hun nad am un rheswm yn unig y ffoniodd yr heddwas hi heno.

Ond roedd Kingy wedi cael digon i'w yfed i beidio gorfod esgus o gwbl ac fe wnaeth ei deimladau'n eglur tu hwnt o fewn munudau wrth i'w ddwylo ddechrau crwydro i fyny ei choesau. Ymhen dim roedd y gwydrau'n gorffwys ar y bwrdd coffi a'r gwreichion yn tasgu, gan fygwth rhoi eu dillad ar dân.

*   *   *

Eisteddodd Col ar y toiled yn gwylio ffrwyth ei lwynau'n chwarae'n hapus yn y bath. Yn ogystal â'r triawd trafferthus, roedd y dŵr yn llawn teganau – yn forfilod ac yn frogaod, yn bengwiniaid ac yn beli o bob lliw a llun. Gyda'r drws ar gau i gadw'r sŵn rhag tarfu ar Angharad, ymgollodd Col yn hwyl y plantos. Gan ddefnyddio'i iPhone, ffilmiodd Siani a Gwen yn marchogaeth ar gefn Cian wrth ganu 'Gee Geffyl Bach', cyn gorfod rhoi'r ffôn o'r neilltu oherwydd yr holl sblasio. Amser bath oedd un o adegau gorau'r dydd. Fel pawb arall, roedd wedi gweld lluniau di-rif ohono fe a'i frawd bach, Guto, yn y bath pan oedden nhw'n ifanc. Ymhen amser byddai'r delweddau ffotograffig yn disodli delweddau'r cof, ond gyda theclynnau megis yr iPhone byddai gan bawb ffordd o wylio'u hunain yn cael hwyl yn y bath yn y dyfodol, gan sicrhau na chaent eu dileu. Beth bynnag, roedd gwên lydan ar wyneb Col yn awr, a'i waith a'r achos yn atgofion pell. Ond, wrth gwrs, roedd y cloc yn tic-tocian tuag at saith o'r gloch ac amser gwely'r plantos, felly, i fonllef o ebychiadau, aeth y ditectif ati i dynnu'r plant o'r dŵr, gan ddechrau gyda Cian. Nid oedd pwynt dechrau gyda Siani neu Gwen, achos ar ôl eu sychu a'u gwisgo byddent yn siŵr o'i ddilyn yn ôl i'r ystafell ymolchi a gwlychu eu hunain unwaith eto ymhen dwy funud.

Roedd Cian bron yn bump oed bellach, felly wedi'i helpu i sychu a gwisgo gadawodd Col iddo fynd i lawr i wylio'r teledu am hanner awr arall, er mwyn iddo ef allu delio â'r merched. Tro Siani oedd hi nesaf, a gosododd ei thad hi wrth ochr ei brawd o flaen y bocs, cyn dychwelyd i bysgota Gwen allan o'r bath. O'r diwedd, ar ôl sychu a gwisgo'i blentyn canol, roedd y llinell derfyn o fewn cyrraedd. Gyda'r triawd yn y lolfa unwaith eto, aeth Col i estyn llaeth o'r oergell – myg Ben 10 i Cian, bicer Hello Kitty i Gwen a llond potelaid o fformiwla i Siani.

Gyda'r fechan yn sugno'r botel fel oen swci, cariodd Col hi i'w hystafell wely, gan esgeuluso'i dannedd am heno. Gorffennodd Siani'r botel ac wedi i Col wthio'r dwmi i'w cheg, caeodd ei llygaid. Rhoddodd hi yn ei sach gysgu yn ei chrud, cyn rhwbio'i bol am hanner munud, tan iddi setlo'n llwyr. Yna, gwyliodd hi'n cysgu yn y lled dywyllwch am ychydig, gan weld nodweddion ei ddiweddar fam yn syllu'n ôl arno o wyneb ei ferch ieuengaf. Cofiodd. Criodd, er bod y dagrau wedi sychu erbyn heddiw, ddwy flynedd ar ôl ei cholli i'r clefyd eithaf.

Caeodd y drws yn dawel a dychwelyd i'r lolfa, lle roedd Gwen bellach yn sefyll o flaen y teledu yn atal Cian rhag gweld. Yn ddiseremoni, gafaelodd Col yn y codwr twrw, gan ei chofleidio'n dynn er mwyn osgoi mwy o ddrama. I fyny â nhw i'r ystafell wely gefn, yr ystafell yr oedd Gwen a Cian yn ei rhannu. Wrth ei rhoi i orwedd o dan y dŵfe Hello Kitty, synnodd Col pan gaeodd ei ferch hynaf ei llygaid yn syth heb ofyn am stori na dim. *Diolch byth!* meddyliodd, er y byddai wrth ei fodd yn darllen stori i'w blant mewn gwirionedd.

'Deg munud, iawn, Ci,' dywedodd wrth ei fab pan ddychwelodd i'r lolfa.

Dim ond un peth oedd ar ôl i'w wneud yn awr. Tacluso…

* * *

Yn noeth ar lawr y lolfa, roedd Lucy ar ei phedwar, ei hwyneb wedi'i rewi rywle rhwng perlewyg pur a phoen annioddefol.

Roedd DC Richard King yn penglinio y tu ôl iddi, yn ei sbaddu â'i holl nerth. Nid pleser oedd wedi'i baentio ar ei wyneb yntau chwaith, ond nid oedd modd gwadu bod y ddau'n mwynhau eu hunain.

Sgrechiodd hithau gan fynnu ei fod yn ei ffwcio'n galetach a chaletach, er nad oedd hynny'n gorfforol bosib. Roedd ei wyneb wedi troi'n lliw tomato a'i lygaid yn wyllt ac yn wydrog.

Ond, gyda'r ddau ar ras am y llinell derfyn a bronnau Lucy'n bownsio i guriadau grymus DC King, gwnaeth y ditectif rywbeth anfaddeuol o dan y fath amgylchiadau. Fe alwodd e Lucy yn Jo, a dod â'r holl hwyl i ben heb iddo gael cyfle i saethu ei lwyth hyd yn oed.

Tynnodd Lucy i ffwrdd oddi wrtho, ei llygaid yn llawn casineb, cyn troi a rhoi slap iddo ar ei foch fyddai'n dychlamu am wythnos gyfan.

'Fuck off, y fuckin' bastard!' oedd ei ffarwél ffraeth, ac fe aeth Kingy am adref heb brotestio, gan yfed rhagor o'r fodca ar y ffordd a gwenu wrth gofio am ei gamgymeriad.

* * *

Wedi clirio a sychu'r ford fwyd a'r llawr oddi tani aeth Col ati i dacluso'r holl deganau, gan eu gosod 'nôl yn eu blychau, eu cistiau a'u silffoedd. Byddai Angharad yn mynnu bod y plant yn helpu i dacluso, ond roedd Col wastad yn edrych am yr opsiwn hawsaf.

Ar ôl gorffen yn y lolfa, trodd ei sylw at y cyntedd. Roedd Siani a Gwen wrth eu boddau'n gwisgo esgidiau eu mam, ac felly roedd llanast a hanner wrth y drws ffrynt, lle byddai'r teulu cyfan yn tynnu eu hesgidiau. Twtiodd Col y rhesel, gan aduno'r parau, er y gwyddai y byddai'n rhaid gwneud yn union yr un peth yfory eto.

Aeth ati i glirio'r gegin, ac yna mynd â Cian i'r gwely. Ni phrotestiodd ei fab ac roedd hynny'n brawf ei fod yn barod i gysgu. Ni ofynnodd hwnnw am stori chwaith, ac roedd Col yng nghanol y Fairy Liquid mewn dim.

Wrth olchi'r llestri, trodd y radio 'mlaen, ond nid oedd unrhyw beth yn dal ei sylw. Gyda phawb yn y gwely a'r tŷ unwaith eto'n dawel, trodd meddyliau DC Aled Colwyn yn ôl at yr achos ac at yr ysbrydion oedd yn aflonyddu ar grachach Gerddi Hwyan…

Dim Cliwiau, Dim Clem

Yn rhyfeddol, ac am y tro cyntaf erioed, fe gysgodd tri phlentyn DC Aled Colwyn trwy'r nos heb unrhyw smic. Ond diolch i ddeddf y diawl, roedd Col yn dal ar ddihun ym mherfeddion nos, yn troi ac yn trosi wrth i'r achos rwymo'i feddwl yn glymau. Chwyrnai Angharad yn dawel wrth ei ochr, gan yngan gair neu frawddeg fach ddryslyd o bryd i'w gilydd, wrth i ddelweddau rhyfedd ruthro trwy ben y ditectif gan sicrhau nad oedd cwsg yn beth hawdd ei ennill heno. Un eiliad, roedd coesau Mrs Evans yn agor a chau yn ei led ymwybod, wrth iddi ddawnsio'r polyn yn heulfan anferth ei chartref, gan ddefnyddio palmwydden dal fel cyfarpar. Wedyn roedd e'n dilyn yr olion traed o waelod yr ardd i siop Clwb Golff Gerddi Hwyan, lle prynodd siwmper Pringle felen a phâr o plus fours siec. Ond, yng nghanol yr anhrefn, roedd un cwestiwn yn naddu ar ei feddwl, er nad oedd ganddo ateb derbyniol iddo chwaith. 'Sut mae'r lladron wedi llwyddo bod mor daclus a gofalus cyhyd?' Yr unig beth y gallai Col ei feddwl mewn ymateb oedd ei fod ar drywydd pobl broffesiynol, lleol mwy na thebyg, oedd yn adnabod yr ardal a'u targedau'n dda. Ac wedi dod i'r casgliad gweddol amlwg hwnnw, a'r amser yn llusgo tuag at bedwar y bore, cwympodd i drwmgwsg o'r diwedd, cyn cael ei ddihuno lai na thair awr yn ddiweddarach pan gododd Gwen o'i gwely a phenderfynu mai'r ffordd orau o ddihuno ei thad fyddai trwy ei brocio yn ei drwyn gyda Barbie...

*   *   *

Canodd y ffôn ac ysgwyd DC Richard King yn ôl i dir y byw, er ei fod yn teimlo'n debycach i gelain y bore yma, diolch i'r botel tri-chwarter gwag o fodca oedd yn ei wawdio o'r bwrdd bach wrth ochr ei wely. Yn araf, cliriodd y niwl o'i lygaid yn ddigon iddo allu darllen yr enw a fflachiai ar sgrin ei ffôn symudol. Col. Pwy arall? Pwysodd ei ben ar gefnfwrdd ei wely dwbl wrth ateb, gan gau ei lygaid er mwyn atal yr ystafell rhag troelli. Dyfalodd yn gywir fod ei bartner wedi bod ar ddihun ers sbel, ac yn barod i ddatrys yr achos, neu o leiaf i wneud ymdrech o lew i sicrhau hynny.

'Col?' Llwyddodd Kingy i yngan y gair, er bod yr un sill yna hyd yn oed yn ymdrech anferthol.

Yn ffodus iddo, roedd hi'n swnio fel ffair yn y cefndir, ac felly nid oedd amser gan Col i gynnal sgwrs gymhleth.

'Ti'n gallu cwrdd â fi yn nhŷ'r Kemps am naw, Kingy? Rhif saith, Ystad y Castell. Man a man i ni fynd yn syth yno, ma lot 'da ni i'w wneud heddi...'

'Aye,' griddfanodd Kingy, oedd yn ddigon i ddarbwyllo Col fod ei bartner wedi deall y neges yn iawn.

Daeth yr alwad i ben heb air pellach. Dychwelodd Col at y bwrdd brecwast a'r llanast oedd yn gysylltiedig â phryd pwysica'r diwrnod, tra estynnodd Kingy am y pecyn ugain Embassy Number 1 o boced trowsus y diwrnod cynt. Ysai am fynd 'nôl i gysgu, ond byddai'n rhaid codi a wynebu'r dydd. Cyneuodd y sigarét a thynnu'n galed arni. Pesychodd, gan godi llond ceg o wyrddni trwchus wrth wneud. Edrychodd am rywle i boeri'r budreddi, ond nid oedd unrhyw beth addas wrth law, felly llyncodd y llysnafedd a chodi'r botel fodca er mwyn golchi'r blas o'i geg. Achosodd y gwirod i'w gorff cyfan grynu, ond yn rhyfeddol, wedi i'r rhynnu beidio, teimlai'n well. Cymerodd lond cegaid arall, cyn sgriwio'r top yn ôl am geg y botel a mwynhau ei fwg wrth i atgofion y noson cynt ddod 'nôl i'w aflonyddu.

* * *

Am ddeg munud i naw, ar ôl galw heibio swyddfa'r heddlu i argraffu nodiadau'r iwnifforms aeth i holi'r Kemps y noson cynt, roedd Col yn eistedd yn ei gar y tu allan i dŷ'r dioddefwyr yn aros i'w bartner gyrraedd. Roedd crombil y car yn baradwys di-sŵn a di-straen, ac eisteddodd yno â'i lygaid yn bygwth cau, diolch i ddiffyg cwsg y noson cynt. Yn wahanol iddo fe, roedd y teulu bach mewn hwyliau da'r bore 'ma, yn llawn bywyd, sbort a sbri, ond eto roedd hi'n rhyddhad cael eu gadael. Ar adegau fel hyn, byddai'n difaru peidio â chael fasectomi ar ôl i'r cyntaf-anedig gyrraedd, er y byddai'r teimladau hynny wedi hen ddiflannu erbyn iddo gyrraedd adref gyda'r nos, wrth gwrs.

Clywodd ddrws yn cau'n glep ochr arall y stryd, a merch brydferth yn camu allan o'r tŷ. Agorodd y drws yn syth ar ei hôl, a gwyliodd Col ddyn cyhyrog yn ei bumdegau yn ei ddilyn, yn gwisgo siwmper Pringle felen ac yn cario bag o ffyn golff ar ei ysgwydd dde. *Ei thad?* pendronodd. Ond cafodd ateb ar unwaith, pan afaelodd y dyn yn y ferch a'i chusanu'n galed ar ei cheg, er nad oedd hi'n ymddangos yn fodlon iawn â'i sylw. Gwthiodd y ferch y dyn oddi wrthi cyn camu i'w char. Taniodd yr injan ac anelu am y gweithle. Roedd hi'n hwyr, dyfalodd Col, gan seilio'i farn ar y ffaith ei bod hi'n gyrru'n rhy gyflym o lawer.

Agorodd y dyn cyhyrog fŵt ei gar, gosod y bag yn ofalus ynddo, eistedd y tu ôl i'r olwyn a dilyn y ferch oddi ar yr ystad. Teimlodd Col bwl bach o genfigen. Roedd bywyd y ddau'n ymddangos mor syml, er y gwyddai o brofiad nad oedd modd gwybod yn gwmws beth oedd yn digwydd y tu ôl i ddrysau cloëdig unrhyw gartref.

Edrychodd ar gloc y car. Pum munud wedi. Gafaelodd yn ei ffôn symudol ond cyn iddo ffeindio rhif ei bartner, gwelodd DC Richard King yn cerdded tuag ato, yr Aviators yno er mwyn masgio cochni ei lygaid heb os, gan nad oedd yr haul yn tywynnu heddiw.

Camodd Col o'r car.

'Lle ma dy gar di?' gofynnodd, gan nad oedd yn disgwyl gweld Kingy ar droed.

'Adre. Angen bach o awyr iach, os ti'n deall be sy 'da fi.'

Gwenodd DC King wrth ddweud hynny, a dyna pryd y sylwodd Col pa mor welw oedd bochau ei bartner.

'Say no more,' chwarddodd Col a'i daro'n ysgafn ar ei ysgwydd. Gallai gofio bihafio fel hynny ei hun ar ddechrau ei yrfa yn y ffôrs. Cyn belled â bod ei ymrwymiad at ei waith yn parhau i fod yn dderbyniol, roedd croeso i'w bartner wneud fel y mynnai – o fewn rheswm. Gwyddai Col y deuai dyddiau gwyllt Kingy i ben, mwy na thebyg pan fyddai menyw gall yn cael gafael ynddo ac yn dangos iddo bod mwy i fywyd na'r botel a'r bar. Ond tan hynny, tali-ho!

'Arwain di'r ffordd.' Ystumiodd Kingy tua chartref y Kemps. 'Sai'n teimlo'n rhy dda, t'mod…'

'Wel am syrpréis!' ebychodd Col, cyn cloi'r car a throi am eu cyrchfan.

Wedi pasio ac edmygu'r BMW 5 Series newydd sbon oedd wedi'i barcio ar y dreif, canodd Col y gloch ac aros.

'Tyn y blydi shades 'na wnei di, Don,' gorchmynnodd DC Colwyn, ond difarodd ofyn pan welodd lygaid ei ffrind. 'Blydi hel, Kingy! Beth o't ti'n neud neithiwr, smocio crack?'

'Dim cweit,' atebodd DC King gyda gwên gam, ond cyn iddo gael cyfle i adrodd y stori – stori fyddai'n siŵr o ddod â gwên i wyneb ei bartner – agorwyd y drws gan hen fenyw drwsiadus gydag aur yn diferu o'i chlustiau ac yn gorchuddio'i dyrnau, fel mam-gu Mr T.

'Mrs Kemp?' dechreuodd Col. 'Fi yw DC Aled Colwyn, heddlu Gerddi Hwyan, a dyma fy mhartner, DC Richard King. Sori am beidio â rhoi rhybudd cyn dod, ond fydde modd i ni gael gair clou gyda chi a'ch gŵr am y lladrad?'

'Ni 'di bod trwy bopeth gyda…'

'Neith hyn ddim cymryd lot o amser, Mrs Kemp, a dwi'n

ymwybodol eich bod wedi siarad â'n cyd-weithwyr neithiwr. Ond ni yw'r swyddogion sy'n gyfrifol am yr achos, a bydde deg munud o'ch amser yn ein helpu ni'n fawr...'

Cododd yr hen wraig ei hysgwyddau ac wfftio, cyn gwahodd y ditectifs i mewn. Nid oedd ganddi unrhyw beth penodol i'w wneud y bore yma, ond roedd ei phen yn dal i forio yn dilyn holl gwestiynau'r glas y noson cynt.

Diolchodd DC Colwyn iddi a'i dilyn i mewn i'r cyntedd enfawr. Crwydrodd ei lygaid o gwmpas yn gyflym, gan nodi darlun gwreiddiol gan Syr Kyff yn hongian ar waelod y grisiau, yn ogystal â thriptych o ffotograffau trawiadol yn dangos Bae Ceredigion yn ei lawn ogoniant ar adegau o wahanol dywydd – un ar ddiwrnod o awyr las dros y môr, un arall yn ystod storm a'r olaf o fachlud yn goleuo'r môr yn nefolaidd. Unwaith eto, roedd y lladron wedi dewis tŷ oedd yn amlwg yn gartref i bobl gefnog, er bod nodiadau'r swyddogion a ddaeth yma i holi'r hen gwpwl yn datgan mai dim ond tua mil a hanner o ewros y gwnaeth y lladron ei ddwyn.

Arweiniodd Mrs Kemp y ditectifs i'r gegin gan esbonio bod ei gŵr allan ar y cwrs golff. Roedd y gegin yn anferth hefyd, a safai heulfan i'r dde o'r ystafell yn llawn dodrefn ystrydebol ond drud yr olwg, a'r cacti a'r coed palmwydd disgwyliedig. Y tu hwnt iddi, ym mhen pella'r ardd, gallai Col weld helygen wylofus yn hongian dros y pwll pysgod ac am yr eilwaith y bore yma teimlodd bwl o genfigen yn corddi yn ei fol.

Aeth Mrs Kemp ati i baratoi coffi i'r ditectifs, ac wrth iddi wneud dechreuodd Col ofyn ei gwestiynau. Aeth Kingy i mewn i'r heulfan, lle anadlodd yn ddwfn er mwyn atal y cyfog rhag codi.

'Ewros, Mrs Kemp? Chi'n mynd ar eich gwyliau?' gofynnodd Col wrth i'r hen ddynes lenwi cafetière a throi'r coffi â llwy cyn gosod y clawr ar ei ben.

'Ydyn. I'r fjords yn Norwy ddiwedd wythnos nesaf. Cruise.

Ond sai'n gwybod pam mae Brian yn mynnu mynd â chymaint o arian gyda ni, wir nawr. Yn enwedig gan 'i fod e'n mynd â travellers cheques 'fyd…'

'Ond dim ond yr arian parod sydd wedi diflannu?'

'Ie. A chwpwl o bethau bach arall…'

'Meddalwedd cyfrifiadurol. Dwy fodrwy a breichled,' darllenodd Col ei nodiadau.

''Na ni. Ond dim ond sentimental value sydd i'r modrwyon a'r freichled. Rhai priodas fy mam i a mam Brian oedd y modrwyon, ac un Mam-gu oedd y freichled. O'n i'n 'u cadw nhw i'w rhoi i'r wyresau pan fyddan nhw'n ddigon hen.'

Yn ei lyfr nodiadau, rhoddodd Col seren wrth ochr yr ewros er mwyn ei atgoffa i gysylltu â chyfnewidfeydd arian yr ardal er mwyn iddynt gadw llygad am rywun yn galw i mewn i geisio cyfnewid yr arian.

'Sdim byd arall alla i ddweud wrthoch chi, ditectif,' esboniodd Mrs Kemp wrth arllwys y coffi i ddau fyg lliwgar. 'Pe na bydden ni'n mynd ar ein gwyliau, mae'n bosib na fydden ni wedi sylweddoli fod rhywun wedi torri i mewn am fisoedd, gan nad y'n ni'n defnyddio'r sêff yn aml iawn y dyddie 'ma…'

'Galla i weld o'r nodiadau na wnaeth y lladron adael unrhyw lanast, nac unrhyw olion…'

'Naethon nhw hyd yn oed gloi'r drws ar eu holau, ditectif!' ebychodd Mrs Kemp gan ysgwyd ei phen.

Gwenodd DC Colwyn arni. Roedd y sefyllfa'n abswrd, rhaid cyfaddef. Er, wedi meddwl, roedd y ffaith iddynt gloi'r drws wrth adael yn awgrymu bod ganddynt allwedd, neu o leiaf declyn oedd yn gwneud eu tasg yn hawdd. Nododd hynny hefyd.

'Fyddai modd i ni weld y swyddfa, Mrs Kemp?'

'Wrth gwrs, ond sdim byd i'w weld…'

Wedi i'r ddau edmygu gwaith llaw y sawl a osododd y diogelflwch yn y wal y tu ôl i'r llun o garfan y Llewod 1974, agorodd Mrs Kemp y drws cefn er mwyn i'r ditectifs gael busnesu yn yr ardd. Safodd y tri ar yr ardal ddecio – Mrs Kemp yn tin-droi, DC King yn teimlo'n sâl a DC Colwyn yn edmygu'r heulfan.

'Pwy adeiladodd eich conservatory, Mrs Kemp?'

Edrychodd yr hen wraig arno'n syn cyn ateb, gan nad oedd yn gallu deall perthnasedd y cwestiwn.

'Gari Caradog.'

'Caradog Constructions?'

''Na fe. Ma fe'n byw dros y ffordd. Rhif naw. Ond beth sy…?'

Canodd ffôn y tŷ ac atal Mrs Kemp rhag gorffen ei chwestiwn, a chyn gynted ag yr aeth hi trwy'r drws cefn ar drywydd yr alwad, rhuthrodd DC King at ymylon yr ardd, cyn diflannu y tu ôl i berth rhododendron drwchus er mwyn gwagio'i gylla. Ymlwybrodd Col ar ei ôl, gan ysgwyd ei ben a gobeithio nad oedd perchennog y tŷ wedi'i weld.

'Proffesiynol iawn, DC King,' dywedodd Col wrth ei bartner pan ailymddangosodd hwnnw ar y llwybr yn sychu ei geg â llawes ei got.

Gwenodd hwnnw eto. 'Sori, Col. Ond fi'n teimlo'n well nawr. Lot gwell, 'fyd.'

Anelodd y ddau am waelod yr ardd, gan ddisgwyl gweld clwyd neu ddrws yn y ffens derfyn. Ond, wedi pasio'r pwll dŵr a'r sied, roedd hi bron yn amhosib gweld y ffens hyd yn oed, diolch i res o goed bythwyrdd tal a thrwchus a safai o'i blaen.

Syllodd y ddau ar y coed, heb wybod yn iawn beth i'w ddweud na'i wneud. Edrychodd Col ar y llawr yn y gobaith o weld olion traed, ond diolch i'r gwair trwchus doedd dim byd yno.

'Sut yn y byd wnaethon nhw ddod mewn i'r ardd?' gofynnodd Col, heb ddisgwyl ateb.

'Ysbrydion,' sibrydodd ei bartner, gan godi'i aeliau'n bryfoclyd.

'Ti'n gwybod beth sydd yr ochr arall, Kingy?' gofynnodd Col. Ond cyn i DC King gael cyfle i ddyfalu, ymunodd Mrs Kemp â nhw ac ateb ar unwaith.

'Llwybr cyhoeddus. Camlas. A'r clwb golff tu hwnt…'

* * *

Tra fforiai ei bartner yn y prysgwydd wrth ochr y llwybr cyhoeddus, pwysai DC King ar fonyn coeden yn syllu ar ddŵr tywyll y gamlas o'i flaen a mwynhau sigarét fach yn yr awyr iach. Teimlai lawer yn well nawr. A dweud y gwir, roedd e bron yn barod am beint.

'Kingy!' Clywodd floedd o ganol y gwyrddni rhwng y llwybr a ffens derfyn cartref y Kemps. Sugnodd y stwmp a'i daflu tua'r gamlas, cyn mynd i weld pam roedd ei bartner mor gynhyrfus. Wedi ymwthio trwy'r deiliach a'r drain, ffeindiodd Col yn ei gwrcwd, yn edrych yn fanwl ar y ffens.

'Kingy!' bloeddiodd unwaith eto, gan wneud i ben ei bartner ddychlamu.

'Paid gweiddi, Col, fi fan hyn.'

'Edrych,' meddai. 'Ti'n gallu credu'r peth?'

Cyffyrddodd Kingy'r ffens ac ysgwyd ei ben.

'Sai 'di gweld dim byd tebyg i hyn o'r blaen. Wyt ti?'

'Na. Byth. I mean, fi 'di gweld digon o ffensys wedi'u torri gan bolt cutters o'r blaen, ond sai 'rioed wedi gweld na chlywed am ladron yn cau'r twll ar y ffordd mas…'

'Ti'n gwybod beth yw'r rhain, 'te?' Pwyntiodd Col at yr hyn oedd yn cadw'r bwlch ar gau, sef clipiau heb fod yn annhebyg i rai papur, ond yn llawer mwy cadarn.

'Ydw, as it happens. Ma 'mrawd yng nghyfraith i'n adeiladwr, fel ti'n gwbod, ac o'n i'n arfer gweithio gyda fe cyn ymuno â'r ffôrs.' Brickie gwael oedd DC Richard King cyn ymuno â'r heddlu, un fyddai bob amser yn grwgnach. 'Ma nhw'n defnyddio'r clips 'ma os oes angen codi ffens rownd twll i'w warchod dros nos neu rywbeth…'

'Felly ma nhw'n ddigon cyffredin?'

'Aye. Cyffredin iawn. Bydd bocs o'r rheina yng nghefn pob fan bilders yn y wlad, os nad y byd.'

'Shit.'

'Beth?'

'Dim byd. Jyst… wel… o'n i'n gobeithio ffeindio rhywbeth, ti'n gwybod… ond sdim hyd yn oed olion traed fan hyn…'

'Ysbrydion, Col. Ysbrydion.'

Edrychodd DC Colwyn ar y ffens unwaith eto, gan feddwl nad ellyll oedd yr ysbeilwyr yma wedi'r cyfan, ond cwpwl o Raffles cyfoes, lladron bonheddig dros ben…

Llond Ceg

Disgleiriai'r hanner lleuad yn y ffurfafen uwchben, gan oleuo'r ardd o gwmpas y ffigwr unig, balaclafog. Eisteddodd y lleidr yn llonydd ar fainc wrth y pwll dŵr disymud, yn aros i'w bartner ddychwelyd ac i'r antur ddiweddaraf ddechrau go iawn. Wrth aros, crwydrodd ei lygaid o ffenestri tywyll cefn y tŷ, eu targed, at y gweddluniau briciau coch cyfagos, yn chwilio ac yn edrych am unrhyw arwydd o fywyd. Ond, a hithau'n tynnu at ddau y bore, roedd preswylwyr y plastai trefol hyn yn rhochian a rhechu ers oriau bellach.

Heb unrhyw sŵn, ymddangosodd y llall wrth ei ochr, gan eistedd yn ysgafn ac ystumio â'i fawd bod popeth yn iawn i'r cyrch fynd yn ei flaen. Bu ei bartner yn gwneud recce bach cyfrwys ar hyd y stryd o flaen y tŷ a'i chael yn hollol ddifywyd. Roedd yr adrenalin eisoes yn rhuthro trwy ei gorff – gallai ei bartner synhwyro hynny, hyd yn oed ym mudandod llethol y nos.

Safodd yr ail leidr a gwisgo'i warfag am ei ysgwyddau. Yna, heb air, heb ystum, anelodd y ddau am y drws cefn, gan droedio'n ofalus ar hyd y cerrig camu oedd fel ynysoedd bach crwn ar gefnfor gwyrdd lawnt y plas. Cyrhaeddodd y ddau ardal ddecio eang ac arni goed palmwydd mewn potiau oedd bellach wedi'u gorchuddio am y gaeaf gan eu balaclafas plastig eu hunain. Yng nghysgod heulfan anferthol a chrand, yn llawn cacti a mwy o goed palmwydd, daeth y lladron i stop wrth y drws cefn. Yn ddistaw ac yn ddiseremoni, datglowyd y drws pren tywyll yn ddidrafferth, cyn ei wthio ar agor yn ofalus. Yna camodd y dihirod i mewn i'r gegin, cau'r drws yn dawel a sefyll yn yr unfan am funud gyfan yn gwrando a sicrhau nad oedd neb ar dir y byw, wrth adael i'w llygaid gyfarwyddo â'r lled dywyllwch. Nid oedd larwm yn y tŷ hwn chwaith, ond gwyddai'r lladron hynny eisoes, wrth gwrs.

Gydag ystum arall â'i law, arweiniodd y lleiaf o'r ddau y ffordd tuag at y swyddfa ym mlaen y tŷ, trwy'r gegin fawr, yr ystafell fwyta ac ar hyd y cyntedd llawr derw. Roedd drws y swyddfa ar agor led y pen, ac i mewn â'r ddau gan gau'r drws yn ofalus ar eu holau.

Wedi munud arall o sefyll fel delwau mud, agorodd y lleiaf o'r lladron ei warfag ac estyn dwy fflachlamp fechan ohono. Rhoddodd un i'w gydymaith cyn i'r ddau ohonynt eu tanio. Nodiodd y ddau ar ei gilydd, eu llygaid yn pefrio yn y golau isel, cyn dechrau ar y dasg, sef chwilio am y diogelflwch.

Yn dawel ac yn glinigol, aeth y lladron ati i chwilio gan ddechrau'r tro hwn trwy edrych y tu ôl i'r ddau lun wedi'u fframio oedd yn hongian ar y wal. Ond nid dyna lle roedd y diogelflwch, felly aeth y ddau ati i chwilio o dan y ddesg, yn y droriau, yn y cypyrddau, ar ben y cypyrddau a'r tu ôl i'r llyfrau ar y silffoedd, gan bocedu ambell beth bychan fan hyn a fan draw – tua dau gan punt mewn arian parod o un o'r droriau, a thaniwr Zippo arian nad oedd yn werth dim byd i neb am fod y mecanwaith wedi torri, er na wyddai'r lleidr hynny wrth ei roi yn ei boced. Daethant o hyd i'r Greal Sanctaidd yn cuddio ar ben y silff lyfrau, yn cael ei amddiffyn gan dri temlydd annisgwyl – Viv Richards, Robert Norster a Neville Southall – ar ffurf Grogs. Bu bron i'r lladron gipio'r triawd sanctaidd, ond rhaid fu iddynt gallio wrth weld pa mor drwm oedd y crochenwaith. Gyda pheth anhawster a gwaith tîm, symudwyd y diogelflwch o ben y silff lyfrau i'r ddesg, er mwyn i'r lladron gael ei agor a gweld pa drysorau oedd yn aros amdanynt y tu mewn.

Ond, cyn i'r arbenigwr ar agor y fath flychau gael cyfle i estyn ei offer o'i warfag, rhewodd y ddau yn yr unfan wrth glywed clip-clop digamsyniol traed yn symud ar yr estyll uwch eu pennau. Yn hollol reddfol, diffoddodd y ddau eu fflachlampau, cyn camu'n ôl i gysgodion y swyddfa, mor dawel â dwy lygoden.

Ac wrth i'r traed gamu i lawr y grisiau, dim ond dau beth oedd i'w wneud yn awr, sef aros a chroesi bysedd. Rhaid oedd gobeithio y byddai'r hen ddyn, neu ddynes, yn mynd yn syth i'r gegin i estyn gwydraid o ddŵr, cyn dychwelyd i'r gwely a gadael i'r lladron ddianc i'r nos heb unrhyw ddrama. Dim ond unwaith o'r blaen y digwyddodd rhywbeth tebyg, ac ar yr achlysur hwnnw gorfu i'r lladron aros yn stond ac yn ddistaw yn y swyddfa am dros ddwyawr, wrth i'r perchennog fynd ati i wylio dwy bennod o *Bleak House* ar y Sky+ yn y lolfa.

Gyda churiadau eu calonnau'n carlamu rhwng eu clustiau, aeth y camau ar hyd y cyntedd llawr pren, heibio i ddrws caeëdig y swyddfa, gan anelu am gefn y tŷ a'r gegin. Gwrandawodd y lladron yn astud, gan ysu am i'r pensiynwr lenwi gwydr a dychwelyd i'w wely ar unwaith – a dyna, chwarae teg, a wnaeth. Clywodd y lladron wydrau'n tincian yn y pellter, ac wedyn y dŵr yn rhedeg. Yna, tawelwch, wrth i'r preswylydd anhysbys yfed cynnwys y gwydr, mae'n siŵr, cyn i'r camau ddychwelyd ar hyd yr un llwybr am yr ystafell wely ar y llawr cyntaf.

Ond, cyn cyrraedd y grisiau a'u hesgyn, oedodd y perchennog yn y cyntedd a throi'r golau ymlaen, gan achosi i gyrff y lladron dynhau wrth i'r pelydrau ymdreiddio i'r fagddu trwy'r bylchau tenau o gwmpas y drws. Edrychodd y ddau ar ei gilydd, a gwyn eu llygaid yn pefrio yn y lled dywyllwch. Ac yna agorwyd y drws, a gwelodd y lladron ddelwedd na fyddent byth yn ei hanghofio yn sefyll o'u blaen – gŵr barfog yn ei saithdegau mewn gŵn nos sidan goch yn cario bat criced yn ei ddwylaw a gwylltineb pur yn ei lygaid.

Safodd y lladron yn stond, heb wybod yn iawn oedd yr hen ddyn wedi'u gweld. Ond, ar ôl iddo droi golau'r swyddfa ymlaen, fe'u gwelodd ac, yn fwy na hynny, camodd tuag atynt yn chwifio'r bat uwch ei ben a gweiddi'n aneglur arnynt, fel Captain Caveman trwsiadus.

Camodd y mwyaf o'r lladron tuag at yr hen ddyn, gyda'r bwriad o'i dawelu heb ei anafu. Wedi'r cyfan, roedd y bat criced yn rhy drwm iddo a'r hen ddyn yn rhy fusgrell i fod yn ormod o fygythiad. Gafaelodd yn y bat heb unrhyw drafferth, a defnyddio'i rym i wthio'r hen ddyn yn ôl a'i ddal yn gaeth yn erbyn y wal. Wrth wneud, sylwodd y lleidr ar yr holl lofnodion ar yr helygen – carfan Tîm Criced Morgannwg 1997, y tro diwethaf i'r sir ennill y bencampwriaeth – tra sleifiodd ei bartner at y drws cefn a'i ddatgloi.

'Galwa'r heddlu, Brenda!' gwaeddodd yr hen ddyn, gan boeri dros wefusau a llygaid y lleidr, oedd yn ymwthio trwy ddefnydd gwlanog y balaclafa.

'Fi wedi gwneud, Ronnie bach!' daeth yr ateb o ben y grisiau.

Ar y gair, agorwyd y drws cefn, a chyda seirenau'r glas eisoes i'w clywed yn y pellter, gwaeddodd y lleidr ar ei bartner i frysio, cyn rhedeg allan i'r nos, ei galon yn ei wddf a'i goesau'n gwibio am adref, heb oedi i weld oedd y llall yn dilyn.

'Nôl yn y swyddfa, tynnodd perchennog y tŷ y bat criced a'r lleidr tuag ato'n hollol annisgwyl a dirybudd, cyn suddo'i ddannedd i mewn i fron chwith y troseddwr, gan fethu ei deth o lai na hanner modfedd. Pam y gwnaeth Mr Lewis hynny, ni wyddai ef ei hun hyd yn oed. Greddf? Ffolineb? Cyfuniad o'r ddau? Pwy a ŵyr. Pa ots?

Sgrechiodd y lleidr wrth i'r dagrau lenwi ei lygaid, cyn ceisio gwthio'r hen ddyn oddi arno, ond roedd ei ddannedd dodi fel gefel am ei gnawd. Mewn panig, dyrnodd y lleidr berchennog y tŷ ar ochr ei ben, gan achosi i'w geg lacio. Yna, mewn syndod, gwyliodd Mrs Lewis y lleidr o'i safle hanner ffordd lan y grisiau yn gosod ei gŵr yn ofalus ar lawr, gan ymddiheuro am yr hyn roedd newydd ei wneud.

'Sori, Mr Lewis,' meddai'r lleidr yn llawn edifeirwch, er nad oedd dewis ganddo mewn gwirionedd, a doedd yr ergyd ddim yn un galed iawn. Gosododd y bat criced yn ofalus wrth ochr y corff, a gadael ar frys ar drywydd ei bartner.

Gwibiodd o'r swyddfa i'r cyntedd, ond collodd ei falaclafa cyn cyrraedd y gegin diolch i grafangau cyflym Mrs Lewis, a estynnodd dros ochr y grisiau a chipio'r mwgwd oddi ar ei ben, gan sicrhau darn pwysig o dystiolaeth i'r archwilwyr.

Ond nid edrychodd y lleidr dros ei ysgwydd, ac felly ni ddangosodd ei wyneb i'r dioddefwyr. Daliodd i redeg nes cyrraedd diogelwch pencadlys y dihirod, lle roedd ei bartner yn aros amdano, yn tynnu'n galed ar sigarét ac yn plicio'r stripiau plastig gludiog dros dro o wadnau ei esgidiau rhedeg.

Syrffbord yn gorwedd ar y lawnt...

1997

Cododd y pryder ar unwaith pan drodd Wyn Isaac ei Jaguar XJ6 i mewn i ystad y Wern. Roedd hi fel y Gorllewin Gwyllt yno heno, a phob noson arall, mae'n siŵr, dyfalodd, wrth wylio'r bobl ifanc fel gyr o anifeiliaid ar y llecyn gwyrdd, canolbwynt yr ystad tai cyngor, yn yfed, smocio, snogio a phwy a ŵyr beth arall.

'Iesu mawr,' mwmiodd, gan droi i edrych ar Ceri, ei ferch hynaf, a eisteddai wrth ei ochr. 'Sai'n siŵr am hyn…'

'Paid dechre, Dad, god!' ebychodd hithau.

'Sdim isie i chi boeni, Mr Isaac. Mae gen i pepper spray yn fy mag.'

'A rape alarm, yn does, Cats.'

'Oes. So Mam yn gadael fi mas o'r tŷ hebddyn nhw.'

'Diolch, Catrin, mae hynny'n gwneud i fi deimlo'n lot gwell.'

'Dim probs,' atebodd Catrin o'r sedd gefn, heb sylwi ar goegni tad ei ffrind gorau.

Llywiodd Wyn y Jag yn araf o gwmpas yr ynys werdd, gan anelu at ganolbwynt yr anhrefn a lleoliad y parti heno, sef cartref Prys a Morgan.

'Lle chi moyn i fi'ch gadael chi – reit tu fas i'r drws, ie?' gofynnodd Wyn, er mwyn difyrru ei hun.

'God, Dad, ti *mor* embarrassing!' ebychodd Ceri, gan wneud i Wyn geisio cofio'r tro diwethaf iddi beidio â'i ateb gydag ebychiad dramatig.

'Ma fan hyn yn cŵl,' atebodd Catrin, felly tynnodd Wyn draw at ochr y pafin, y tu ôl i BMW graenus yr olwg o'i gymharu â gweddill cerbydau'r gymdogaeth, er mwyn i'r merched gael cerdded y canllath olaf at eu cyrchfan.

'Gartre erbyn dau, iawn Cer? Dim hwyrach, neu bydd dy fam yn galw'r heddlu.'

'God, iawn Dad, beth *bynnag*...'

'Chi'n mynd i siario tacsi, y'ch chi?'

'Ydyn, Mr Isaac,' atebodd Catrin heb oedi, er nad oedd hi'n bwriadu mynd adref o gwbl heno. Roedd hi eisoes wedi twyllo'i rhieni a rhoi cynllun bach syml ar waith, diolch i gyd-gynllwynio cyfrwys ei chwaer fawr, oedd yn hen ben ar gamfihafio llechwraidd, chwarae teg.

Gwyliodd Wyn nhw'n mynd, gan ysgwyd ei ben mewn anghrediniaeth ar yr hyn roedd y ddwy yn ei wisgo, yn enwedig o ystyried oerfel llethol y noson – sgert fini yr un; heels pum modfedd, os nad yn fwy; siacedi lledr; boob tube yr un; a braidd dim byd arall, ar wahân i dunnell o golur, wrth gwrs. Cofiodd chwerthin ymhlith ffrindiau rhyw bymtheg mlynedd ynghynt wrth rag-weld sefyllfaoedd fel hyn yn y dyfodol. Doedd gadael iddynt fynd ddim yn beth hawdd i'w wneud, ond, gan ddefnyddio geirfa Catrin, roedd yn rhaid bod yn 'cŵl' ac ymddiried ynddynt. Wedi'r cyfan, roedd y ddwy ar drothwy bod yn oedolion swyddogol bellach, er y byddai Wyn yn ystyried Ceri, a'i chwaer Mari, oedd rhyw ddwy flynedd yn iau, fel ei angylion bach am weddill eu hoes.

Stopiodd y ddwy'n sydyn, gan wneud i Wyn edrych o'i gwmpas i chwilio am y rheswm pam. Ond pan drodd Ceri ac ystumio arno i adael, gwenodd Wyn a gyrru oddi yno'n araf, gan ganu corn arnynt er mwyn eu gwylltio.

'God,' oedd ymateb Ceri. 'Ma fe *mor* embarrassing!'

'Ma nhw i *gyd* yn embarrassing, babes, ond 'drych beth sydd 'da fi,' meddai Catrin gan grynu, ac estyn potel o Thunderbird o'i bag llaw ar ôl i gar Wyn droi'r cornel.

Gwenodd Ceri wrth ei gweld, cyn i'r wên droi'n chwerthiniad bach chwareus.

'Great minds,' dywedodd, gan estyn potel yr un fath o'i bag hithau. Agorodd y ddwy'r poteli, cyn llowcio llond ceg anferthol yr un. Yna, wedi dychwelyd y poteli i'w bagiau, estynnodd y ddwy Marlboro Light yr un, eu cynnau a cherdded tuag at y gerddoriaeth gan siglo'u tinau i'r curiadau a chydnabod ambell wyneb cyfarwydd ar y ffordd.

Dyma'r tro cyntaf i'r ddwy ymweld â'r Wern, ac er yr anhrefn, nid oeddent yn teimlo'n ofnus nac yn anniogel o gwbl. Roedd eu cyfoedion i'w gweld ym mhobman, gan fod y rhan fwyaf o goleg chweched dosbarth Gerddi Hwyan yno. Roedd partis Prys a Morgan Caradog yn chwedlonol erbyn hyn, ac un heno'n addo bod yn anferthol, os oedd y sibrydion ar y campws i'w credu.

Y prif reswm nad oedd y ddwy wedi mynychu un o bartis blaenorol y brodyr oedd y ffaith fod Prys wedi anfon portread o Ceri iddi trwy'r post fel anrheg Nadolig. Ac er bod y braslun yn cipio'i phryd a'i gwedd yn berffaith, roedd rhywbeth creepy tu hwnt amdano hefyd – ym marn Ceri, ta beth. Credai Catrin fod yr anrheg yn siarad cyfrolau am deimladau'r dyn ifanc tuag at ei ffrind, ond nid oedd Ceri'n cytuno. Roedd Prys wedi gadael y coleg rhyw chwe mis ynghynt, ac ni fyddai Ceri wedi meddwl amdano byth wedyn, ar ôl taflu ei anrheg i'r bin, pe na bai Catrin wedi dechrau fflyrtio gyda'i frawd bach, Mogs, yn ystod y ddeufis diwethaf. Roedd e'n ailsefyll ei arholiadau TGAU yn y coleg, ond roedd ganddo gorff tebycach i baffiwr na bachgen ysgol, a gwên oedd yn gwneud i goesau Catrin grynu bob tro y gwelai hi.

Cyrhaeddodd y merched ardd ffrynt cartref y brodyr, ond cyn ymuno yn y miri yfodd y ddwy'n farus o'u poteli Thunderbird a thagu eu sigaréts o dan sodlau eu hesgidiau sigledig. Ac wrth gerdded y llwybr tuag at y drws ffrynt agored, heibio i'r sgarmes o gyfoedion oedd yn sgwrsio a swigio, smocio a snogio yn yr ardd, cododd corws cyntaf 'The Man Don't Give a Fuck' o droellfwrdd y DJ yn y lolfa, gan wneud i bawb weiddi'r geiriau ar dop eu lleisiau.

*　*　*

Eisteddai Prys wrth ochr ei frawd ar fainc yn yr ardd gefn. Ar y bwrdd pren o'u blaenau roedd dau gan o Strongbow, a thynnodd Prys sbliff barod o boced ei grys siec. Yn wahanol i'r rafwyr eraill oedd yn loetran yn yr ardd yn gwisgo dillad cynnes i wrthsefyll yr oerfel, roedd y chwys yn diferu i lawr ei dalcen a'r adrenalin yn dal i ruthro o gwmpas ei gorff.

'Be o't ti'n meddwl, 'de?'

'O beth?' gofynnodd Mogs yn ddryslyd.

'O'r set, y twat. Beth ti'n meddwl?'

'Oh, aye. Top shit, Prys. Top shit…'

Gwenodd Prys ar ganmoliaeth ei frawd, er nad oedd Mogs prin wedi clywed y gerddoriaeth yn yr ardd gefn, yng nghanol yr holl sgwrsio, y chwerthin a'r camfihafio cyffredinol.

'Sut a'th "Block Rockin' Beats" y Chemical Brothers lawr mas fan hyn?'

'A'th pawb yn mental,' oedd ateb celwyddog Morgan.

Y gwir oedd bod y mwyafrif o'r partïwyr eisiau clywed y Roses, y Mondays, Oasis, Blur, y Furries, Catatonia, 60ft Dolls, Dodgy, y Boo Radleys a Paul Weller, yn hytrach na'r drum and bass neu'r hip-hop roedd Prys yn eu ffafrio. Ond doedd dim pwynt dweud hynny wrtho, rhag iddo bwdu.

Agorodd y brodyr eu caniau seidr a gwylio'u cyfoedion yn mwynhau'r parti. Roedd yr ardd gefn yn llawn, heb fod yn orlawn, a grwpiau o fechgyn a merched yn mwynhau'r rhyddid a ddeuai law yn llaw â mynychu parti mewn tŷ lle nad oedd rhieni'n ffactor, ddim hyd yn oed o bell. Doedd neb yn sobor heno. Yng nghornel pella'r ardd roedd grŵp o fois o'r chweched isaf yn cael rasys strawpedo gyda photeli Reef, tra bod gang yn y gegin yn gwneud cyllyll poeth dros y ffwrn ac un arall yn gwneud bwcedi anferthol yn y bath lan stâr. Roedd y lolfa'n debycach i ddisgo, a dyna lle roedd y rhan fwyaf o'r merched, yn dawnsio, pincio ac ystumio i'r Britpop a ddeuai o droellfwrdd Mr DJ. Nid oedd y brodyr am ddechrau dychmygu beth oedd yn digwydd yn yr ystafelloedd gwely, yn enwedig o gofio'r staeniau brown ffeindion nhw ar ddau o'r dwfes ar ôl y parti diwethaf. Ond o leiaf doedd neb wedi chwydu eto, er y gwyddai'r brodyr mai dim ond mater o amser fyddai hi cyn bod rhywun yn gwneud…

Yn dilyn 'Fools Gold' gan y Stone Roses, llenwodd 'The Man Don't Give a Fuck' gan y Furries y nos, gan wneud i'r ardd gefn gyfan godi'u lleisiau i ganu'r gytgan. Gwenodd Prys ar ei frawd, gan basio'r sbliff iddo a rhoi ei fraich am ei ysgwydd.

'Croeso i dy fywyd newydd, Mogs.'

Gwenodd Morgan arno'n llawn balchder. Cawsai ei ganlyniadau TGAU y diwrnod cynt, canlyniadau cadarnhaol – C yn Saesneg a mathemateg – oedd yn wyrthiol ac yn golygu y câi ddechrau gweithio gydag Wncwl Gari a'i frawd ddydd Llun. Ond yn well na hynny hyd yn oed, cafodd garden dydd Sant Ffolant y bore hwnnw, gan 'edmygydd cudd', er bod ganddo syniad go lew pwy anfonodd hi iddo. Roedd yn gobeithio'i gweld hi yma heno, ond nid oedd wedi cyrraedd eto. Byddai'n mynd am recce arall rownd y tŷ mewn munud, ar ôl iddo orffen y sbliff, neu ar ôl i'w frawd orffen parablu.

'Serious nawr, ma'r gwaith yn gallu bod yn galed i rywun fel fi, ond ma'r cyflog yn gwneud hi'n werth chweil, t'mod. Fydd y gwaith ddim mor galed i ti…'

'Beth ti'n meddwl wrth hynna?'

'Cryf, Mogs. Cyhyrog. Os fi'n gallu gwneud y gwaith, chei di ddim problem o gwbl. Edrych arnot ti! Ti fel Bendi-blydi-geidfran o'i gymharu â fi. Ac ar ben hynny, ma 'na loads o banter gyda'r bois. O ddifri nawr, fi'n chwerthin trwy'r dydd…'

'Ti'n siŵr mai dim y ganja sy'n rhoi'r giggles i ti?'

'Ha! Wel, ma hynny'n help, wrth gwrs, ond ma gweddill y bois yn top laugh hefyd…'

* * *

Arweiniodd Catrin y ffordd drwy'r tŷ, gyda Ceri'n dynn wrth ei sodlau. Gwyddai Ceri fod ei ffrind yn chwilio am Morgan, a gwyddai felly y byddai hi'n gorfod wynebu Prys yn ddigon buan. Nid oedd yn siŵr sut roedd hi'n teimlo am hynny, ond pwy a ŵyr beth allai ddigwydd heno – roedd y posibiliadau'n ddi-ben-draw diolch i'r Thunderbird oedd eisoes yn rhuthro trwy ei system.

Oedodd y merched yn y lolfa er mwyn siglo'u tinau am funud i 'Don't Speak' gan No Doubt, un o'u hoff ganeuon, cyn anelu am yr ardd i gael ffag pan ddaeth 'Poison' gan y Prodigy ymlaen. Wrth gerdded trwy'r gegin, arhosodd y ddwy i wylio rhai o'u cyd-ddisgyblion yn chwalu eu pennau ar y cyllyll poeth, cyn cyrraedd yr ardd gefn, lle aeth coesau Catrin yn glymau i gyd wrth weld gwên groesawgar Morgan yn disgleirio tuag ati trwy'r môr o gyrff meddw.

Aeth Catrin yn syth draw ato, ei hamrannau'n smicio'n wyllt a'i bochau'n gwrido. Closiodd Morgan at ei frawd, gan wahodd Catrin i eistedd wrth ei ochr ar y fainc. Doedd dim angen gofyn ddwywaith, a gwridodd Catrin fwy fyth pan osododd y cawr ifanc ei fraich o'i chwmpas, ei thynnu tuag ato a sibrwd yn ei chlust.

'Diolch am y garden,' meddai, heb i neb arall glywed.

'Croeso,' atebodd hithau gyda gwên, gan gadarnhau ei amheuon a gwneud i'r angylion ganu 'Hosanna' yn ei ben.

Tra sibrydai'r egin gariadon yng nghlustiau ei gilydd, ceisiodd Prys ymrwymo Ceri mewn sgwrs a mân siarad. Yn rhyfeddol, roedd hithau'n fwy na pharod i chwarae'r gêm, ac er nad oedd y gwreichion mor amlwg rhyngddyn nhw, roedd pethau'n datblygu'n ddigon boddhaol, diolch i'r seidr, y sbliffs a'r Thunderbird. A phan gyrhaeddodd nodau cyntaf 'Supersonic' gan Oasis ei chlustiau, roedd Ceri ar ei thraed yn tynnu Prys tuag at y lolfa er mwyn cael ymuno yn y sgarmes a chlosio fymryn yn fwy.

Wrth fynd ar ei hôl, trodd Prys a dal llygad ei frawd. Cododd yntau ei fawd, cyn troi yn ôl at Catrin, gan ymgolli'n llwyr yn ei llygaid llwydlas.

* * *

Wedi ceisio ond methu â chael mynediad i'w ystafell wely ei hun, oherwydd y cyrff noeth oedd eisoes yn ymgodymu ar y gwely, aeth Mogs â Catrin am dro er mwyn dianc rhag yr holl dwrw.

Tywysodd Morgan hi ar hyd llwybrau ei blentyndod, â breichiau'r ddau'n glymau cariadus am gyrff ei gilydd. Wrth y gamlas gyfagos, eisteddon nhw ar fainc a gwylio'r lleuad a'r sêr yn disgleirio yn y dŵr, gan rannu hanesion ac atgofion, gobeithion a breuddwydion.

Dyna lle digwyddodd y gusan gyntaf, y gusan a seliodd eu cariad am byth. A hithau'n ferch boblogaidd a phert, roedd Catrin, wrth gwrs, wedi bod gyda bechgyn eraill ond nid oedd yr un ohonynt wedi cyffwrdd â'i henaid fel y gwnaeth Morgan y noson honno. Roedd e'n dyner ac yn ddoniol, a phob tro y byddai Catrin yn teimlo'i gyhyrau, gwnâi'r gwefrau i'w chorff grynu.

Wedi eistedd am gyfnod hir wrth y gamlas, trodd y ddau am adref er mwyn gweld beth oedd hanes Ceri a Prys erbyn hyn. Gobeithiai Catrin y byddai'r ddau'n closio heno, gan fod ei phen yn llawn gobeithion ar gyfer y dyfodol. Câi ffantasïau plentynnaidd am y pedwar ohonynt yn mynd ar wyliau gyda'i gilydd, yn treulio'r Nadolig yng nghwmni ei gilydd, priodas ddwbl hyd yn oed. Ond, wrth ddychwelyd i'r ystad, gwelodd y ddau fod yr anochel wedi digwydd a bod dau gar heddlu â'u golau'n fflachio wedi parcio y tu allan i gartref y brodyr.

Stopiodd y cwpwl a gwylio'r cyrff yn llifo allan o'r tŷ, cyn gwasgaru i'r nos a diflannu'n gyfan gwbl. Safai dau heddwas y tu allan i'r tŷ, yn cadw llygad ar y rafwyr gwasgaredig, tra dyfalai Morgan fod y ddau arall y tu mewn, yn rhoi pryd o dafod i Prys. Wrth gwrs, y pryder mawr oedd y byddai'r heddlu'n ffeindio stash ei frawd, ond tra oedd pob math o erchylltra'n llenwi ei ben, gwelodd Mogs gar ei ewythr yn aros y tu allan i'r tŷ ac Wncwl Gari'n cerdded i lawr y llwybr, gan gyfarch yr heddweision fel hen ffrindiau.

'Pwy yw hwnna?' gofynnodd Catrin.

'Wncwl Gari, brawd Dad. Bos Prys, a fy mos i o ddydd Llun…'

'Ond beth ma fe'n neud 'ma?'

'Sortio stwff mas, probably.'

'Beth ti'n meddwl?'

'Ti'n gwybod, fel Mr Wolf…'

'Mr Wolf?'

'Aye. *Pulp Fiction.*'

'O, ie.' Ond wyddai Catrin ddim am beth roedd Mogs yn sôn mewn gwirionedd.

Yna, ymhen rhyw bum munud, gwyliodd y cariadon Wncwl Gari'n gadael, Ceri'n mynd gyda fe yn ei gar a'r heddlu'n dilyn. Rhuthrodd Mogs a Catrin i'r tŷ er mwyn cael yr hanes gan Prys.

Ffeindion nhw fe'n eistedd ar y soffa, yng nghanol y gyflafan. Roedd caniau gwag ac aflerwch cyffredinol yn ei amgylchynu ac LP cyntaf A Tribe Called Quest yn troelli'n dawel ar y decs. Eisteddodd Mogs a Catrin bob ochr iddo.

'Beth ddigwyddodd?'

'Cops, Cat. Cops.'

'Gwylion ni nhw o ochr arall y stad…'

'Weloch chi Wncwl Gari, 'te?'

'Aye. O ble dath e mor glou?'

'Fuck knows. Ond nath e sortio'r cops mas, chwarae teg. Ro'n nhw'n dechrau gofyn cwestiynau am stwff, ch'mod…'

'Beth am Ceri?'

'Wel, ro'dd hi'n mynd i aros gyda fi, ond ro'dd y cops yn mynnu bod hi'n mynd adref. Cynigiodd Wncwl Gari lifft iddi. That's it. Gutted.'

'A'th pethe'n dda rhyngoch chi?'

'Do. Too right. Gaethon ni snog fach a phopeth, jyst cyn i'r cops gyrraedd…'

'Nice one, Prys,' meddai Morgan gyda gwên, cyn ystumio ar Catrin ei bod hi'n amser gadael.

Cododd y cariadon ar eu traed a gadael Prys yng nghwmni'r sbwriel, y Strongbow a'i sbliff, ond cyn i Morgan droi tuag at ei ystafell wely aeth y cawr i'r ystafell ymolchi ac agor y cwpwrdd crasu.

'Beth ti'n neud?' gofynnodd Catrin, oedd yn ysu am gael gafael yn ei gorff.

'Sheets glân,' atebodd Morgan. 'Pwy a ŵyr beth fydd y fuckers wedi gadael ar eu hôl…'

Gwyrth / Gwarth

2016

Roedd Mogs wedi hen adael am y gwaith erbyn i Catrin agor ei llygaid, codi o'r gwely, lledu'r llenni a sefyll yno'n syllu allan ar y dydd Gwener diflas oedd wedi gwawrio oriau ynghynt dros Erddi Hwyan. Safodd yno am ychydig, ei llygaid trwm yn gwylio wiwer lwyd yn brasgamu o ardd i ardd o flaen ei chartref ar yr ystad o dai briciau coch. Wrth i'r glaw trwm ddisgyn gan daro rhythm bygythiol ar ffenest Velux yr en suite, trodd ei chefn ar y wiwer wyllt a mynd i'r gegin i wneud paned o de.

Gyda'r tecell yn berwi, mwythodd ei bola'n reddfol, er nad oedd hi'n dangos o gwbl eto, gan feddwl tybed a fyddai'r ffetws yma'n cael cyfle i anadlu aer y byd, neu ai tric creulon arall oedd e, fel gweddill y camesgoriadau. Nid oedd cyffro'n perthyn i'r beichiogrwydd hwn o gwbl, yn wahanol i rai'r gorffennol. Wedi un siom ar ôl y llall, dim ond pryder oedd yn ei llenwi heddiw, ar fore ei sgan cyntaf – hynny a chwant anorchfygol am sigarét.

Byseddodd y pecyn Marlboro Lights wrth i'r tecell gyrraedd ei anterth, ond er y gwyddai fod ei mam wedi smocio ugain y dydd tra oedd hi'n feichiog, a heb ei niweidio, roedd pethau wedi newid erbyn heddiw. Gwyddai pobl ormod i allu cyfiawnhau cynnau a sugno'r mwg hyfryd.

Dychwelodd y pecyn i'r drôr cadw popeth, cyn paratoi ei phaned ac anelu am yr en suite oddi ar y brif ystafell wely. Edrychodd ar ei phroffil yn y drych tal i weld oedd ei bola neu'i bronnau yn dechrau chwyddo, ond roedd hi'n amhosib dweud gan fod ei bola bach, a fu yno erioed, waeth faint o ymarfer corff a wnâi, yn masgio'r cyfan am nawr.

Diolchodd nad oedd ei chyflwr wedi gwneud iddi deimlo'n

sâl hyd yma, yn bennaf oherwydd bod hynny'n golygu iddi lwyddo i gadw'r gyfrinach rhag ei gŵr dros y dyddiau diwethaf. Yn wir, dim ond dau berson arall a wyddai: Ceri oedd un a'i meddyg teulu oedd y llall. Yn wahanol i Catrin, roedd Ceri wrth ei bodd o glywed y newyddion, ond eto, roedd unrhyw oleuni i'w groesawu o ystyried tywyllwch parhaus ei bodolaeth hi.

Wedi golchi, sychu ac ymbincio o flaen y drych yn ei dillad isaf, dewisodd Catrin ei gwisg. Bod yn gyffordus oedd yn allweddol heddiw, gan y byddai hi a'i ffrind gorau yn eistedd ar gadeiriau plastig yr ysbyty am oriau, mae'n siŵr. Felly gwisgodd bâr o legins brown, top llewys hir llwyd gwddf crwban, oedd yn groesiad rhwng ffrog a siwmper, a'i hoff gardigan a brynodd Mogs iddi'r Nadolig diwethaf, er mai hi oedd wedi'i dewis, a phâr o fwts Ugg gwlanog llwyd. Tynnodd ei gwallt yn ôl o'i hwyneb, gan greu cwt merlen frysiog, cyn codi at y ffenest a gweld Ceri'n brasgamu trwy'r curlaw o'r Mini tuag at y drws ffrynt.

Aeth i lawr ac agor y drws.

'Iawn, Cer? Do'dd dim angen i ti ddod mewn, babes. Allet ti 'di canu'r corn. Ma'r tywydd 'ma'n…'

'Fi'n byrsto am bisiad,' esboniodd Ceri ar frys, gan wthio heibio i Catrin ac anelu am y tŷ bach wrth y drws cefn. Wedi cael rhyddhad dychwelodd at y drws ffrynt, lle cofleidiodd hi ei ffrind yn dynn.

'Ti'n barod, 'te?'

'Barod am be, Cer? Dim ond sgan fi'n gael heddi…'

Diolch i'w hanes cythryblus o gamesgor, trefnodd ei meddyg teulu sgan ar frys i Catrin wedi iddi ymweld â'r syrjeri dridiau ynghynt, y bore ar ôl iddi gadarnhau ei bod yn feichiog gyda'r teclyn brynodd hi o Boots.

'Fi'n gwbod 'ny, ond ti'n gwbod… fi… wel, fi'n ecseited, Cats, 'na gyd.'

'Ti ddim yn dweud!'

'Paid â bod mor sarci. Nag wyt ti'n…?' Ond stopiodd cyn

gorffen y frawddeg. Yng nghanol ei chyffro, roedd Ceri wedi anghofio am holl drafferthion beichiogi Catrin.

I ffwrdd â'r ddwy allan i'r elfennau, a gyrru o Erddi Hwyan am Ben-y-bont ar Ogwr ac Uned Ferched Ysbyty Tywysoges Cymru. Ar y ffordd, esboniodd Ceri sut roedd Gari yn ceisio'i orau glas i wneud yn iawn am ei churo'r wythnos cynt. Ond, er bod Catrin yn gwenu yn y mannau cywir wrth wrando, clywsai yr un hen stori ddegau o weithiau ar hyd y blynyddoedd. Byddai Gari Caradog yn teimlo'n euog am yr hyn roedd wedi'i wneud, ac yn ceisio lleddfu'i euogrwydd trwy wario arian ar ei wraig. Byddai Ceri hithau'n brathu'r abwyd ac yn dileu'r erchyllltra o'i chof cyn i'r cam-drin ailddechrau eto maes o law, drosodd a throsodd, am byth bythoedd, A-men.

'Da'th Prys draw y noson o'r blaen,' ychwanegodd Ceri, gan synnu Catrin braidd.

'Pam? Beth o'dd e moyn?'

'The usual.'

'The *usual*?'

'Ie, ti'n gwbod shwt ma fe…'

'O, ydw.'

'Unig…'

Nid dyna'r gair y byddai Catrin wedi'i ddewis, ond ni ddywedodd hynny wrth Ceri chwaith.

'… a, wel, ma fe'n galw draw bob rhyw gwpwl o fisoedd, jyst i ddweud helô…'

'I ddweud helô?' Nid oedd Catrin wedi clywed am yr arferiad bach hwn o'r blaen.

'Ie.'

'Dim byd arall?'

'Na. Ma hi fel petai e eisie 'ngweld i, eisie gwneud yn siŵr mod i'n iawn…'

'Ti'n meddwl fod e'n gwybod?'

'Na, na. Dim byd fel 'na. Jyst… wel… ro'dd e wastad bach yn

creepy… a… wel… ma fe jyst yn foi reit weird, nag yw e? Bach yn drist, hyd yn oed…'

Touché, meddyliodd Catrin, cyn meddwl sut fywyd fyddai'r ddau wedi'i gael gyda'i gilydd pe na byddai Gari Caradog wedi cachu ar eu hegin berthynas flynyddoedd yn ôl. *Hapusach o lawer na sut maen nhw heddiw*, oedd ei chasgliad wrth i Ceri barcio'r car ym maes parcio'r ysbyty.

* * *

Cyneuodd Ceri sigarét cyn iddi hyd yn oed gloi ei char, a chyda'r glaw wedi peidio, cerddodd y ffrindiau ochr yn ochr tuag at yr Uned Ferched, gyda Catrin yn ei gwylio'n tynnu a chwythu o gornel ei llygad yn llawn cenfigen, cyn i'r sefyllfa fynd yn drech na hi.

'Stwmp?'

'Beth?'

'Last blast, Ceri. Plis. Dy fuckin' ffag di!'

'O. *Oooo…*' Edrychodd Ceri ar ei ffrind, ac wedyn ar ei sigarét, cyn troi ei sylw yn ôl at Catrin. Ei greddf gyntaf oedd gwrthod, ond gwelodd y gwylltineb yn llygaid ei ffrind ac felly pasiodd y stwmp iddi a'i gwylio'n sugno fel oen swci tan i'r tybaco ddiflannu, ynghyd â'r anobaith o'i llygaid.

'Mae'n mynd i fod yn naw mis hir,' gwenodd Catrin mewn cywilydd, gan daflu'r stwmp i fin sbwriel wrth basio.

* * *

Yn ôl y disgwyl, roedd yr ystafell aros yn fwrlwm o gyplau ifanc yn llawn cyffro, gydag awgrym bach o bryder yn rhan annatod o'r awyrgylch hefyd.

Cofrestrodd Catrin a chymryd sedd wrth ochr ei ffrind, a dyna lle bu'r ddwy am hanner awr dda yn mân sgwrsio, gwylio eraill a darllen ambell gylchgrawn oedd yn gorwedd gerllaw pan fyddai'r geiriau'n sychu o bryd i'w gilydd.

Crwydrodd meddyliau'r ddwy ar hyd llwybrau tra gwahanol. Er syndod, dechreuodd Catrin ffantaseiddio am ddyfodol y baban yn ei bol. Ceisiodd ei gorau i atal llif ei meddyliau, gan nad oedd pwynt gobeithio tan y byddai baban iach yn gorwedd yn ei breichiau ac yn sugno ar ei bron. Cofiai am brofiadau'r gorffennol, a'r golled a deimlodd hi a Morgan wrth i'w breuddwydion gael eu chwalu ar fwy nag un achlysur, a neb yn gallu cynnig rheswm pam.

Wrth ei hochr, roedd Ceri'n wylo'n fewnol. Yn beichio crio am y baban, neu hyd yn oed y babanod, na fyddai hi byth yn esgor arnynt. Difarai'r dewisiadau a wnaeth, gan ystyried tybed oedd hi'n rhy hwyr i wneud rhywbeth am y sefyllfa. Yna clywodd fydwraig yn galw enw Catrin, gan sicrhau na fyddai'r dagrau mewnol a'r emosiynau eithafol yn ffrwydro o'i llygaid na'i cheg.

Ymhen dim, roedd Catrin yn gorwedd ar wely mewn ystafell dywyll, gyda Ceri'n sefyll wrth ei hochr yn dal ei llaw. Gwasgarodd y fydwraig gel oer ar ei bola, cyn ffeindio'r ffetws â'i hudlath.

'Dyna fe. Neu hi,' dywedodd, gan bwyntio at siâp arallfydol ar y sgrin. 'Pen. Braich. Dwy goes…'

Bu bron i Catrin ofyn lle roedd y fraich arall, cyn iddi gofio am Morgan yn gwneud yr un camgymeriad. Syllodd ar y rhyfeddod ar y sgrin, gan weddïo y byddai hwn, neu hon, yn goroesi, er mwyn iddi gael cyfle i gwrdd â fe neu hi go iawn.

Aeth y fydwraig yn ei blaen i fesur maint y baban a rhoi dyddiad geni rhagweledig iddi hefyd, sef 26 Ebrill, cyn sganio nodiadau Catrin, oedd ar y ddesg wrth ei hochr.

'Ma'ch records yn dangos eich bod wedi cael problemau yn y gorffennol, Mrs Caradog…'

Wrth iddi yngan ei henw, gwelodd Catrin lygaid y fydwraig yn saethu i gyfeiriad Ceri, wrth iddi ddyfalu'n anghywir mai cwpwl lesbiaidd oedd yn rhannu'r ystafell gyda hi ar y foment hon.

'Do, gallech chi ddweud hynny,' atebodd Catrin, gan wenu arni a thynnu Ceri'n agosach, i'w difyrru ei hun.

'Wel, ma hwn yn hollol iach a chryf, o beth alla i weld. Curiad calon cryf, maint da…'

'Croesi bysedd,' gwenodd Catrin eto.

'Ie. Ac fe newn ni gadw llygad agos arnoch chi yn ystod eich beichiogrwydd. Eich sganio chi bob mis o nawr 'mlaen, i neud yn siŵr bod popeth yn iawn…'

'Grêt.'

'Gnewch apwyntiad ar eich ffordd allan ac fe welwn ni chi mewn rhyw bedair wythnos.'

'Diolch,' meddai Catrin wrth wylio'r fydwraig yn gadael yr ystafell. Trodd at ei ffrind a chael ei synnu i weld y dagrau'n llifo i lawr ei bochau. 'Ti'n iawn, Cer?' gofynnodd.

Nodiodd Ceri, gan nad oedd hi'n gallu siarad.

Wedi sychu bol Catrin a dagrau Ceri, heb anghofio gwneud apwyntiad, cerddodd y ddwy allan o'r Uned Ferched ac yn ôl am y car, gyda Catrin yn gafael yn dynn yn y ffoto bach o'i babi. Roedd yr haul allan bellach, y glaw wedi cilio a'r awyr yn las ac, fel y tywydd, roedd gobeithion Catrin wedi codi rhyw fymryn, yn enwedig ar ôl gweld y baban yn ei bol a chlywed geiriau cadarnhaol y fydwraig. Bellach edrychai ymlaen at weld wyneb ei gŵr wrth iddi rannu'r newyddion â fe'n nes ymlaen…

Sori, Mr Lewis

'Gwell i ti yrru, Col,' meddai Kingy braidd yn chwithig, gan roi allweddi'r Astra llwyd i'w bartner wrth gamu trwy ddrws cefn swyddfa'r heddlu ac estyn am sigarét yn reddfol, fel y byddai'n gwneud wrth adael unrhyw adeilad.

'Fuck me, Kingy, be o'dd yr achlysur neithiwr 'te?'

'Ach- beth, Col?'

'Achlysur, Kingy. Occasion. Ti'n gwbod.'

'O, reit. Ie. Wel...' Ac ar ôl ystyried am eiliad neu ddwy wrth i fecanwaith ei feddwl ailddechrau'n araf, gwenodd DC Richard King cyn dweud, 'Quiz night, yn tyfe!'

Lledodd y wên ar wyneb ei bartner hefyd, cyn iddi droi'n chwerthiniad twymgalon. Tarodd Col ysgwydd Kingy'n hoffus, gan wneud i'r ditectif ifanc dagu ar ei fwg.

'Quiz night,' ailadroddodd Col, gan ysgwyd ei ben. Ni allai ef gofio'r tro diwethaf iddo fod allan am sesiwn go iawn, ddim ers i Siani gyrraedd ta beth. Ac ni chafodd hyd yn oed noson i wlychu pen babi rhif tri chwaith, yn bennaf oherwydd bod angen iddo fod adref er mwyn helpu Angharad, yn enwedig yn ystod yr wythnosau cynnar. Ac erbyn i bethau setlo roedd y chwant i feddwi'n rhacs wedi hen ddiflannu, diolch yn bennaf i'r diffyg cwsg, ond hefyd oherwydd mai'r peth diwethaf sydd ei angen ar dad i dri o blant bach yw hangover diwydiannol.

'Ble ni'n mynd, anyway?' gofynnodd DC King, er i'r partneriaid drafod cam nesaf yr achos ddiwedd y prynhawn blaenorol. Ond wedyn, doedd dim rhyfedd nad oedd yn cofio, meddyliodd Col, o ystyried ei lygaid gwaetgoch, y bagiau du oedd yn bolio oddi tanynt a'r halitosis hunllefus a wnâi i Col droi ei ben i'r cyfeiriad arall bob tro y byddai Kingy'n siarad.

'Ni'n mynd i weld Mr a Mrs Lewis...' dechreuodd Col, wrth agor drws y car ac eistedd y tu ôl i'r olwyn yrru.

'Eto?'

'Ti'n cofio dim o'n sgwrs ni ddiwedd prynhawn ddoe, wyt ti?'

'Sori, Col,' dywedodd Kingy, gan eistedd wrth ochr ei bartner yn y car.

Trodd Col i'w wynebu, ei amynedd o dan bwysau bellach. Syllodd Kingy arno, gan aros i'r bregeth ddechrau. Teimlai fel plentyn drwg ar fin cael pryd o dafod gan athro. *Rhaid gwneud mwy o ymdrech,* meddyliodd, gan orfod brwydro i gadw'r wên oddi ar ei wyneb. Nid dyma'r amser i ffwcio gyda Col, gwyddai hynny o brofiad. Er ei bersonoliaeth hawddgar a'i gefnogaeth ddi-ildio, rhaid cofio bod Col yn cymryd ei swydd a'i ddyletswydd fel ditectif o ddifrif. Galwedigaeth oedd hi iddo, ac er bod ei deulu'n cael blaenoriaeth erbyn hyn, nid oedd modd gwadu ei ymrwymiad llwyr i ddal dihirod.

Cododd Col ei lygaid a syllu ar ei bartner, ei ffrind, ei brentis. Gwenodd. Yna'n dawel ac yn hamddenol, ailadroddodd y cynllun er mwyn i Kingy ymuno â fe ar yr un dudalen.

'Ni'n mynd i weld y Lewises, Kingy. *Eto*. A fi'n gwbod 'yn bod ni wedi'u cwestiynu nhw echdoe, ond da'th canlyniadau DNA y gwaed ar y dannedd a'r gwallt yn y balaclafa yn ôl ddoe, ynghyd â manylion yr olion traed. Ti'n cofio?'

Nodiodd Kingy, er nad oedd e'n cofio dim am y trainers.

'Good. Felly ti hefyd yn cofio bod nhw'n helpu dim ar yr achos, 'de.'

Nòd arall o gyfeiriad Kingy, ac edrychiad gwag, a atgoffodd Col o un o'r cŵn Churchill 'na oedd i'w gweld ar silffoedd cefn ceir o bryd i'w gilydd.

Estynnodd Col ei lyfr nodiadau o boced fewnol ei siaced, er mwyn gwirio'r manylion.

'Adidas Sambas, maint wyth, a Hi-Tec Silver Shadows, maint deuddeg. Dau o…'

'… sgidiau ymarfer mwyaf poblogaidd a chyffredin Prydain yn ystod y chwarter canrif diwethaf…' torrodd Kingy ar ei draws, gan orffen y frawddeg. Sut yn y byd roedd e'n ei chofio, nid oedd syniad ganddo.

Gwenodd Col ar ei bartner. Roedd yna obaith wedi'r cyfan. 'Da iawn,' meddai'n hanner coeglyd, hanner balch. 'Sy'n golygu, wrth gwrs, nad yw hynny'n ein helpu ni mewn unrhyw ffordd gan fod cannoedd o barau ohonynt yn cael eu gwerthu bob mis yn y cyffiniau. McArthurGlen, Caerdydd, Abertawe ac yn y blaen.'

'Brynes i bâr o Sambas mis diwetha. Classics go iawn…'

'Ro'dd 'da fi bâr o Silver Shadows 'fyd unwaith.'

'Ydyn ni'n suspects, 'te, Col?' gofynnodd Kingy gyda gwên.

'Beth yw seis dy draed di?'

'Naw.'

'A fi, felly "na" yw'r ateb.'

Chwarddodd y ddau cyn symud ymlaen.

'A doedd dim matsh ar y DNA database i'r gwaed ar ddannedd dodi Mr Lewis na'r gwallt yn y balaclafa chwaith, felly…'

'Ni'n fucked.'

Nid y geiriau y byddai Col wedi'u dewis, efallai, ond digon agos o ran eu hystyr.

* * *

Ymhen ugain munud, yn dilyn taith fer yn y car, roedd y ditectifs yn sefyll ar stepen drws cartref Mr a Mrs Lewis. Teimlai Col yn hollol wahanol nawr, o'i gymharu â phan ddaeth yma i'w gweld y bore ar ôl y lladrad. Bryd hynny, yn dilyn adroddiad cynhwysfawr yr iwnifforms am ddewrder Mr Lewis a'r dannedd gosod, oedd eisoes wedi ennill statws chwedlonol o gwmpas swyddfa'r heddlu, credai Col ei fod ar fin datrys yr achos, dal y dihirod a chael cymeradwyaeth swyddogol gan Crandon, os nad Comisiynydd Heddlu De Cymru ei hun. Gydag 'Exhibit A' (y dannedd gosod) eisoes yn cael ei ruthro trwy'r labordy fforensig ym Mhen-y-bont ar Ogwr, y gobaith oedd y byddai DNA y dihiryn ar y gronfa ddata ganolog, a bod y rhwyd, felly, ar fin cau. Ond, wrth edrych yn ôl, dylai Col wybod bod y lladron hyn yn llawer rhy ofalus a chlyfar i adael i rywbeth mor elfennol â DNA eu dal. Roedd wedi cyffroi'n lân wrth glywed am geilliau anferthol yr hen ddyn barfog, a rhaid bod y cyffro hwnnw wedi cymylu ei ymresymu. Erbyn hyn, anobaith oedd yr unig beth a deimlai ynglŷn â'r achos, yn bennaf oherwydd ei fod yn gwybod ym mêr ei esgyrn fod y lladron eisoes wedi diflannu am ddwy flynedd arall, os nad am byth, diolch i'r helynt yn nhŷ Mr a Mrs Lewis.

O'r diwedd, agorodd y drws.

'Sori i'ch styrbio chi, Mrs Lewis,' dechreuodd Col. 'Ond o's modd i ni gael gair clou gyda chi a'ch gŵr, am y lladrad?'

'Wrth gwrs,' oedd ateb y bensiynwraig. 'Er, sai'n gwbod beth arall allwn ni ddweud wrthoch chi. Wir nawr, ni 'di mynd dros y digwyddiad...'

'Fi'n gwbod 'ny, ond chi'n gweld, ni 'di cael set-bac bach...' esboniodd Col wrth i'r ditectifs ddilyn gwraig y tŷ tua'r heulfan.

'O?' meddai Mrs Lewis dros ei hysgwydd. 'Coffi?'

Wrth gamu i mewn i'r heulfan, lle'r eisteddai Mr Lewis mewn cadair gyffforddus yr olwg o dan flanced Melin Tregwynt yn edrych allan ar yr ardd y tu hwnt, cafodd Col déjà vu. Teimlai fel petai wedi bod yma o'r blaen, ddegau o weithiau yn ystod yr wythnosau diwethaf. Wrth gwrs, nid oedd hynny'n hollol wir, ond yn sgil yr holl ymweliadau, a'i wraig yn sôn fwyfwy am estyniad a heulfan, roedd Col hyd yn oed wedi dechrau breuddwydio am heulfannau erbyn hyn.

'Shwt y'ch chi heddiw, Mr Lewis?' gofynnodd Col.

'Very good, very good,' meddai'r hen ddyn, gan wenu ar y ditectifs, a'i ddannedd dodi newydd yn disgleirio yng nghanol coedwig wyllt ei farf.

'A beth am y pen?' ymunodd DC King yn yr holi.

Wfftiodd yr hen ddyn, fel petai hyd yn oed cyfeirio at y lwmpyn yn ormod.

'Dim ond bonclust bach o'dd e, bois. Ma'r wraig yn rhoi gwa'th i fi os dwi'n anghofio rhoi'r sêt lawr ar ôl ca'l pisiad!'

'Beth wedest ti, Ron?' gofynnodd ei wraig wrth glywed y chwerthin pan ymunodd hi â'r dynion yn yr heulfan yn cario hambwrdd llawn llestri, coffi a chacennau cartref. Gosododd nhw ar y bwrdd gwydr wrth ochr ei gŵr, cyn sythu ei chefn a gwahodd y ditectifs i eistedd ar y soffa gyferbyn.

'Jôc fach, 'na gyd, Brenda. Nawr, shwt gallwn ni'ch helpu chi heddi, bois?'

'Wel, Mr Lewis, ni 'di ca'l bach o set-bac yn yr achos, a dweud y gwir…' dechreuodd Col, wrth i Mrs Lewis arllwys y coffi.

'Pa fath o set-bac?'

'Wel, da'th y canlyniadau 'nôl o'r lab brynhawn ddoe a sdim matsh o gwbl ar y gronfa ddata DNA o ran y gwaed na'r gwallt…'

'O,' oedd ateb unsill siomedig yr arwr.

'Felly ni 'di dod 'ma i ofyn os y'ch chi'n gallu cofio unrhyw beth arall am y digwyddiad…'

'Sdim ots pa mor fach na dibwys,' ychwanegodd DC King, trwy lond ceg o gacen siocled.

'Ni 'di dweud popeth wrthoch chi'n barod, bois. Ac wrth yr iwnifforms 'fyd…'

'Ro'dd 'na un peth gofies i neithiwr,' dywedodd Mrs Lewis, gan godi gobeithion yr heddlu rhyw fymryn. Wedi'r cyfan, roedd angen rhywbeth, *unrhyw beth*, arnynt er mwyn cadw'r achos yn fyw.

'Beth?' gofynnodd Col a King ag un llais.

'Wel, ro'dd y lleidr, chi'n gwbod, yr un nath Ronnie fan hyn 'i gnoi, yn gwybod ein henw ni…'

'Beth?' Tro Mr Lewis oedd hi i ofyn y cwestiwn yn awr. 'Sai'n cofio 'ny o gwbl!'

'Wel, ro't ti'n anymwybodol ar y pryd, ond ar ôl dy fwrw di, fe osododd y lleidr ti ar y llawr yn ofalus a sibrwd "Fi'n sori, Mr Lewis" cyn dianc.'

'Chi'n siŵr nawr, Mrs Lewis?' gofynnodd Col, yn syn braidd.

'Ydw, yn hollol sicr.'

Ac wedi i Col nodi'r manylyn yn ei lyfr nodiadau ac ar ôl i DC King orffen ei drydydd darn o gacen, cododd y ditectifs a diolch i'r hen gwpwl am eu holl help ac am gadw'r achos yn fyw, er ei fod, mewn gwirionedd, yn dal i orwedd ar ei wely angau, heb fawr o obaith cael atgyfodiad.

Cwsmeriaid Hapus

''Ma chi, bois, coffi a cacs,' meddai Mrs Cook wrth gamu i mewn i'w heulfan newydd sbon a phlygu i osod yr hambwrdd ar y silff ffenest lydan oedd yn sgleinio yn haul cynnes y prynhawn.

'Na-na-na-na-na!' ebychodd Prys o frig yr ysgol gamu.

Rhewodd Mrs Cook wrth glywed y panig llwyr yn ei lais, fel tasai gwir berygl yn ei bygwth petai'r hambwrdd yn cyffwrdd â'r pren.

'Paent gwlyb,' oedd esboniad cryno Morgan wrth iddo gamu ati ar draws y llawr laminedig oedd wedi'i orchuddio â lliain llwch, a chymryd yr hambwrdd o'i gafael. 'Ma'r silff *bron* wedi sychu…'

'Ond mae'n rhy braf i gael egwyl mewn fan hyn prynhawn 'ma, ta beth,' ychwanegodd Prys, wrth i'r brodyr anelu am yr ardd i yfed eu coffi yn yr awyr iach.

'Digon teg,' cytunodd perchennog y tŷ wrth ddilyn y gweithwyr allan trwy'r drysau Ffrengig. 'Faint sydd ar ôl i wneud nawr?'

'Dim lot…' dechreuodd Morgan.

'Do'dd hi ddim yn edrych yn dda bore 'ma,' ymhelaethodd Prys, gan gyfeirio at y tywydd garw cynharach.

'Ond ni bron â gorffen yr ail got, yn 'dyn ni, Prys?'

'Aye, a dyna ni wedyn. Jyst clirio lan…'

'Brwsio. Dwsto.'

'Mopad.'

'A bant â ni.'

'MOMYFG.'

'Ac ar amser 'fyd,' dywedodd Mr Cook wrth ymuno â'r

brodyr a'i wraig wrth y bwrdd pren ac yntau wedi dychwelyd o'r clwb golff yn dilyn naw twll cyflym wedi cinio.

'Ti 'nôl yn gynnar, bach,' oedd ymateb ei wraig.

'Fi'n disgwyl i Gari alw draw cyn diwedd y prynhawn i gasglu gweddill yr arian.'

'Chi'n siŵr o'i weld e! So fe byth yn colli diwrnod ola'r job,' atebodd Prys, heb wneud unrhyw ymdrech i guddio'r gwawd yn ei lais. Byddai'r brawd hŷn yn teimlo'n fwy rhwystredig fyth wrth orffen jobyn, pan fyddai Wncwl Gari'n galw i gasglu'r arian ac i werthuso'r gwaith. As if bod ganddo fe unrhyw beth i'w wneud â'r job o gwbl.

'Wel,' meddai Mr Cook. 'Sdim amheuaeth bod chi'n haeddu ca'l 'ych talu...'

'Eitha reit, Martin,' cytunodd ei wraig. 'Chi 'di gweithio *mor* galed...'

Cythruddodd hynny Prys yn fwy fyth, ac yntau'n gwybod cyn lleied o'r arian y byddai e a'i frawd yn ei dderbyn. Gweision bach oedden nhw wedi bod erioed i Wncwl Gari, ac yntau'n gwneud fawr ddim ar wahân i gasglu'r arian.

'Neith un o'noch chi ddangos i fi sut ma defnyddio'r underfloor heating cyn i chi fynd, bois?' gofynnodd Mr Cook.

'Wrth gwrs,' atebodd y brodyr ag un llais, er mai Prys fyddai'n gwneud gan mai fe oedd yr arbenigwr ar systemau cymhleth.

'Fi'n mynd i ga'l cawod glou 'te, a newid o 'ngwisg Rupert the Bear.'

I ffwrdd â fe, gan adael y brodyr a'i wraig yn gwenu ar ei grys polo coch a'i drowsus siec melyn, a wnâi iddo edrych fel preswylydd enwocaf Nutwood.

'Bydda i yn y gegin os y'ch chi moyn fi, iawn bois,' dywedodd Mrs Cook a gadael y bechgyn wrth y bwrdd yn yr haul. Estynnodd Prys sbliff barod o boced ei grys wedi iddi gau'r drws ar ei hôl.

'Do'n i ddim yn meddwl bod hi'n mynd i adael,' dywedodd wrth dynnu'n galed ar y mwgyn.

'Fi'n mynd i fwrw ati,' meddai Mogs, gan arllwys gweddill ei goffi i'w geg a gosod y cwpan 'nôl ar yr hambwrdd. Nid oedd yr un ohonynt wedi cyffwrdd yn y platiaid o gacennau, er y byddai Prys yn siŵr o sgwlffan cwpwl ohonynt cyn dychwelyd at ei waith.

Dychwelodd Morgan at y paent, gan adael Prys ar y fainc gyda'i feddyliau. Wrth iddo wylio'r cymylau bach fflwffog yn symud ar draws cynfas glas yr awyr, breuddwydiodd am fywyd amgen: bywyd gyda Ceri; bywyd lle roedd ef a Mogs yn bartneriaid busnes; bywyd â'i rieni'n dal ar dir y byw, yn gefnogol i holl fentrau eu meibion; bywyd a chanddo fe a'i frawd blant eu hunain, yn rhoi pwrpas i'w bywydau. Yna tagodd y sbliff â sawdl ei esgid, gan gladdu'r breuddwydion ar yr un pryd.

* * *

Ymhen awr, a hithau'n tynnu at hanner awr wedi pedwar, roedd y brodyr wedi gorffen yr ail got a'r lliain llwch wedi'i godi a'i roi yn y fan, yn ogystal â gweddill eu hoffer. Ar ôl i Morgan dynnu'r tâp masgio o drawstiau'r to, aeth Prys ati i frwsio'r llawr, cyn i Morgan fopio'r pren laminedig tywyll. Yna, wrth i Mogs frwsio'r ardal ddecio fechan y tu allan i ddrysau Ffrengig yr heulfan – yr oedd y brodyr wedi'i gosod wrth i'r plastr sychu yn yr heulfan – dangosodd Prys i Mr Cook sut i ddefnyddio'r system wresogi.

'Dewch mas i'r ardd pan y'ch chi 'di gorffen, bois,' meddai Mrs Cook wrth basio Prys a'i gŵr, oedd ill dau ar eu cwrcwd ger y drws mewnol a gysylltai'r heulfan â'r gegin, yn chwarae â botymau rheoli'r system wresogi.

'Rho ddwy funud i ni, bach,' atebodd Mr Cook, heb edrych i'w chyfeiriad.

'Byddwch yn ofalus o'r llawr, Mrs C,' cynghorodd Prys wrth gofio bod ei frawd newydd fopio.

Gwrandawodd hithau ar ei gyngor, gan gamu'n ofalus trwy'r heulfan ac allan i'r ardd y tu hwnt, ei hambwrdd yn llawn unwaith eto, er nad oedd coffi'n agos ato'r tro hwn.

Stopiodd Morgan frwsio wrth weld Mrs Cook yn dod heibio.

'Chi moyn hand, Mrs Cook?'

'Dim diolch, Morgan bach. Fi 'di hen arfer...'

Felly dychwelodd Morgan at ei dasg, gan frwsio'r llawr fel nad oedd gronyn o ddwst ar ôl ar ei arwyneb.

''Na ddigon, Morgan,' meddai Mr Cook wrth anelu am y bwrdd lle roedd gwraig y tŷ'n aros amdanynt, gwydryn o siampên yn ei llaw a gwên fawr ar ei hwyneb.

Ymunodd y dynion â hi, gan yfed y lagers rhewllyd oedd ar yr hambwrdd yn ddiolchgar.

Cododd Mrs Cook ei gwydryn mewn llwncdestun.

'I'r cwtsh!' ebychodd, er mai edrych arni'n syn wnaeth y dynion.

'I'r *beth*?' gofynnodd ei gŵr, wedi drysu'n llwyr.

'I'r cwtsh.'

'Glywes i ti, bach. Ond beth sy'n bod ar "heulfan", neu hyd yn oed "conservatory"?'

'Ma Non, gwraig Arwel, yn galw'i un nhw'n "cwtsh" a dwi'n lico hynny'n well na'r enwe erill...'

'Wel,' meddai ei gŵr gyda gwên wybodus, 'os ma fe'n ddigon da i'r ddau 'na, ma fe'n ddigon da i ni!'

'I'r cwtsh!' cododd Prys ei botel.

Ymunodd pawb yn y ddefod, gan glincian eu gwydrau ac yfed yn unol â thraddodiad.

'Gobeithio eu bod nhw'n haeddu hyn,' dywedodd Gari Caradog wrth gamu rownd cornel y tŷ ac ymuno â'r pedwarawd wrth y bwrdd pren yn yr ardd.

'Heb os nac oni bai,' atebodd Mr Cook ar unwaith.

'A dweud y gwir, ma nhw'n haeddu llawer mwy. Cer i 'nôl y beth-ti'n-galws, nei di, Mart, er mwyn i'r bois ga'l mynd adre…'

'Wrth gwrs. Bydda i 'nôl nawr, Gari. Ma rhywbeth 'da fi i ti 'fyd, gw' boi.'

'Falch clywed. O's lager bach 'da ti 'fyd? Fi braidd yn sychedig, ac ar y ffordd i'r clwb…'

'O'n i'n amau,' atebodd Martin, gan gyfeirio at ddillad ei gyd-olffiwr, oedd ar ei ffordd am naw twll clou cyn swper.

'Unrhyw broblemau?' gofynnodd Gari ar ôl i Martin ddiflannu i'r tŷ.

'Dim o gwbl,' atebodd Mrs Cook, er mai cwestiwn i'r brodyr oedd e mewn gwirionedd. 'Ma'r bois wedi gweithio *mor* galed, ac ma nhw *mor* daclus a thrylwyr. Ni'n thrilled, Gari. Hollol thrilled!'

'Mae hynny'n dda i'w glywed,' dywedodd Wncwl Gari, er na chlodforodd y gweithwyr chwaith. 'Ti 'di dangos i Martin sut ma'r underfloor heating yn gweithio?' Cyfeiriodd y cwestiwn hwn at Prys.

'Aye. Ni 'di brwsio, mopio a thacluso…'

'Clirio popeth,' ymunodd Morgan.

'Ma'r paent bron â sychu…'

'A'r lle'n barod i'w ddefnyddio, bron.'

Trodd Prys at Mrs Cook.

'Fydden i'n gadael un o'r ffenestri bach ar agor dros nos, i roi êrad i'r lle. Gallwch chi roi dodrefn mewn fory wedyn, a dylse smel y paent fod wedi mynd…'

'Fi'n eitha lico smel paent,' datgelodd Mrs Cook.

'A fi,' cytunodd ei gŵr wrth iddo ddychwelyd i'r ardd yn cario dau grât o Stella ac amlen drwchus. Gosododd y cwrw ar y bwrdd a phasio'r amlen i Gari, cyn tynnu potelaid oer o boced ei drowsus a phasio honno iddo hefyd. 'Fi'n lico smel cars newydd 'fyd…'

''Na pam ti'n newid dy un di bob blwyddyn, yn tyfe bach?' meddai ei wraig.

'Ie. So ti'n mynd i gyfri hwnna?'

'Na'dw. Dim nawr, ta beth. Fi'n gwbod ble ti'n byw, cofia, felly os nad yw e i gyd 'na bydda i'n hala'r heavies rownd am y gweddill.'

'Digon teg. A diolch bois,' trodd Mr Cook at y brodyr. 'Wir nawr, ni'n gwerthfawrogi'r holl waith caled. Dylset ti fod yn prowd o'r ddau 'ma, Gari. So nhw 'di stopio ers dechrau ar y gwaith. Mae'n anhygoel faint ma nhw 'di cyflawni mewn pythefnos…'

'Gwd, gwd, falch clywed,' oedd ateb Wncwl Gari, ond eto heb ganmol ei neiaint.

'Co chi, bois, crât yr un, OK…'

'Jyst rhywbeth bach i ddweud diolch,' ychwanegodd ei wraig.

'Diolch,' atebodd y brodyr.

Byddai hyn yn digwydd ar ddiwedd bron pob job, chwarae teg. Doedd dim angen gwneud, er bod Prys yn enwedig yn gwerthfawrogi'r weithred.

'O's larwm ar y tŷ 'ma?' gofynnodd Gari, gan gymryd dracht hir ar ei lager.

'Nag o's. Pam?' atebodd Martin.

'Wel, o'n i'n siarad â cwpwl o fois lan y clwb – Peter Evans a Brian Kemp, ti'n gwbod…'

Nodiodd Martin, gan wybod yn iawn beth roedd Gari ar fin ei grybwyll.

'Chi siŵr o fod wedi clywed, ond ma rhywun wedi torri mewn i dai'r ddau ohonyn nhw'n ddiweddar. Yn yr wythnosau diwetha, fel mae'n digwydd…'

'O'n i wedi clywed,' cadarnhaodd Martin.

'A'r Lewises 'fyd,' ychwanegodd ei wraig. 'Gorfod i Ronnie druan fynd i'r ysbyty a phopeth…'

''Na ni. Blydi hwdlyms wedi neud llanast mawr o'i ben e, ro'n i'n clywed. Tri deg o stitches a'r heddlu'n gwneud dim byd i ffeindio'r bastards. 'Scuse the French. Gwarthus. Ta beth, os chi moyn rhywun i osod larwm ar y tŷ, ma'r bois yn gallu neud hynny, dim problem, yn 'dych chi?'

'Aye,' meddai Mogs.

'Gyda help llaw Mark, nath weiro'r cwtsh i chi,' ychwanegodd Prys.

'Methu bod yn rhy ofalus dyddie 'ma,' ychwanegodd Gari Caradog, gan weld cyfle euraid i wneud mwy o arian ar gefn anlwc ei gyd-aelodau.

'Gewn ni think am hynny, yn gwnewn ni, bach?'

'Yn sicr,' cadarnhaodd Mrs Cook. 'Weles i Brenda yn Sainsbury's ddoe. Gafodd hi a Ronnie yffach o sioc…'

'Ma hi eisoes wedi ffonio yn gofyn am quote ar gyfer larwm,' esboniodd Gari, er nad oedd hynny'n wir o gwbl.

'Bastards!' ebychodd Mr Cook wrth feddwl am y lladron llwfr.

'Yn gwmws. Ta beth, cewch think a rhowch ffôn.'

Llyncodd Gari ei gwrw a gosod y botel wag ar y bwrdd. 'Gwell i fi fynd, neu bydd Lady Muck yn conan os na fydda i adref erbyn wyth…'

'Diolch, Gari,' meddai Martin wrth ysgwyd llaw y bos.

'Well i ni siapo hi 'fyd,' dywedodd Prys, gan gynnig ei law ac ysgwyd dwylo'r perchnogion.

'Dyma'ch allwedd chi,' meddai Morgan, gan ddychwelyd goriad y drws cefn i Mrs Cook.

'Diolch eto, bois. Falle gwelwn ni chi cyn bo hir ar gyfer y larwm…'

* * *

'Ond pam yn y byd y'n ni'n rhoi lan 'da fe, Mogs?' gofynnodd Prys trwy gwmwl o fwg porffor wrth i'w frawd yrru'r fan am adref. Fel arfer ar ddiwedd dydd, byddai'r brodyr yn teithio mewn tawelwch wrth i'r blinder eu tewi. Ond nid heddiw – roedd tafod Prys yn llac, a phen ei dennyn yn agosach nag arfer.

'Job 'di job, yn tyfe.'

'Falle wir, ond ma'r diffyg parch, heb sôn am y cyflog cachu, yn dechrau gwneud i fi feddwl bod *rhaid* i ni ffeindio ffordd arall…'

'Ti'n swnio fel Catrin nawr.'

'Ie, wel, ma Catrin wastad wedi gweld y gwir.'

'Beth ti'n feddwl?'

'Wel, so hi byth wedi hoffi Wncwl Gari, a nawr fi'n dechrau deall pam… na, fi 'di *deall* ers blynydde ond sa i erioed 'di meddwl *gwneud* unrhyw beth o'r blaen…'

'Beth sy 'di newid heddiw then?'

'Sai'n gwbod… jyst gweld e'n dod draw, casglu'r arian, ffwcio o 'na heb air o ddiolch. Sdim parch, o's e, Mogs? Dim o gwbl. A *ni* sy'n neud y gwaith i gyd. Dim fe. Ma pawb yn canmol ein gwaith ni. *Pawb*. So ni erioed wedi cael unsatisfied customer. Byth. Ni'n pros, Mogs, ond so ni'n cael ein haeddiant – dim parch a dim arian. Wel, dim *digon* o arian, ta beth…'

'Ond ni'n lwcus cael unrhyw fath o swy…'

'Na, Mogs. Ti'n wrong. Wncwl Gari sy'n lwcus ca'l ni fel gweithwyr.'

'Be ti'n dweud, 'te?'

'Sai'n gwbod, ond fi wedi bod yn meddwl…'

'Am be?'

'Am adael Wncwl Gari a dechre busnes ein hunain. Fuck 'im. Sdim 'i angen e arnon ni.'

Ond yn hytrach na rhoi cadarnhad a chefnogaeth i'w frawd, fel roedd e'n gobeithio'i gael, yr unig beth y medrai Morgan ei wneud wrth glywed y cynllun oedd chwerthin...

Lefel Arghhhhhhhh!
1997

Wedi gwisgo ac ymbincio fel tasen nhw'n mynd allan i glwb nos, cyfarfu Catrin a Ceri wrth Anwaars, sef y siop gornel agosaf at goleg chweched dosbarth Gerddi Hwyan, â'r amser yn tynnu at ddeg y bore. Ar ôl pledio a strancio ac ychydig o grio, cytunodd Wyn a Jennifer Isaac, rhieni goddefgar Ceri, beidio â mynd gyda hi i'r coleg i gasglu ei chanlyniadau Lefel A. Nid bod Mr a Mrs Isaac yn disgwyl rhyw lawer gan eu merch – roedd Ceri eisoes wedi penderfynu nad oedd hi'n bwriadu mynd i'r brifysgol ac wedi cofrestru ar gwrs trin traed yn y Tec ym Mhen-y-bont, i ddechrau ym mis Medi. Ac er nad oedd ei rhieni wrth eu boddau â'i phenderfyniad, o leiaf roedd hi'n bwriadu gwneud rhywbeth ymarferol, yn hytrach na neidio o un peth i'r llall, heb ffocws na phwrpas. Yn wir, roedd Wyn yn reit falch o'i ferch am wneud y penderfyniad, er na fyddai'n cyfaddef hynny wrth ei wraig, gan mai cytuno â hi oedd yr unig ffordd o sicrhau bywyd tawel.

Yn wahanol i rieni'i ffrind, roedd tad a mam Catrin – wel, ei mam mewn gwirionedd – yn disgwyl iddi ddilyn ôl traed ei chwaer fawr ac astudio am radd yn y brifysgol. Roedd Bethan newydd orffen ei hail flwyddyn yn astudio meddygaeth ym Mhrifysgol Caerdydd, ac er nad oedd disgwyl i Catrin fod yn ddoctor, roedd disgwyl iddi o leiaf gymhwyso fel athrawes. Dyna'r lleiafswm posib i'w mam. Ond gwyddai Catrin mai siom oedd yn eu disgwyl, gan iddi ei chael hi'n anodd mynd i'r afael â'r gwaith cwrs a'r arholiadau, a hynny hyd yn oed cyn iddi ddod yn ymwybodol o Morgan Caradog a'i gyhyrau gogoneddus.

Ceri gyrhaeddodd gyntaf, ac wedi prynu ugain Marlboro Light o'r siop, taniodd fwgyn a phwyso ar y wal tu fas i'r siop i aros am ei ffrind. Fel Catrin, roedd gan Ceri gariad selog erbyn hyn, ond nid bachgen mohono. Tra oedd Catrin mewn perthynas â'r prentis, roedd Ceri'n bwcho'r bos. Neu'n cael ei bwcho *gan* y bos, i fod yn fanwl gywir. Wrth reswm, nid oedd llawer o bobl yn gwybod am ei charwriaeth â Gari Caradog, yn bennaf oherwydd y gwahaniaeth yn eu hoedran, er y gwyddai fod sibrydion yn y dref. Byddai ei rhieni'n gandryll petaent yn clywed, ond roedd hi'n ddeunaw oed bellach, felly doedd dim y gallent ei wneud mewn gwirionedd. Gwenodd wrth gofio'r sesiwn ddiweddaraf, brynhawn ddoe yng nghampfa cartref Gari. Roedd e fel Adonis neu Atlas, yn gyhyrau i gyd ac â'r gallu i'w chario hi rownd y lle fel tasai'n blaned fechan ddrwg. Yn wir, roedd deffroad rhywiol Ceri Isaac wedi bod ar raddfa Feiblaidd o'i gymharu â'r mwyafrif o'i chyfoedion – heb gyfrif Catrin, wrth gwrs.

'Iawn babes?' Chwipiodd llais ei ffrind hi 'nôl i'r presennol. 'O's gen ti lighter? Fi 'di bod yn gaspo ers gadael gartref…'

Wedi i Catrin danio'i sigarét, dechreuodd y ddwy gerdded y canllath at gatiau'r coleg, yn mân sgwrsio am ddim byd penodol, gan osgoi sôn am y gwir reswm roedden nhw yno'r bore braf yma o haf.

'Fuckin' hell, 'drych ar Krakatoa!' ebychodd Catrin wrth weld un o'u cyd-ddisgyblion – merch beniog iawn o'r enw Julie Williams, a'i hwyneb yn debyg i blaned llawn llosgfynyddoedd yn ffrwydro ar yr un pryd – yn sefyll o flaen camera newyddion lleol wrth brif fynedfa'r coleg, yn wên o glust i glust ac yn rhannu gyda'r genedl ei bwriad o fynd i Gaeredin i astudio meddygaeth.

'You can't have it all!' ebychodd y ddwy ag un llais, fel y gwnaent bob tro y gwelent Julie, cyn piso chwerthin a gorfodi'r criw ffilmio i ailddechrau'r cyfweliad.

* * *

Ar gyrion Gerddi Hwyan, ar safle adeiladu datblygiad diweddaraf Caradog Constructions, roedd Morgan wrthi'n cymysgu sment. Dyma oedd un o'i brif ddyletswyddau yn y gweithle, ynghyd â chario pethau o le i le. Er y gwyddai nad oedd y dasg yn galw am lawer o sgìl o'i gymharu â chrefft saer coed, byddai'n ymdrechu i gynhyrchu'r sment gorau posib i'w gyd-weithwyr. Yn wir, roedd ei sment o ansawdd mor uchel fel bod ganddo lysenw yn eu plith: The Mixer.

Am hanner awr wedi deg y bore, roedd yr haul eisoes yn ddigon cynnes i droi'r safle'n blasty Playgirl amherffaith, ac roedd mwyafrif y gweithwyr eisoes heb grys. Roedd croen Morgan yn euraid bellach ac, fel pawb arall ar y safle, ni fyddai byth yn defnyddio hufen haul.

Pwysodd ar ei raw a gwylio'r peiriant yn troi. Ymgollodd yn y trobwll gan fethu â gweld ei frawd yn agosáu, yn goch ei lygaid a brown ei groen.

'Mogs,' meddai Prys, cyn ailadrodd ei enw. 'Mogs!' Ond, gyda'i frawd ar goll yng ngheunentydd bas ei benglog, bu'n rhaid i Prys brocio'i ysgwydd er mwyn ennyn ymateb ganddo.

'Alright, Prys?' gofynnodd, gan ddychwelyd i'r byd hwn.

'Ma angen shiffto cwpwl o lintels draw at ble ma Darren a Paul yn gweithio,' dywedodd Prys yn swrth, heb edrych ar ei frawd. Roedd wedi bod fel hyn ers misoedd bellach, ers i Ceri ac Wncwl Gari ddechrau caru. Gwelai Morgan eisiau ei frawd mawr – ei *hen* frawd mawr, hynny yw. Y brawd fyddai'n chwerthin ar bopeth ac yn barod am laff, beth bynnag oedd yr achlysur. Ond roedd y Prys hwnnw wedi diflannu, gan adael cragen ddiflas, ddi-sbarc ac ynysig ar ôl, yn beio'r byd am bopeth, heb weld unrhyw fai arno ef ei hun.

'Dim probs,' meddai Morgan, cyn gwagio cynnwys y peiriant cymysgu i whilber mewn chwinciad. ''Na i fynd â hon at Trev ar y ffordd,' dywedodd, gan wthio'r whilber o'i flaen a Prys yn llusgo'i draed ar ei ôl. Pe na bai Gari'n ewythr iddo, byddai Prys wedi colli'i swydd erbyn hyn, dyna a gredai Morgan.

Wedi symud saith lintel o storfa'r safle, aeth y brodyr am egwyl fach haeddiannol. Eisteddodd y ddau ymhell o fwrlwm y safle adeiladu, o dan goeden dderw yn y cysgod.

Fel y gwnâi'n ddyddiol, cyneuodd Prys sbliff barod ac agor can o Cherry Coke. Lucozade isotonig oedd dewis ddiod Morgan, yn unol â chyngor Wncwl Gari, oedd yn efengylaidd ei gred yn naioni'r ddiod.

'Ti ffansi mynd mas heno?' gofynnodd Morgan. 'Bydd hi'n wyllt. Pawb yn dathlu'u results…'

'Na,' oedd ateb unsill Prys. Nid oedd hyd yn oed am drafferthu ymhelaethu heddiw. Beth oedd y pwynt? Roedd Morgan yn gwybod yn iawn beth oedd y broblem.

'Wel, os ti'n newid dy feddwl, bydda i a Cats yn dechrau yn y Duke am wyth, cyn mynd 'mlân i'r Butchers, y Felin a'r Roxy cyn diwedd y nos. Bydd hi'n mental, myn, dylset ti ddod…'

Cododd Prys ei ysgwyddau mewn ymateb, ond heb yngan yr un gair. Roedd ei galon a'i holl obeithion am y dyfodol yn deilchion. Ta beth, roedd ganddo ei gynlluniau ei hun ar gyfer heno, er na fyddai'n rhannu ei fwriad â neb, yn enwedig ei frawd bach, oedd yn poeni digon amdano fel roedd hi, heb orfod delio â gwir ddyfnderoedd ei broblemau.

*   *   *

Cefnodd Catrin a Ceri ar fwrlwm, cyffro a thorcalon neuadd a chyntedd y coleg, yn gafael mewn amlen yr un heb eu hagor. Nid oedd llawer o ffrindiau go iawn gan yr un o'r ddwy yn y coleg, ac felly nid oeddent am fod yn rhan o'r sioe gyhoeddus.

'Ti'n nyrfys?' gofynnodd Catrin wrth i'r ddwy eistedd ar fainc yng ngardd fach y coleg, oedd yn dawel heddiw, gan fod pawb wedi ymgasglu yr ochr arall i'r adeilad ger y brif fynedfa.

'Na,' oedd ateb pendant Ceri. Chwythodd fwg cyn ymhelaethu. 'Sai'n disgwyl dim, Cats. So Mam na Dad yn disgwyl dim. A fi 'di registro ar y cwrs 'na yn Tec yn barod. A ta beth, ma Gari'n dweud nad yw exams yn meddwl dim yn y byd go iawn…'

Faint o Lefels O neu A sy gan Gari Caradog? meddyliodd Catrin wrth i Ceri ddechrau traethu. Dechreuai un frawddeg ym mhob pump 'da'r geiriau 'Ma Gari'n dweud…' y dyddiau hyn, ac ymateb greddfol Catrin oedd peidio â gwrando gair. Beth oedd y lwmpyn yna'n ei wybod, ar wahân i sut i godi tai a chodi pwysau?

'… ti?'

'Beth? Sori, Cer, o'n i miles i ffwrdd.'

'Ti'n nyrfys?'

'Na… I mean… ydw… ond dim o ran y canlyniadau. Fi'n gwbod bo fi 'di ffaelu, ond so Mam na Dad yn gwybod dim… neu o leia, ma nhw'n dewis esgus bod popeth yn hynci-dori a mod i ar fin dilyn Beth i'r coleg…'

'Dylset ti 'di bod yn onest gyda nhw.'

'Nes i dreial, ond so Mam yn gwrando ar neb. Er, bydd yn rhaid iddi wrando ar beth sydd yn yr amlen 'ma. Ti'n barod?'

'Ydw.'

Ac yna agorodd y ddwy eu hamlenni, tynnu'r slip papur allan ac edrych ar eu canlyniadau.

'Be ges ti?' gofynnodd Ceri.

'Dwy D ac F. Ti?'

'Tair D.'

'Da iawn.'

'Piss off. Ma hwnna'n crap!'

'Ma'n well na beth ges i.'

'Beth nawr then?'

'Well i fi fynd adref i ddweud wrth Mam a Dad. The sooner the better…'

'By' nhw'n iawn, I bet. Ma dy fam yn drama queen, ond come on – it's not the end of the world…'

'*Fi*'n gwbod 'ny, ond so Mam.'

Eisteddodd y ffrindiau'n dawel am funud, eu meddyliau ar ras, er eu bod nhw'n dilyn llwybrau tra gwahanol…

'C'mon. 'Na i gerdded ti i'r bus stop.'

'Cool. Beth ti'n mynd i neud?'

Ond doedd dim angen i Ceri yngan gair, gan fod y wên lydan ar ei hwyneb a'i llygaid disglair yn dweud y cyfan.

* * *

Gyda'r bong yn mygu'n dawel ar y bwrdd coffi aflêr, lled-orweddai Prys ar y soffa yn ei ddillad gwaith llychlyd yn hanner gwylio'r *Simpsons* ar y bocs, er nad oedd ei lygaid yn gallu ffocysu'n gwbl gywir ar boblogaeth Springfield a'u hanturiaethau ailadroddus.

Pesychodd. Sychodd y poer o'i ên â chefn ei law. Yna llyncodd y cwrw oer.

Dyma oedd rwtîn Prys ers misoedd bellach. Gweithio. Meddwi. Smocio. Pasio mas. Dechrau eto. Doedd dim amrywiaeth, ddim hyd yn oed ar y penwythnos – yr unig wahaniaeth bryd hynny oedd na fyddai'n gweithio. Roedd wedi stopio darlunio ac ymddiddori yn y celfyddydau, ac wedi datblygu'n gyflym i fod yn ystrydeb bathetig o bopeth roedd e'n ei gasáu lai na blwyddyn ynghynt.

Diolch i Ceri Isaac, roedd Prys Caradog wedi colli ei fojo yn llwyr.

Tra oedd Prys yn boddi mewn pydew o hunandosturi a hunanatgasedd, roedd Morgan ar ben y byd. Nid oedd erioed wedi bod mor heini a chyhyrog, heb sôn am fod yn frown ei groen; roedd ei bigment euraid i'w gymharu â lliw preswylwyr

Califfornia a'i ddannedd cyn wynned ag eiddo rhai o sêr amlycaf Hollywood.

Camodd o'r gawod a sychu'i gorff. Wrth wneud, gwyliodd ei hun yn y drych. Gwenodd. Byddai Catrin yma unrhyw funud ac roedd e'n ysu am gael gafael ynddi. Yna cofiodd am ei chanlyniadau, a theimlo'n euog am beidio â'i ffonio ynghynt yn y dydd. Wrth gwrs, gobeithiai iddi lwyddo, ond ar y llaw arall, nid oedd eisiau iddi fynd i ffwrdd i'r brifysgol chwaith. Nid oedd hi'n hyderus, er bod Morgan yn amau mai bod yn ddiymhongar roedd hi. Roedd e'n ei charu gymaint fel nad oedd e'n gallu ystyried byw hebddi, er y gwyddai fod hynny'n bosibilrwydd go iawn.

Gwisgodd ei hoff jîns gwyn a'i hoff grys hafaidd. Am ei draed, esgidiau cynfas syml. Dychwelodd i'r ystafell ymolchi a thwtio'i wallt byr, blêr. Brwsiodd ei ddannedd, yn y gobaith y byddai Catrin yn gwerthfawrogi ei flas minty-fresh pan gyrhaeddai.

Yna, wrth iddo slapio ychydig o CK One ar ei wyneb llyfn, newydd ei eillio, canodd cloch y drws, felly brasgamodd Morgan i lawr y grisiau gan wybod na fyddai ei frawd yn codi i'w ateb. Roedd Prys y tu hwnt i hynny, lai nag awr ar ôl dychwelyd o'r gwaith.

Cyrhaeddodd Morgan yr ystafell fyw ar yr union adeg y chwythodd Prys lond ysgyfaint o fwg porffor i'r aer, gan felynu'r waliau fwy fyth.

'Agor y ffenest, Prys, for fuck's sake, ma Catrin 'ma…'

Ond ni symudodd Prys o'r soffa. Roedd wedi'i hoelio i'r fan a'r lle, heb fawr o obaith codi eto am ugain munud o leiaf. Ymdrechodd i ateb ei frawd ar lafar, ond yr unig sŵn a ddodd ohono oedd rhyw 'Urghhhh' cyntefig.

Anwybyddodd Morgan y llanast dynol a orweddai yn y lolfa, gan gamu at y drws ffrynt â gwên lydan, ddisgwylgar ar ei wyneb. Ond pan agorodd y drws, cafodd sioc wrth weld merch â'i bochau yr un lliw â betys a'i gwallt fel un Tina Turner oddeutu 1986.

Taflodd Catrin ei hun ato, gan feichio a glafoerio. Anwybyddodd Morgan y ffaith fod ei dagrau a'i masgara yn baeddu ei grys, ac aeth ati i'w chysuro, gan fwytho'i chefn a sibrwd yn ei chlust.

O'r diwedd, peidiodd y crio a thywysodd Morgan hi i mewn i'r tŷ. Yn y cyntedd cyfyng, daliodd Morgan ddwylo'i gariad ac edrych i fyw ei llygaid.

'Be sy 'di digwydd, Cats?'

Nid oedd erioed wedi'i gweld hi fel hyn o'r blaen. Yn wir, fel arfer byddai Catrin yn rhoi'r argraff nad oedd modd ei hysgwyd, felly rhaid bod rhywbeth mawr o'i le.

'M-M-M-Mam… a… D-D-D-Dad… can-can-lyniadau…' brwydrodd i esbonio, heb lwyddo mewn unrhyw ffordd.

'Der, 'na i cuppa i ti nawr. Ma Prys yn y lolfa. Bydda i 'nôl…'

'G-g-galla i g-g-ga'l lager p-p-lis, Mogs? N-n-neu s-s-seidr. B-b-beth b-b-bynnag…'

'Wrth gwrs,' ac aeth Mogs i mofyn potelaid yr un iddynt o'r oergell, tra eisteddai Catrin ar y gadair gyfforddus yn y lolfa.

'Alright, Cats?' gofynnodd Prys yn reddfol, er ei fod yntau hyd yn oed, ar ôl i'w lygaid ffocysu, yn gallu gweld nad oedd pethau'n tici-di-bw. 'Bong?' oedd ei gwestiwn nesaf. Wedi'r cyfan, bong oedd achos ac ateb holl broblemau'r byd iddo fe.

Ysgydwodd Catrin ei phen. Estynnodd ei ffags o'i bag llaw a thanio, cyn gadael i'r mwg leddfu'r straen rhyw ychydig.

Dychwelodd Mogs â dwy botelaid, ac estyn un i'w gariad.

'Beth sy'n bod, babes?' gofynnodd Morgan. Trodd Prys yn ôl at y teledu.

Tynnodd Catrin ar y sigarét, a chwythu'r mwg cyn ateb. Roedd ei llais yn dal i grynu, er nad oedd yn ei hatal rhag siarad yn gall bellach.

''Nes i ffaelu'r arholiadau, do. Dwy D ac F. A'th Mam a Dad yn nyts a ni 'di bod yn ymladd trwy'r prynhawn…'

'Ond o't ti'n disg…'

'Dyna ro'n i'n ddisgwyl, ond roedd Mam a Dad yn disgwyl lot gwell. Dweud mod i 'di gadael nhw lawr, ond fuck, Mogs…'

Nodiodd Morgan, gan nad oedd syniad ganddo beth i'w ddweud.

'Ma mwy i fywyd nag addysg, nag o's e?'

'Too right.' Ymunodd Prys yn y sgwrs, heb wahoddiad, ond roedd Morgan yn falch o'i gyfraniad. 'Edrych arnon ni, Cats. Living the high life, yn llythrennol…'

'Yn gwmws,' meddai Mogs, yn teimlo mai fe ddylai fod yn darbwyllo'i gariad. 'A ti wastad wedi dweud nad wyt ti'n ac-aca-acad…'

'Academaidd.'

''Na ni, ac-aca… o, fuck it!'

'Ie, ond so hynny'n meddwl dim i Mam a Dad. Ma nhw moyn i fi ddilyn Beth…'

'I fod yn ddoctor?'

'Na, mynd i'r coleg. Y brifysgol. I astudio unrhyw beth medde Mam. Jesus, roedd hi mor grac, Mogs.'

'Ond beth yw'r pwynt mynd i'r coleg os nad wyt ti'n gwybod beth…?'

''Na beth wedes i, ond do'n nhw ddim yn gwrando. Blinkers on, fi'n dweud 'tho chi.'

'Fi'n siŵr bydda nhw'n iawn ar ôl…'

Stopiodd Morgan siarad, gan fod Catrin yn ysgwyd ei phen.

'Sai'n meddwl 'ny.'

'Pam?'

'Dim ar ôl i fi ddweud fy mhlans wrthyn nhw.'

'Sef?' gofynnodd Mogs yn llawn panig, gan nad oedd Catrin wedi sôn am unrhyw gynlluniau. Ai dyma'r eiliad pan fyddai'n datgelu ei bwriad o fynd dramor i weithio neu rywbeth?

'Fi'n mynd i gofrestru ar gwrs trin gwallt yn y Tec. Dechrau mis Medi. A'th Mam yn mental pan glywodd hi hynny – "Sdim merch i fi'n mynd i fod yn hairdresser!" Jesus, dylse ti 'di gweld ei gwyneb hi…'

Teimlodd Morgan ryddhad llwyr o glywed nad oedd ceidwad ei galon yn bwriadu ymfudo, ac roedd trin gwallt yn alwedigaeth dda hefyd.

'Fuck y Tec!' poerodd Prys, gan eistedd i fyny a gafael yn y bong. Wrth fynd ati i lwytho'r côn, esboniodd ei ffrwydriad geiriol. 'Ma 'na salon newydd yn agor ym Mhorth-cawl mis nesa. Fi'n methu cofio'i enw… "Making rhywbeth" fi'n meddwl. Anyway, ma nhw'n edrych am brentisiaid…'

'Sut ti'n gwybod am hyn?' gofynnodd Morgan, yn ddrwgdybus braidd.

'Mel, yn gwaith. Ti'n gwbod, y brickie. Ei chwaer e sy'n agor y lle. Glywes i fe'n siarad heddi…'

'Cool,' meddai Catrin, y wên wedi dychwelyd i'w hwyneb, er bod y dagrau yn dal i lynu at ei bochau. 'Ma hynny'n well fyth. Cael fy nhalu wrth ddysgu, yn lle talu *am* ddysgu…'

'Yn gwmws!' meddai'r brodyr ynghyd, cyn i Prys chwalu'i ben ymhellach, tra aeth y cariadon i fyny'r grisiau er mwyn i Catrin gael adfer ei hun cyn mynd mas am y noson i ddathlu. Wedi'r cyfan, roedd ganddi rywbeth i'w ddathlu nawr, a doedd y byd ddim mor dywyll bellach…

* * *

Wedi cawod glou a chnychad cynt, gwisgodd Catrin ei dillad a'i cholur, tra newidiodd Morgan ei grys. Yna ffarweliodd y ddau â Prys, oedd bellach wedi ymdoddi'n llwyr i'r soffa, ei lygaid cyn goched â'i waed a'i ysgyfaint mor grin â rhesinen. Gadawon nhw'r tŷ er mwyn cerdded y filltir i ganol y dref, lle byddai eu cyfoedion eisoes yng nghanol sesiwn a hanner, un ai'n dathlu eu llwyddiant neu'n boddi eu gofidiau.

Gafaelodd Catrin ym mraich Mogs, gan ddifaru dewis y fath esgidiau o fewn canllath i adael y tŷ. Ar y llwybr wrth ymyl y gamlas, teimlodd Morgan rhyw newid cynnil iawn yn osgo Catrin, er nad oedd e hyd yn oed yn edrych arni. Doedd dim angen – roedd e'n ei hadnabod hi mor dda â hynny erbyn hyn.

'Beth sy, Cats?'

'Ma gen i confession i wneud…'

Na! Na! Plis! Dim hwnna! Unrhyw beth ond hwnna! bloeddiodd ymennydd Morgan.

'… fi 'di ca'l y chuck out gan Mam a Dad…'

Haleliwia! Haleliwia! Haleliwia!

'… fi'n ddigartre, Mogs…'

'Ble mae dy gi a dy sach gysgu, 'te?'

'Beth?'

'Dim byd, jyst, ti'n gwybod, ma angen ci a sach gysgu ar bob bep, yn does…'

'Ca' dy ben. Fi'n serious.'

'Ti ddim yn ddigartre, anyway…'

'Beth ti'n meddwl?'

'Gei di aros 'da fi. No worries.'

'Serious? Sai'n gwbod, Mogs. Nag yw e braidd yn sydyn?'

'Sai'n meddwl bod lot o ddewis 'da ti, o's e?'

'Wel, o'n i'n mynd i ofyn i Ceri…'

'Ceri? Ond so Ceri'n hala lot o amser adre dyddie 'ma, o beth dwi'n clywed…'

'Ti'n iawn fan 'na. Ond sai'n gwy…'

'Cats, 'drych, ni'n dau'n gwybod mai dros dro yw hyn, reit…'

Nodiodd Catrin, er nad oedd yn hollol sicr o hynny.

'Felly sym' mewn a ffonia dy fam mewn cwpwl o ddyddie a fi'n siŵr bydd popeth yn cool. Cool?'

'Cool,' cytunodd Catrin, gan ryfeddu pa mor hapus y teimlai ar yr eiliad hon, o gofio pa mor ddiflas oedd hi lai na dwyawr ynghynt.

* * *

Cyn gynted ag y diflannodd Sonny a Cher drwy'r drws, aeth Prys ar ei union i estyn ei stash cudd o fodca o'i ystafell wely. Potelaid litr ffres o Vladivar, yn syth o Lidl. Nid oedd yn hoffi yfed gwirod o flaen ei frawd, gan nad oedd hwnnw'n gwneud dim byd ond poeni amdano fel roedd hi. Doedd dim angen iddo wneud hynny – roedd Prys mewn rheolaeth lwyr. Onest. Dychwelodd i'r soffa ac yfed yn syth o'r botel. Ffrwydrodd y cynhesrwydd trwy ei gorff, fel supernova meddwol. Crynodd. Llarpiodd eto. Gwenodd. Yna cododd y ffôn a ffonio cartref Ceri.

Atebodd ei mam ar y chweched caniad.

'Isaac residence, Jennifer speaking.'

'Uh… helô, Mrs Isaac… ydy Ceri 'na plis?'

'Na. Sori. Mae hi allan. Ga i gymryd neges?'

'Uh… na… dim neges, diolch, Mrs Isaac…'

Bastard! Gwyddai Prys yn union ble roedd hi. Yr un lle roedd hi bob dydd bron erbyn hyn. Casa fuckin' Caradog.

Yfodd o'r botel unwaith eto ac estyn am y bong.

Llenwodd y côn.

Taniodd y côn.

Diflannodd y côn.

Carlamodd ei galon.

Chwalodd ei ben.

Cododd ar ei draed yn sigledig a gadael y tŷ, heb wybod yn iawn i ble roedd yn mynd.

Dihunodd rhyw ddwyawr yn ddiweddarach ar fainc wrth y gamlas. Gwyddai ei bod hi'n hwyrach gan ei bod ar fin nosi, er nad oedd hi'n hollol dywyll chwaith. Roedd y clêr yn gloddesta ar ei gnawd a'i ben yn curo fel cerddorfa llawn congas. *Ble nawr?* meddyliodd. Ond roedd ei goesau'n gwybod yn iawn ble i fynd. Yr un lle ag y bu'n mynd yn rheolaidd dros y misoedd diwethaf...

Yfodd o'r botel fodca er mwyn clirio'i ben, ac ymhen chwarter awr cyrhaeddodd Ystad y Castell. Fel arfer ar yr adeg yma o'r dydd, roedd y lle fel y bedd a'r trigolion yn gwylio'r teledu neu eisoes yn cysgu. Anelodd yn syth am dŷ ei ewythr, gan droedio llwybr cyfarwydd o gwmpas ochr y tŷ briciau coch crand. Fel cath neu gadno caib, sleifiodd yn droetrwm trwy'r prysgwydd nes bod ganddo olygfa dda o gefn y tŷ. Yn anffodus i Prys, nid oedd Wncwl Gari byth yn tynnu ei gyrtens, a chyda'r nos yn cau a golau'r tŷ'n disgleirio'n fewnol, roedd ganddo olygfa ogoneddus o'r hyn oedd yn digwydd yn y gegin y tu hwnt i'r drysau Ffrengig.

Ei reddf gyntaf oedd ffoi. Gadael ar unwaith a chwydu ar ei ffordd adref. Ond, am ryw reswm anesboniadwy, nid oedd ei goesau'n gweithio fel y dylsen nhw, ac nid oedd ei lygaid yn fodlon troi na chau chwaith. Syllodd ar Wncwl Gari, oedd yn hollol noeth ac yn pwyso'n ôl ar y bar brecwast, ei lygaid ar gau mewn llesmair nwydus diolch i geg a thafod Ceri, oedd yn gloddesta ar ei goc. Roedd Ceri yr un mor noeth, â'i chefn at yr ardd, yn dyfn-yddfu ar ei chwrcwd. Gwyliodd Prys ei ewythr yn rhoi ei law ar ben Ceri, gan reoli rhythm y weithred. Am ryw reswm, dechreuodd ei bidyn ei hun galedu.

Wrth i'r atgasedd lorio Prys yng nghanol y lobelia, agorodd Wncwl Gari ei lygaid a chraffu i'r gwyll y tu hwnt i'r gwydr dwbl.

Rhewodd Prys.

Oedd e'n gallu ei weld? Doedd bosib...

Ond atebodd Wncwl Gari ei gwestiwn mewnol trwy wenu i gyfeiriad ei nai a chodi ei fys canol arno, cyn stopio Ceri rhag sugno a'i phlygu hi dros y bar brecwast er mwyn dangos i Prys beth roedd e'n ei golli.

* * *

'C'mon babes, fi moyn mynd adre,' plediodd Catrin yng nghlust Morgan.

'Mewn munud, iawn, ond rhaid i fi ddweud helô wrth Frank…' Roedd Morgan yn ceisio'i orau i ohirio'r anochel, gan ei fod wrth ei fodd yn gwneud sioe o'r ffaith fod ganddo gariad mor atyniadol. Efallai fod gan ei gyfoedion gymwysterau, ond faint ohonynt oedd yn gallu dweud bod ganddynt fenyw hŷn oedd yn agored i unrhyw awgrym?

Roedd y cariadon wedi cyrraedd y Felin erbyn hyn, ar ôl ymweld â'r Duke a'r Butchers ar y ffordd. Roedd pobman yn llawn heno, yr awyrgylch yn wych a'r mwyafrif yn dathlu. Ymddangosai i Catrin fel petai pawb, ar wahân iddi hi, wedi llwyddo yn eu harholiadau. Dyna pam roedd hi eisiau mynd adref. Hynny, a'r ffaith fod ei thraed yn wylo.

Roedd tafarn y Felin yn un o dri thŷ cyhoeddus o fewn canllath i'w gilydd yng nghanol y dref. Oherwydd hynny, a'r tywydd braf, roedd mynychwyr y tafarnau bron i gyd yn sefyll ac yn eistedd y tu allan ar y stryd, oedd wedi'i chau i gerbydau. Byddai pawb yn mynd ymlaen i glwb nos y Roxy yn nes ymlaen, ond am nawr roedd hi fel ystafell gyffredin y chweched allan yn yr awyr agored.

Aeth Catrin gyda Morgan i ddweud helô wrth Frank, hen ffrind ysgol iddo oedd bellach yn y fyddin. Wedi i Mogs gyflwyno Catrin iddo, dechreuodd y ddau falu cachu am y gorffennol, felly eisteddodd Catrin ar wal gyfagos i smocio canfed ffag y diwrnod ac yfed ei photelaid o Hooch. Er iddi geisio'i gorau, roedd hi'n amhosib meddwi heno am fod holl ddrama'r dydd wedi draenio'i hwyl, ac ysai am i Morgan ei thywys oddi yno.

Ar y gair, ac fel petai'n dod i'w hachub hi'n benodol, gwyliodd Catrin Prys yn ymlwybro'n feddw ar hyd y stryd. Roedd potel wag o fodca yn ei law.

'Mogs, 'drych,' meddai Catrin, gan dynnu sylw ei chariad at yr olygfa druenus.

'Shit, sori, Frank, rhaid i fi ddelio â hwn…'

'Dim probs, Mogs. Look out!' ebychodd Frank wrth weld Prys yn colli ei gydbwysedd ac yn baglu i ganol grŵp o fois lleol. Wrth glywed y gwydrau'n torri a'r lleisiau'n codi, rhedodd Morgan draw er mwyn achub croen ei frawd. Yn ffodus i Prys, roedd e'n anymwybodol ar lawr. Fel arall, byddai'n siŵr o fod wedi cael cweir, gan fod o leiaf bedwar o'r bechgyn wedi colli eu diodydd.

Estynnodd Morgan bapur decpunt o'i boced ac ymddiheuro yn daer ar ran ei frawd. Diffoddodd yr offrwm unrhyw atgasedd, ac aeth Morgan ati i godi ei frawd megis dyn tân a'i gario am adref yng nghwmni Catrin, a hithau bellach yn droednoeth ond yn hapus ei bod wedi cael ei ffordd ei hun.

Y Niwl

2016

Gyrrodd Mr C o dŷ'r Cooks i'r clwb golff gan feddwl yn ddwys am y lladradau oedd wedi effeithio ar rai o'i gyd-aelodau yn ddiweddar. Gallai gofio rhywbeth tebyg yn digwydd yn y gorffennol, rhyw ddwy neu dair blynedd yn ôl efallai, neu hyd yn oed fwy na hynny. Ac er ei fod yn falch iawn fod gan ei gartref system ddiogelwch soffistigedig, difarai beidio â chymryd mantais ar y sefyllfa bryd hynny a cheisio gwerthu systemau larwm i'r dioddefwyr. Yr unig beth y gallai ei wneud oedd manteisio ar y sefyllfa bresennol a cheisio gwneud busnes ychwanegol o ganlyniad i'r digwyddiadau diweddaraf.

Trodd oddi ar y ffordd a hwylio'n araf ar hyd y dreif hir a throellog a arweiniai at brif adeilad y clwb a'r maes parcio oedd yn ei amgylchynu. Arafodd ger y nawfed ti, oedd wedi'i leoli reit wrth ochr y lôn ar dwmpath bach y byddai Dewi Sant ei hun yn falch ohono. Yno roedd dyn ifanc talentog o'r enw Gavin Marrable, â gobaith ganddo o droi'n broffesiynol, yn clatsio'i bêl yn ddiymdrech rhyw dri chan llath i lawr y ffordd deg tuag at y lawnt a'r twll, gan osgoi'r trapiau tywod, y garw a'r nant fach a redai ar draws ei lwybr.

'Shot!' ebychodd Mr C trwy ffenest agored y car, gan beri i'r dyn ifanc wenu, ei ddannedd gwynion yn disgleirio ar gefndir o groen brown golau. Roedd y cymariaethau â Tiger Woods yn ystrydebol ac yn ddisgwyliedig, ond doedd dim gwadu'r ffaith fod y bachgen yn gallu chwarae golff.

Ymlaen aeth Mr C yn araf, cyn cyrraedd y maes parcio a oedd, fel arfer, yn llawn ceir crand.

Estynnodd ei glybiau o'r bŵt, rhoi'r bag dros ei ysgwydd

a throi at brif fynedfa'r clwb. Cyfarchodd ei gyd-olffwyr â gwên lydan, gyfeillgar a llaw gynnes, fel gwleidydd yn cwrdd â'r cyhoedd. Ond diflannodd y wên ar unwaith pan agorodd y drws a gweld wyneb DI Crandon yn syllu arno o'r poster ar yr hysbysfwrdd yn union o dan restr yr anfarwolion, sef plac pren ac arno enwau holl gapteniaid Clwb Golff Gerddi Hwyan ar hyd y blynyddoedd mewn llythrennau euraid.

Berwodd yr atgasedd ynddo ar unwaith, ond cyn iddo ffrwydro yn y cyntedd, ei cholli hi'n llwyr a rhwygo'r poster i lawr, clywodd lais yn galw'i enw, gan atal unrhyw ymddygiad eithafol bryd hynny.

'Dechre neu gorffen wyt ti, Gari?' gofynnodd Iwan Lloyd, cynghorydd barfog lleol ac un o bartneriaid arferol Mr C.

Trodd i'w wynebu, yn falch o weld wyneb cyfeillgar, cyfarwydd.

'Dechrau,' atebodd wrth i'w groen ddychwelyd i'w liw naturiol, ac ysgydwodd yr hen ffrindiau ddwylo'i gilydd.

'Soch, soch,' meddai Iwan wrth weld wyneb Crandon yn syllu i lawr arnynt o'r wal. 'Lle ma dy bosteri di, Gari?'

'Sdim angen posters arna i, Iwan. Sdim gobaith 'da Crandon ta beth, sneb isie blydi mochyn fel capten y clwb 'ma, o's e?'

'Yn gwmws,' meddai Iwan, er iddo glywed sibrydion i'r gwrthwyneb. 'Dere, naw twll bach cyn iddi nosi...'

Ac i ffwrdd â'r ddau tua'r ystafelloedd newid, a'r rheini'n arogli o chwys, siampŵ a Lynx, i wisgo'u hesgidiau pigog. Ond tywyllodd hwyl Mr C yno unwaith eto gan fod rhywun wedi gosod un o bosteri ei wrthwynebydd yn y ras am gapteniaeth y clwb ar ddrws ei locer. Gan nad oedd neb ar gyfyl y lle, ar wahân i'w hen ffrind, collodd Gari ei limpin yn llwyr y tro hwn. Poerodd lond gwddf o lysnafedd gwyrdd trwchus ar wyneb Crandon. Yna dyrnodd drwyn ei nemesis mor galed ag y gallai, gan wneud mwy o niwed i'w locer a'i ddwrn nag i DI Crandon, cyn tynnu'r poster a'i rwygo'n ddarnau. Wrth iddo eistedd ar y fainc roedd ei gorff yn crynu.

Dylai fod wedi mynd adref yr eiliad honno, gan nad oedd rownd o golff yn mynd i wella dim ar ei hwyliau. Ond, ar ôl i Iwan adael iddo bwyllo, anelodd y ddau am y ti cyntaf, gan alw yn y siop i gofrestru gyda Mac, un o ddau chwaraewr proffesiynol y clwb.

'O's 'na slot i ni?' gofynnodd Iwan, gan wneud i Mac godi'i ben moel o'r cylchgrawn *Golf Pro*.

'O's. A'th pedair o'r ladies mas rhyw chwarter awr yn ôl, ond ar wahân i hynny, sneb arall wedi bwcio lle. Mae'n tywyllu'n reit gynnar dyddie 'ma…'

'Shit!' ebychodd Mr C. Jyst beth roedd arno angen ei glywed!

'Paid poeni, Gari, newn ni basio nhw ar y green cyntaf nawr,' meddai Iwan wrth sylwi ar y gwylltineb yn llygaid ei gyfaill.

Cyn iddo gamu allan o'r siop, clywodd lais Mac yn ei alw'n ôl.

'Da'th dau dditectif 'ma ddoe yn gofyn amdanat ti, Gari.'

Stopiodd Mr C ar unwaith.

'Gadawodd un ohonyn nhw gerdyn i ti, a gofyn i ti ei alw ASAP.'

Trodd Mr C a chasglu'r garden.

'Roedden nhw yma'n gwneud ymholiadau am y lladradau, chi'n gwbod. Apparently, ma'r lladron wedi bod yn targedu aelodau'r clwb. 'Na beth glywes i, ta beth…'

'Ond pam bo nhw moyn siarad 'da fi? Sneb wedi torri mewn i 'nhŷ i.'

'Sai'n gwbod, Gari. Jyst gofyn i ti ffonio nathon nhw. Wel, nath un ohonyn nhw. Wedodd y llall ddim byd lot, ro'dd e'n edrych chydig bach yn sâl, t'mod…'

Edrychodd Mr C ar y garden a darllen yr enw, DC Aled Colwyn, gan ddyfalu'n anghywir mai cynllwyn gan Crandon oedd hwn i achub y blaen arno yn y frwydr am y gapteniaeth. Pe byddai Mr C yn gwybod y gwir – mai eisiau sgwrs am gael estyniad a heulfan i'w dŷ roedd DC Aled Colwyn – byddai pethau wedi bod yn wahanol, efallai.

Cyn anelu'r bêl i lawr am y twll cyntaf, taflodd Mr C garden DC Colwyn i'r bin. Yna haciodd a rhegodd ei ffordd o gwmpas y naw twll, tra aeth Iwan Lloyd ati i sicrhau un o'i sgôrs gorau erioed. Gyda Gari'n gwylltio fwyfwy o dwll i dwll, roedd hi'n hawdd i Iwan aros yn ddigynnwrf. Erbyn cyrraedd y lawnt olaf, roedd Gari Caradog fel yr Incredible Hulk, o ran gwylltineb a gwallgofrwydd. Roedd o leiaf ugain ergyd dros y safon, er na wnaeth drafferthu cyfrif ar ôl y pedwerydd twll.

Aethant o'r cwrs i'r ystafell newid, ac o'r fan honno i'w ceir i roi eu clybiau yn y bŵt, cyn mynd i'r bar am beint. Archebodd Iwan Lloyd ddau chwerw a chwpwl o chwisgis mawr, yn y gobaith y byddai hynny o help i leddfu stad feddyliol ei bartner. Ond, yn anffodus, roedd y bar yn llawn bwrlwm a sibrydion am ymweliad y ditectifs a'r lladradau, ac ar ôl clecio'i ddiodydd gadawodd Gari â phwysau'r byd ar ei ysgwyddau a Satan ei hun yn torheulo yng nghochni ei lygaid.

Dim Ateb

Llifodd dŵr y gawod dros Morgan, gan olchi baw, llwch a phaent y diwrnod o'i wallt, ei groen a holl hafnau ei gorff. Ond, er effeithiolrwydd y sebon wrth waredu'r bryntni, nid oedd yr Imperial Leather fawr o help i ddileu'r euogrwydd a deimlai'r cawr ar ôl diystyru syniad ei frawd.

Ar ôl i Prys rannu ei uchelgais â Mogs, ac ar ôl i Mogs yn ei dro chwerthin, ni ddywedodd ei frawd yr un gair arall wrtho weddill y ffordd adref o gartref y Cooks. Yn wir, pan gyrhaeddon nhw dŷ Prys, cefnodd ei frawd arno heb yngan yr un sill. Ac wedi meddwl yn ddwys am y peth, nid chwerthin am y *syniad* roedd Mogs, hyd yn oed, ond chwerthin am y ffaith nad oedd Prys wedi gwneud unrhyw ymdrech i ffeindio'i lwybr ei hun flynyddoedd yn ôl. Roedd y syniad yn gwneud synnwyr perffaith, wrth gwrs. Gyda'r amharch roedd Wncwl Gari wedi'i ddangos tuag atynt ar hyd y blynyddoedd, heb sôn am yr holl elw roedd e wedi'i wneud o ganlyniad i'w waith caled, ni fyddai'r brodyr yn teimlo'n euog o gwbl yn gadael ei gyflogaeth ac yn mynd ati ar eu liwt eu hunain.

Byddai'n rhaid i Mogs fynd i'w weld dros y penwythnos er mwyn ymddiheuro a datgan ei gefnogaeth iddo. Ac er nad oedd *angen* i Mogs newid dim ar ei fywyd, gan ei fod wedi hen gyflawni ei freuddwydion syml, gwyddai nad oedd Prys wedi dod yn agos at wireddu ei botensial. Efallai mai dyma'r ffordd iddo wneud yn iawn am ei holl gamgymeriadau a wynebu'r dyfodol â balchder. Gwyddai felly y byddai'n fodlon dilyn ei frawd petai'n penderfynu mentro, a byddai'n dweud hynny wrtho maes o law. Ond nid heno – roedd arno eisiau treulio ychydig o amser gyda Catrin yn awr…

Ar y gair, crwydrodd ei feddyliau a chaledodd ei goc heb fawr o anogaeth. Gyda sioe sleidiau triple-X o'i wraig yn fflachio y tu ôl i'w amrannau aeth ati i wastraffu llond cneuen o ddynol laeth, er nad oedd hynny'n broblem fawr gan nad oedd ei filwyr bach yn gwneud y job fel roedd hi. Fel pawb, byddai Mogs yn hoff o halio dros gylchgronau a'r rhyngrwyd pan fyddai'r cyfle'n codi, ond yn y gawod dim ond un ferch oedd yn serennu a Catrin oedd honno.

Teimlodd ei goesau'n clymu wrth iddo gyrraedd ei anterth, a defnyddiodd ei law dde i anelu'i lud yn ofalus i gledr agored ei law chwith, cyn cyrcydu a golchi'r alldafliad i lawr y twll yng nghornel y gawod. Wedi sicrhau bod y jizz wedi diengyd, golchodd ei ddwylo a'i gorff yn drylwyr unwaith eto, cyn gorffen gyda'i wallt a'i wyneb llyfn, oedd newydd ei eillio. Roedd wedi ymlacio'n llwyr nawr, ac yn edrych ymlaen at weld Catrin. Byddai nosweithiau Gwener yn reit wyllt, gan y byddai Catrin fel arfer wedi bod yn yfed spritzers ers amser cinio, ac yn ffrisgi tu hwnt erbyn cyrraedd adref.

Camodd o'r gawod a sychu'i hun, cyn rhwbio hufen lleithio dros ei ên, ei fochau ac o gwmpas ei geg. Gyda'r tywel wedi'i glymu o gwmpas ei becyn chwech, twtiodd ei wallt, cyn camu i'r ystafell wely a chael sioc ei fywyd wrth weld Catrin yn gorwedd ar y gwely yn aros amdano.

Result! meddyliodd, ond trodd wyneb ei wraig mewn amrantiad o fod yn gynnes i fod yn surbwch wrth iddi sylwi ar yr olion dannedd melynbiws oedd yn syllu arni o fron noeth ei gŵr. Roedd hi wedi ei ddal, a hynny ar ôl iddo fod mor ofalus yn cuddio'r cleisiau oddi wrthi ers y digwyddiad.

'Beth yw hwnna?!' bloeddiodd, gan godi o'r gwely i gael golwg agosach. 'Pwy nath hwnna i ti?' sgrechiodd wedyn, mewn ymateb i fudandod syn Morgan.

Ceisiodd Mogs ddweud rhywbeth i'w ddarbwyllo, ond nid oedd ei feddwl yn symud yn ddigon cyflym wrth i'w wraig weiddi arno.

'Ateb fi, Mogs! Ateb fi!' A chyda Morgan yn sefyll yno fel delw, cyd-gynllwyniodd hormonau ac emosiynau Catrin yn erbyn ei synnwyr cyffredin a dod i'r casgliad ei fod yn cael affair. Dechreuodd feichio crio, cyn i'r dyrnau ddechrau hedfan.

'Catrin! Catrin!' bloeddiodd Morgan. 'Dim beth ti'n feddwl yw e...'

Ond nid dyna'r ateb cywir.

'A beth *ydw* i'n 'i feddwl, Morgan? C'mon, dwêd 'tho fi!'

'Beth? Sai'n gw...' ceisiodd Mogs ateb gan wisgo'i ddillad ar yr un pryd.

'Pwy yw hi?! Pwy yw hi?!' gwaeddodd Catrin trwy'i dagrau, wrth i'w breichiau a'i dyrnau dasgu a chlatsio a bwrw'r marc.

'Neb, Catrin! Onest!'

Yna gorffennodd yr anhrefn mor gyflym ag y dechreuodd. Eisteddodd Catrin ar ochr y gwely, fel tasai'r ymdrech wedi'i threchu'n llwyr. Gwisgodd Mogs ei comfy pants a'i hoff hwdi, cyn penglinio o'i blaen, ei lygaid yn llawn edifeirwch a thosturi.

'Esbonia 'te,' sibrydodd Catrin, gan sychu ei dagrau â chefn ei llaw.

'Wel...' dechreuodd Morgan, cyn oedi ac ystyried y gwir. 'Wel...' ceisiodd eto, ond nid oedd modd parhau heb ddatgelu rhywbeth gwaeth. 'Wel...' ymdrechodd am y tro olaf, cyn i Catrin ei fwrw ar draws ei foch â llaw agored.

'Cer o 'ma, Morgan Caradog. A paid dod 'nôl tan bod ti'n gallu dweud y gwir wrtha i. Fi'n haeddu hynny o leia...'

Eureka!

Dafliad carreg o swyddfa heddlu Gerddi Hwyan, eisteddai DC Aled Colwyn ar fainc wedi'i gorchuddio â graffiti wrth lyn bach digon brwnt oedd yn gartref i oddeutu pymtheg o hwyaid amrywiol o ran siâp, lliw a llais. Roedd yr awyr uwchben yn dywyll, heb fod yn fygythiol, ac roedd yr awel dyner yn gwneud i'w wallt aflêr ddawnsio, ac yn help i dawelu'r anhrefn a fyrlymai yn ei ben. Trwy lygaid cochion, gwyliodd un o'r hwyaid yn ymosod ar becyn gwag o greision oedd yn arnofio ar wyneb y dŵr, gan gladdu ei phig a'r rhan fwyaf o'i phen yn y cwdyn er mwyn gwledda ar y briwsion blasus ar ei waelod. Yn ei law dde gorweddai brechdan tuna mayo ar ei hanner. Nid oedd wedi cyffwrdd ynddi ers deg munud bellach, felly rhwygodd y bara a'r cynnwys yn ddarnau mân a'u taflu i gyfeiriad yr hwyaid, gan achosi sgarmes ffrwydrol a barodd am bum eiliad. Yna, tawelwch. Ond doedd ei feddyliau ddim yn llonydd o bell ffordd.

Ni chafodd hanner digon o gwsg eto neithiwr, er nad oedd gan hynny ddim byd i'w wneud â'i blant am unwaith. Yr achos a'i cadwodd ar ddihun, a hynny oherwydd ei fod wedi'i drechu. Gorweddodd am oriau mewn tawelwch tywyll yn troi a throsi wrth i'w feddyliau ruthro o un lle i'r llall, heb gyrraedd unrhyw le penodol yn y pen draw. Ceisiodd weld a gwneud cysylltiadau a fyddai'n ei arwain ef a'i bartner at y lladron, ond methiant fu ei ymdrechion. Ni fu'r helynt yng nghartref Mr a Mrs Lewis o help i'r heddlu gan i'r lladron ddiflannu, dychwelyd i'w cuddfan a gadael i bethau dawelu. Wrth gwrs, codwyd gobeithion y ditectifs gan ddatgeliad Mrs Lewis fod y lleidr a darodd ei gŵr yn gwybod ei enw, ond nid arweiniodd y ffaith honno y ditectifs ar unrhyw lwybr o werth, dim ond at fwy o rwystredigaeth.

Roedd Crandon yn dal i fynnu cael canlyniad fyddai'n

plesio'r archwilwyr a ddaliai i lech-hela ar gyrion yr adran dditectifs. Roedd Col wedi datgelu'r gwir am y sefyllfa wrth Clements, gan fod hwnnw'n llawer mwy call a chytbwys ei ddisgwyliadau na'r bos. Dywedodd y dirprwy wrthynt am fod yn amyneddgar, i archwilio pob llwybr posib, ac os na fyddai'r lladron yn ymddangos eto o fewn wythnos, byddai yntau'n mynd at Crandon ac yn crybwyll y posibilrwydd o gau'r achos unwaith eto. Ac felly bu Col a Kingy trwy'r bore yn pori trwy'r ffeiliau, yn meddwl, yn ystyried, yn myfyrio a thrafod, yn pendroni a chwestiynu – y math o waith ditectif na chaiff fawr o sylw mewn cyfresi teledu neu mewn ffilmiau.

Aeth y ddau i'r clwb golff y diwrnod blaenorol i sgwrsio â rhai o'r enwau oedd wedi codi mewn cysylltiad â'r achos dros y blynyddoedd, ond ni chawsant unrhyw ddatgeliadau defnyddiol. Ac felly dyma fe'n eistedd yn y parc, heb sylwi ar ddau riant yn pasio wrth fynd â'u hefeilliaid am dro, bagiau tywyll o dan eu llygaid ond dwy wên lydan yn ymestyn dros eu gwefusau; na sylwi ar y trempyn yn piso mewn bin gerllaw. Yr unig beth a welai oedd y gwaith papur di-ben-draw oedd yn gysylltiedig â'r achos. Yr achos oedd ar ei feddwl yn barhaus bellach, a hyd yn oed ei deulu bach wedi'u gwthio i'r ymylon. Roedd Col yn falch o'i record fel ditectif ac anaml y byddai'n methu canfod darn o dystiolaeth neu gliw fyddai'n helpu'r achos. Ond y tro hwn fe deimlai fel petai wedi siomi'r adran, y bos, ei bartner a hefyd y dioddefwyr.

Aethai Col am ginio cynnar, gan adael DC King yn y swyddfa, yn palu trwy'r papurach. Gyda'r cloc yn tic-tocian tuag at ganol dydd, gallai Kingy weld bod Col yn ei chael hi'n anodd cadw'i lygaid ar agor, felly mynnodd ei fod yn mynd allan am ychydig o awyr iach. Ac er nad oedd ef ei hun wedi cael digon o gwsg y noson cynt chwaith, nid oedd gan hynny unrhyw beth i'w wneud â'r achos na'i deulu. Bai Lois, ei goncwest ddiweddaraf, oedd hynny – Lois a'i hoffter o handcuffs, gan mai peth anodd iawn oedd cysgu ac yntau wedi'i glymu wrth ben y gwely.

Gydag oferedd yr achos yn pwyso'n drwm ar ysgwyddau Aled Colwyn, lluchiodd weddillion ei frechdan i gyfeiriad yr hwyaid, cyn codi a dechrau cerdded. Nid oedd yn barod i ddychwelyd i'r swyddfa eto. Penderfynodd ymestyn ei goesau a mynd am dro ar hyd y gamlas, ond cyn iddo adael y parc hyd yn oed, canodd y ffôn yn ei boced.

'Beth ti moyn, Kingy?' gofynnodd yn flinedig. Ond wrth glywed y taerineb yn llais ei bartner pan atebodd, heb sôn am yr islif o gyffro, brasgamodd yn ôl i'r swyddfa a'i obeithion yn dechrau tanio unwaith eto.

* * *

'Beth sy 'da ti?' gofynnodd Col wrth gyrraedd y swyddfa, lle ffeindiodd ei bartner yn pwyso'n ôl yn ei gadair â gwên wybodus ar ei wyneb gwelw.

'Breakthrough. Fel wedes i ar y ffôn…'

'Ond beth sy 'da ti? Ti'n methu jyst dweud "breakthrough" a disgwyl i fi fod yn impressed. Ma angen rhywbeth pendant arnon ni. Rhywbeth concrete.'

Ni chredai am eiliad ei bod hi'n bosib i Kingy fod wedi gweld rhywbeth na welsai yntau yn yr achos, ond roedd gweld ei bartner ifanc yn eistedd yno'n gwenu fel ceffyl yn codi awydd ynddo i guro'r wybodaeth allan ohono. Eisteddodd gyferbyn â Kingy, yng nghysgod yr hysbysfwrdd lle roedd yr holl wybodaeth am yr achos. Roedd hwnnw'n chwithig o wag, a'r rheswm am hynny oedd proffesiynoldeb a hunanddisgyblaeth y lladron.

'Spill the beans,' mynnodd Col, gan geisio cuddio'r gwylltineb yn ei lais.

'OK,' dechreuodd Kingy, gan ystyried ei eiriau'n ofalus. 'Beth sydd gan bob incident yn yr achos yn gyffredin?'

Meddyliodd Col cyn ateb. 'Lot o bethau. Hen bobl. Golff. Swyddfeydd. Sêffs. Dim larymau. Dim anifeiliaid anwes…'

'Ti'n iawn, ond conservatory oedd yr ateb o'n i'n edrych amdano. Reit, cwestiwn nesaf. Beth yw'r unig gliw sydd gennym ni'r tro yma?'

'Bod y lladron yn adnabod Mr a Mrs Lewis,' atebodd Col heb oedi. Ar wahân i'r olion traed, dyna oedd yr *unig* beth pendant am yr achos.

'Yn gwmws. Nawr, pwy sy'n cael access i dai pobl? Actually, pwy sy'n cael *allweddi* i dai pobl?'

Meddyliodd Col am y cwestiwn, tra gwenai Kingy arno, gan fwynhau gweld ei bartner yn brwydro i ffeindio'r ateb cywir.

'Ti moyn cliw?'

'Fuck off, Kingy, ma hyn yn serious! Jyst dwêd 'tho fi.'

'OK, OK. Adeiladwyr yw'r ateb. Fel arfer, ma adeiladwyr yn cael allwedd i ba dŷ bynnag ma nhw'n gweithio ynddo, reit?'

Nodiodd Col ei gytundeb, er nad oedd wedi'i ddarbwyllo'n llwyr.

'So, pwy sy'n gyfrifol am y gwaith adeiladu ar yr holl dai sy'n rhan o'r achos yma?'

'Wel, ma enw Caradog Constructions wedi codi sawl gwaith yn ddiweddar, ond so hynny'n meddwl…'

Cododd Kingy ei law ac atal Col rhag parhau. Gwthiodd ddarn o bapur A4 i gyfeiriad ei bartner. Edrychodd Col ar y rhestr o enwau, cyfeiriadau a rhifau ffôn pob person neu gwpwl oedd wedi dioddef wrth law y lladron yn hanes yr achos.

'Fi 'di galw deg o'r rhifau yna ers i ti fynd am ginio. Cross section o bobl yn mynd reit 'nôl i'r lladrad cynta…'

'A?'

Gwenodd Kingy eto, cyn ateb. 'Wel, 'nes i ofyn dau gwestiwn i bob person siarades i ag e. Un, oes ganddyn nhw heulfan neu estyniad neu beth bynnag. Dau, pwy nath y gwaith adeiladu…'

'A?'

'Yr un ateb bob tro. Heulfan wedi'i hadeiladu gan Caradog Constructions.'

Tro Col oedd hi i wenu nawr. Ac er nad oedd yn gallu credu na wnaeth e feddwl am hynny ei hun, roedd e'n falch iawn o glywed am ddarganfyddiad ei bartner.

'Gwych. Blydi brilliant, Kingy!'

'Beth nesa?'

'Well i ni ffonio pob rhif ar y rhestr, jyst i wneud yn siŵr…'

'Ac wedyn?'

'Bydd angen cael gafael ar Mr Caradog, yn bydd. Chat fach, i weld beth sy 'da fe i'w ddweud…'

Newid Byd

Am unwaith, roedd Prys wedi cael cawod yn syth ar ôl dod adref o'r gwaith. Ni fyddai hynny'n digwydd yn aml iawn, gan fod y soffa a'r cwrw'n galw cyn gynted ag y cerddai i mewn fel arfer. Ond heno, ar ôl ymateb annisgwyl ei frawd i'w syniad o adael cyflogaeth eu hewythr, ceisiodd olchi'r holl emosiynau negyddol a deimlai i ffwrdd yn llif y gawod. Yn anffodus, wedi chwarter awr o sgrwbio a seboni, eillio ac ewynnu, roedd e'n dal i fod yn gandryll 'da'i frawd bach.

Lled-orweddai ar y soffa'n gwisgo'i hoff drowsus cyfforddus, crys-t glân yn arogli o'r awyr iach a chardigan dyllog oedd yn debycach i hen ffrind na dilledyn aflêr. O'i flaen ar y bwrdd coffi roedd hanner sbliff yn gorwedd yn y blwch llwch ac, wrth ei ochr, Pot Noodle blas cyw iâr a madarch yn stemio ac yn setlo. Y prif gwrs a'r pwdin, fel petai. Yn ei law roedd potelaid rewllyd o Bud, er nad oedd yn rhy hoff o'r neithdar pislyd Americanaidd. Hon oedd y botelaid olaf o'r ddau grât a brynodd y cwsmeriaid diwethaf cyn y Cooks i'r brodyr, ond roedd caniau'r Cooks yn oeri yn y rhewgell.

Roedd y *Simpsons* ar y bocs yng nghornel yr ystafell, er nad oedd Prys yn cymryd fawr o sylw o'r rhaglen gan ei fod wedi gweld y bennod o'r blaen, ddwywaith o leiaf.

Cododd i'w eistedd a gosod y botel ar y bwrdd, cyn bwyta'r Pot Noodle mewn munud neu ddwy. Gwyddai nad oedd swper o'r fath yn iachus, ond doedd dim gwadu'r ffaith ei fod yn flasus. Estynnodd y sbliff ond, cyn rhoi tân iddi, aeth i'r oergell i estyn can o lager, gan daflu'r Pot Noodle gwag i'r bin.

Dychwelodd.

Eisteddodd.

Taniodd.

Gorweddodd.

Smociodd.

Meddyliodd am Morgan yn bennaf. Neu, yn benodol, am *ymateb* Morgan i'w syniad cynharach. Roedd Prys yn casáu ei frawd o bryd i'w gilydd, ac roedd hynny'n wir yr eiliad hon. Ni fyddai'r teimlad yn para'n hir fel arfer, ond doedd dim osgoi'r emosiwn ar adegau fel hyn. Roedd gan ei frawd bopeth roedd Prys yn dymuno'i gael mewn bywyd – gwraig, cariad a phartner, heb sôn am gartref neis, swydd oedd yn cwrdd â'i uchelgais ac o leiaf un gwyliau tramor bob blwyddyn. Yn ystod cyfnodau o rydio mewn hunandosturi fel hyn, byddai Prys yn beio pawb – Wncwl Gari, Ceri, Mogs a'i rieni – am ei anhapusrwydd a'i ddiffyg boddhad o ran gyrfa a'i fywyd yn gyffredinol. Eto, yn y pen draw gwyddai mai dim ond un person oedd yn gyfrifol am ei anfodlonrwydd, a fe'i hunan oedd hwnnw.

Oedd, roedd e eisiau torri'n rhydd a gweld a allai lwyddo ar ei liwt ei hun, ond po fwyaf yr ystyriai hynny, mwyaf i gyd oedd yr amheuon. Yr unig beth roedd ei angen arno oedd cefnogaeth ac anogaeth, ond os nad oedd hynny'n dod o gyfeiriad ei frawd, doedd neb arall ganddo. Diflasodd hynny fe'n llwyr, ond cyn iddo gael cyfle i blymio'n ddyfnach i'w iselder, clywodd sŵn y drws ffrynt yn agor a cherddodd Morgan i mewn i'r lolfa.

Syllodd Prys i'w gyfeiriad, gan dynnu'n ddwfn ar y mwg, cyn gofyn:

'Be fuck ti moyn?'

'Honna, i ddechrau,' meddai Mogs, gan eistedd yn y gadair gyferbyn â'i frawd a chymryd y sbliff. Tynnodd yn hir arni, gan adael i'r mwg ei ymlacio. Yn amlwg, roedd y ffrae gyda Catrin wedi gadael ei marc ac roedd ei gorff yn glymau i gyd. Roedd ei ben ar chwâl, ond roedd hynny i'w ddisgwyl yn dilyn y fath helynt.

Gwyliodd Prys ei frawd yn smocio, cyn i gorff Morgan lacio

o flaen ei lygaid. Cofiodd gerdd a sgwennodd pan oedd yn ei arddegau, ar ddechrau ei berthynas gariadus â'r gwair:

Fi yw'r perlysfeddyg.
'Na i leddfu'r boen,
Gwaredu'r anghyfforddusrwydd,
Ymdreiddio i mewn i'r croen.

'Ma Catrin wedi cico fi mas,' datgelodd Morgan, gan wneud i ên ei frawd ddisgyn tua'r carped.

'Pam?'

'Pam ti'n meddwl?'

'Sai'n gwybod.'

'Y blydi marc dannedd 'na ar fy chest i! Welodd hi fi'n dod mas o'r gawod, a cyn i fi gael cyfle i'w guddio fe…'

'Fuck.'

'Ie. Fuck.'

'Beth wedodd hi?'

'A'th hi'n nuts. Gweiddi. Bwrw fi. Slapo fi. Gofyn pwy oedd hi…'

'Pwy oedd pwy?'

'Y ferch…'

'Pa ferch?'

'Yn gwmws. Does dim merch. Ma Catrin yn meddwl bod fi'n cael affair, yn dyw hi. Meddwl bod rhyw ferch wedi cnoi fi…'

Nodiodd Prys ei ben, gan ystyried y wybodaeth. 'Wel, ma hynny'n well na'r gwir, nag yw e?' gofynnodd, er y gallai weld yr ateb yn llygaid ei frawd cyn i hwnnw agor ei geg.

'Na, Prys. No fuckin' way! 'Na pam fi fan hyn…'

'O'n i'n meddwl bod ti 'di dod draw i ymddiheuro,' meddai Prys, gan gofio'i fod yn dal yn grac.

'Wel, hynny 'fyd. A fi'n dweud y gwir, fi gyda ti all the way os ti really eisiau gadael Wncwl Gari.'

Gwenodd Prys wrth glywed hynny, ond daeth hi'n amlwg yn fuan iawn nad oedd Morgan yn mynd i oedi'n hir ar y pwnc yn awr.

'Ond ma hwn braidd yn bwysicach, so ti'n meddwl?'

'Beth sy'n bwysicach?'

'Fy mhriodas i.'

'O, iawn. O'n i'n meddwl am eiliad bod ti'n mynd i ddweud y gwir wrth Catr…'

''Na'n *gwmws* beth fi'n dweud, Prys. Sdim dewis 'da fi.'

'No way, Mogs. Ti'n methu.'

'Sdim dewis 'da fi,' ailadroddodd Morgan.

'Ond…'

'Mae hi'n meddwl mod i'n cael affair! Mae hi 'di cico fi mas! A no way bod fi'n colli Catrin dros hwn.' Tarodd ei fron â'i ddwrn de i ddynodi lleoliad olion dannedd Mr Lewis. 'Prys, sdim dewis 'da ni. Ma'n rhaid i fi…'

Crynfa

Daeth yr alwad am chwarter i wyth y bore, tra oedd DC Aled Colwyn wrthi'n rhoi brecwast i'w blant. Cheerios i Cian, Coco Pops i Gwen a Siani a digon o sudd afal i lenwi pwll padlo. Roedd pawb mewn hwyliau da (yn dilyn noson ddiddrama) a Col yn edrych ymlaen at ddiwrnod yng nghwmni ei deulu bach. Gyda'r haul yn codi dros yr ardd gefn, roedd ymweliad â'r parc yn anochel, yn ogystal â chinio yn McDonald's a thrip i'r traeth yn y prynhawn efallai. Ond newidiodd yr alwad bopeth – nid yn unig ei gynlluniau teuluol, ond hefyd naws a natur yr ymchwiliad.

Wedi derbyn cadarnhad dros y ffôn gan yr holl bobl a ddioddefodd wrth law y lladron fod ganddynt estyniad neu heulfan yn eu cartrefi ac mai Caradog Constructions oedd wedi gwneud y gwaith, penderfynodd Col a Kingy adael i bethau setlo dros y penwythnos cyn ailafael yn yr achos fore Llun, a holi Gari Caradog tan y byddai pob darn o'r jig-sô yn llithro i'w le. Wedi'r cyfan, â'r lladron wedi diflannu yn dilyn yr helynt yn nhŷ Mr a Mrs Lewis, doedd dim perygl y byddai unrhyw beth yn digwydd dros y penwythnos. Ar ben hynny, roedd Crandon a Clements wedi gadael y swyddfa erbyn iddynt orffen eu galwadau'r noson cynt, felly doedd neb, ar wahân i Col a Kingy, yn gwybod am y datblygiad diweddaraf hwn.

Gwrandawodd Col yn astud ar eiriau'r sarjant ar ddyletswydd, cyn diolch iddo a mynd yn syth i fyny at Angharad, oedd yn cysgu'n braf, ei bochau braidd yn flotiog, fel y byddent ar ddechrau pob dydd. Eisteddodd ar ochr y gwely a'i hysgwyd yn dyner tan ei bod yn dechrau dihuno. Mwmiodd a grwniodd ei wraig ei gwrthwynebiad, ond nid oedd unrhyw beth arall y gallai Col ei wneud – roedd yn rhaid iddo adael, a hynny ar unwaith.

'Gad fi fod, Al, fi'n cysgu,' cwynodd Angharad, heb agor ei llygaid.

'Sori, calon, ond rhaid i fi fynd…'

Agorodd ei llygaid wrth glywed hynny, ac edrych ar ei gŵr gan ddisgwyl y gwaethaf.

'Pam? Beth sy 'di digwydd?'

'Ma nhw 'di ffeindio corff. Yn nhŷ Gari Caradog. Ti'n gwybod, y boi o'n i'n sôn amdano neithiwr…'

'Ydw, y number one suspect.'

'Yn gwmws.'

'Corff pwy?'

'Ei wraig.'

'Shit.'

'Ie. So… ma'n…'

'Fi'n gwybod.'

Cusanodd Col ei wraig ar ei thalcen, gan ddiolch ei bod hi'n deall y drefn, er bod y siom yn amlwg yn ei llygaid.

Gwisgodd Col ei lifrai – siwt lwydlas a chrys hufenwyn heb dei – wrth i'w wraig ymlusgo'n araf o'i gwâl ac estyn ei gŵn nos o'r bachyn y tu ôl i'r drws. Heb frwsio'i ddannedd na'i wallt, nac eillio, dychwelodd Col at y triawd, oedd bellach wedi gorffen eu grawnfwyd ac yn bochio i mewn i afal yr un. Gwisgodd ei esgidiau yn eu cwmni, cyn cusanu ei blant a gadael ei gartref, a'i ben yn troelli diolch i'r datblygiad annisgwyl diweddaraf.

* * *

Am 08:21 cyrhaeddodd Col Ystad y Castell ar ochr ddwyreiniol Gerddi Hwyan. Roedd y ffordd fel ffair, a mwy o geir yno'r bore hwnnw nag y gwelsai'r lle ers parti priodas ruddem y Kemps rai blynyddoedd yn ôl. Roedd fan SOCO yno'n barod, ynghyd â dau gar heddlu a llu o geir eraill yn perthyn i'r swyddogion amrywiol a gawsai'r alwad. Parciodd Col rhyw hanner canllath o Casa Caradog, mor agos ag y gallai at leoliad y drosedd. Sylwodd nad oedd car DC King yno, ond doedd hynny ddim yn ei synnu, gan gofio mai bore Sadwrn oedd hi. Cerddodd tuag at y tŷ ffug-Sioraidd crand, gan basio ambell wyneb cyfarwydd ar y ffordd. Cyn cyrraedd y drws ffrynt, clywodd lais ei bartner yn ei alw, a throdd i weld Kingy yn cerdded tuag ato, sigarét yn hongian o gornel ei geg, can o Red Bull yn ei law a'i groen mor welw â Robert Smith.

'Iawn?' gofynnodd Col, er bod yr ateb yn reit amlwg.

'Dal yn pissed,' sibrydodd Kingy, gan daflu'r stwmp i glawdd cyfagos.

'Wel, fi'n siŵr bydd hyn yn dy sobri,' meddai ei bartner ac i mewn â'r ddau trwy'r drws ffrynt, ar drywydd y newyddion gwaethaf.

Y person cyntaf iddynt ei weld oedd Quincy, patholegydd Swyddfa Gartref Heddlu De Cymru. Bos y bois fforensig, hynny yw. Dyn difrifol oedd Quincy, gŵr yn ei bumdegau yn gwisgo siwtiau cordyrói a chlytiau lledr ar ei penelinoedd, ac yn smocio pib. Roedd ei ben mor foel ag un Telly Savalas a'i sbectol fel chwyddwydrau yn gwneud i'w lygaid ymddangos yn llawer rhy fawr i'w ben. Nid oedd yn hoff o fân siarad ond roedd ei waith o'r safon uchaf. Er bod ei lysenw braidd yn amlwg, roedd yn addas iawn o wybod mai ei enw iawn oedd Quentin, heb anghofio ei alwedigaeth broffesiynol.

'DC Colwyn. DC King.' Cyfarchodd y ditectifs yn dawel, yn unol ag enbydrwydd y sefyllfa.

'Quincy,' atebodd Col, gan fod Kingy'n ei chael hi'n anodd siarad. 'Ble ma'r corff?'

'Yn yr ysbyty…'

'*Ysbyty?*'

'Ie.'

'Blydi hel, chi'n gweithio'n gyflym bore 'ma…'

'Ro'dd rhaid. Do'dd hi braidd yn anadlu pan gyrhaeddodd yr ambiwlans, a so hi lot gwell nawr…'

'Beth? So hi 'di marw?'

'Naddo. Pam? Pwy ddywedodd 'ny wrthot ti?'

'Sdim ots,' meddai Col, yn llawn rhyddhad. Doedd dim byd gwaeth na delio â llofruddiaeth. 'Fi nath gamddeall, mae'n siŵr. So, beth yw ei chyflwr – stable, critical?'

'Ma hi mewn coma, 'na gyd dwi'n gwbod. Ro'dd hi wedi mynd pan gyrhaeddes i. Ond ma hi'n fyw, sy'n wyrth o ystyried y siâp oedd arni pan ffeindiodd partner golff Mr Caradog hi'r bore 'ma…'

'Lle ma fe?'

'Wedi diflannu…'

'Na, na, dim y gŵr. Y partner golff.'

'Ma fe mas yn un o'r fans. Gath e sioc a hanner, chwarae teg. Ma un o'r iwnifforms yn cymryd statement ganddo fe nawr.'

'Kingy, cer mas i'r fan a gwna'n siŵr nad yw'r boi 'ma, y partner golff, yn gadael cyn i fi gael gair…' Ac i ffwrdd aeth DC King, yn falch o gael dychwelyd i'r awyr iach. Trodd Col yn ôl at Quincy. 'Reit 'te, run me through it…'

Yn unol â'i gais, arweiniodd y patholegydd DC Colwyn trwy'r tŷ crand, o'r drws ffrynt trwy'r gegin, ac wedyn trwy'r estyniad ar ben estyniad ar ben estyniad, cyn cyrraedd y pwll nofio dan do, y jacuzzi a'r gampfa reit yng nghefn y plasty. Wrth droedio Casa Caradog, roedd un cwestiwn yn codi ac yn atseinio ym mhen Col o hyd, sef, o ystyried cyfoeth amlwg Gari Caradog, pam yn y byd y byddai e'n dwyn oddi wrth ei gyfoedion a'i ffrindiau? Ond roedd yr ymosodiad ar ei wraig yn fater hollol ar wahân, gwyddai Col hynny'n reddfol.

Wrth ymyl y pwll roedd dau swyddog SOCO wrthi'n archwilio'r safle â'u hoffer. Nodiodd Col arnynt i'w cyfarch, cyn i Quincy ddechrau esbonio.

'Yma ffeindiodd Mr Lloyd hi…'

'Y partner golff?'

'Yn gwmws. Ro'dd hi'n gorwedd fan hyn.' Pwyntiodd at amlinell sialc wrth ochr y pwll nofio, â gwaed yn dynodi lle bu ei phen yn gorwedd, gan ddal i ddiferu i'r pwll cochlyd ei liw, oriau ar ôl yr ymosodiad. 'Mae'n rhyfeddod ei bod hi'n dal yn fyw gan ei bod hi'n amlwg wedi cael ei thynnu o'r pwll gerfydd ei gwallt…'

'Sut y'ch chi mor siŵr?'

'Dau reswm: un, achos ei bod hi'n dal i wisgo'i gwisg nofio; a dau, achos bod ni 'di ffeindio'i gwallt wedi'i dynnu o'r gwraidd ym mhobman,' esboniodd Quincy'n araf, a'i anadlu trwynol yn bradychu ei ddiffyg amynedd. Nid oedd yn hoff o gael ei gwestiynu, ond ar yr un pryd, gwyddai mai dyna, yn y bôn, oedd dyletswydd DC Colwyn. 'Roedd ei hwyneb yn debycach i fetys o ran lliw, a'i bochau a'i thalcen wedi chwyddo gymaint gan gleisiau fel nad oedd modd gweld ei llygaid yn iawn. Ni 'di casglu rhai o'i dannedd oddi ar y llawr, ac roedd marciau bwcl gwregys dros ei chorff…'

'Jesus,' oedd yr unig beth a ddaeth o geg Col wrth iddo syllu ar y lluniau a ddangosodd Quincy iddo ar ei iPad.

'Ar ben hynny, roedd hypothermia arni pan gyrhaeddodd yr ambiwlans – gwefusau glas, calon braidd yn curo, corff yn cau lawr – sy'n awgrymu i'r ymosodiad ddigwydd o leiaf wyth awr cyn i Mr Lloyd ffeindio'r corff…'

'Jesus,' ailadroddodd Col, gan ysgwyd ei ben a syllu ar y man lle ffeindiwyd corff Ceri Caradog. 'Beth am y gŵr?'

'Long gone. Galle fe fod unrhywle erbyn hyn. Gafodd e o leiaf wyth awr o head start, yn do fe. Yn ôl un o'r iwnifforms, ma llanast llwyr lan stâr. Ti'n gwbod, dillad dros y lle i gyd. Ro'dd e ar frys i adael, mae'n rhaid. Mae 'i gar e wedi mynd a dywedon nhw fod galwad wedi mynd mas i bob rhanbarth ym Mhrydain yn ystod yr awr ddiwethaf, yn nodi ei rif cofrestru. Dylse rhywun gael gafael arno fe'n reit glou…'

'Pam felly?'

'Rhif cofrestru ei gar yw bravo, one, golf, charlie…'

'Big C?'

'Big C.'

Gwenodd y ddau ar ei gilydd, cyn i Col ofyn:

'Unrhyw beth arall?'

'Dim really. Domestic yw hwn, Col. Domestic difrifol, heb os, ond domestic. Dim byd mwy, dim byd llai.'

'Bollocks!' ebychodd Col, cyn cofio'i gwrteisi. 'Gyda phob parch, Quincy, attempted murder sy 'da ni fan hyn. Ma'r ffaith bod e 'di rhedeg yn brawf o hynny…'

*　*　*

Ymlwybrodd Col yn ôl trwy'r tŷ, gan edrych o'i gwmpas ar gyfoeth amlwg y Caradogs. Roedd y gampfa a'r pwll nofio yn anhygoel, wrth gwrs, ond byddai Angharad yn fwy eiddigeddus petai'n gweld y gegin, oedd yn fwy o ran maint na llawr gwaelod cyfan eu cartref nhw. Gyda'r arwynebau gwaith gwenithfaen, yr ynys yng nghanol y llawr, y llechi tywyll o dan draed a'r oergell Smeg anferthol, nid oedd Col yn gallu dechrau dychmygu faint oedd gwerth y lle. Cafodd bip ym mhob ystafell ar y llawr gwaelod – yr ystafell golchi dillad, y toiled, y swyddfa, y lolfa, yr ystafell fwyta a hyd yn oed y cwtsh dan stâr. Ble bynnag yr edrychai, roedd yr hyn a welai'n bloeddio arno nad oedd rheswm i Gari Caradog ddwyn oddi wrth neb, gan ei fod mor amlwg gefnog.

Aeth Col allan o'r tŷ ac i lawr y dreif, gan ffeindio Kingy'n smocio wrth un o'r faniau ac yn edrych ychydig bach yn well. Wrth ei ochr, yn eistedd ar y wal, roedd boi barfog yn ei bumdegau a edrychai'n welwach na Kingy, er nad alcohol oedd ar fai. Roedd Iwan Lloyd yn smocio hefyd, a sylwodd Col fod ei ddwylo'n crynu'n wyllt wrth iddo godi'r Regal King Size at ei geg.

Nodiodd Kingy at y dyn a ffeindiodd gorff Mrs Caradog, gan wahodd Col i gymryd yr awenau.

'Mr Lloyd?' gofynnodd Col, er mai rhethregol oedd ei ymholiad. 'Fi yw DC Aled Colwyn, a chi 'di cwrdd â fy mhartner, DC Richard King, yn barod.'

Edrychodd Iwan ar Col, gan nodio'n fud ac yn araf.

'Nawr, fi'n gwybod bo chi 'di rhoi statement i'r iwnifforms, ond dwi eisiau i chi ddweud popeth wrtha i nawr, o'r foment y cyrhaeddoch chi'r bore 'ma…'

Unwaith eto, nodiodd Iwan, cyn anadlu'n ddwfn, rhoi trefn ar ei feddyliau a dechrau. Ac er bod ei fudandod cychwynnol yn peri pryder i Col, roedd ei fonolog yn fanylach o lawer nag roedd e'n ddisgwyl.

'Chwaraeais i rownd gyda Gari neithiwr… golff, hynny yw… ni'n hen, hen ffrindiau. Ro'dd e'n grac neithiwr… sai'n gwybod pam… cyfuniad o bethe fi'n meddwl… capteniaeth y clwb… ditectif o'r enw Crandon, chi siŵr o fod yn 'i adnabod e. Ma Gari'n 'i gasáu e, wastad wedi… pob parch, ma'r boi yn dwat, ma hynny'n amlwg i bawb lan yn y clwb. Ta beth, ro'dd posteri Crandon dros y clwb, hyd yn oed ar locer Gari… collodd e hi'n llwyr, dyrnu'r locer, rhwygo'r posteri off y wal… ond 'na fel ma Gari wastad wedi bod… crac, byrbwyll, gwyllt. Ro'dd e'n arfer cymryd steroids pan fydde fe'n codi pwysau, ond so'r mŵd swings erioed wedi pylu. Ta beth, gath e rownd wael uffernol – nath hynny ddim gwella'i hwyl – ac ar ben hynny clywodd e bod rhyw heddwas wedi bod yn gofyn amdano fe… ac wrth gwrs, nath hynny fe hyd yn oed yn fwy crac. Ar ôl y rownd, aethon ni am beint yn y nineteenth, ond ro'dd pawb yn sôn am yr heddlu 'ma a'r lladradau ac a'th Gari adref yn go glou. End of story, yn tyfe. Naethon ni drefnu i chwarae bore 'ma ac fe gyniges i bigo fe lan… bydda i'n gwneud o bryd i'w gilydd, gan mod i'n gyrru heibio fan hyn ar y ffordd i'r clwb…'

Oedodd Iwan, gan gynnau sigarét arall, fel tasai rhan nesaf yr hanes yn anodd iawn i'w hadrodd. Gwyliodd Col a Kingy ei ddwylo'n crynu, ac ar ôl iddo lenwi'i ysgyfaint gwpwl o weithiau, roedd yn barod i barhau.

'Gyrhaeddes i 'ma jyst wedi saith… ni'n lico bod mas ar y cwrs cyn i'r fogies a'r menywod gyrraedd, ch'wel… ond ro'n i'n gwybod bod rhywbeth o'i le pan barces i fan hyn…' Cyfeiriodd at ei gar, BMW Z3 coch, oedd wedi'i barcio y tu allan i ddreif y Caradogs. 'Do'dd car Gari ddim yma i ddechrau, ac roedd y drws ffrynt ar agor led y pen… y peth cynta feddylies i oedd lladrad. Wedi'r cyfan, ma pawb wedi bod yn siarad am y lladradau rownd 'ma… felly mas â fi ac estyn fy eight iron o'r bŵt… sai'n gwybod pam nawr, ond ro'dd angen *rhywbeth* arna i cyn mynd mewn i'r tŷ…'

Oedodd eto, gan dynnu'n galed ar y mwg. Syllodd ar y llawr, cyn canfod y nerth i orffen ei stori erchyll.

'Mewn â fi'n dawel bach… o'n i'n disgwyl y gwaetha, ond ddim mor wael â'r hyn ffeindies i chwaith… ro'n i'n disgwyl gweld Gari yno 'fyd, er bod hynny'n ridiculous nawr, wedi meddwl am y peth. Es i trwy'r tŷ… o'n i'n cachu pants, yn amlwg, ond 'mlaen â fi nes cyrraedd y pwll a ffeindio Ceri. Ro'n i'n meddwl bod hi 'di marw i ddechrau… 'nes i gymryd pyls a teimlo curiad ei chalon… jyst. Sai 'rioed wedi gweld y fath lanast ar neb… ac o'n i'n arfer bocsio pan o'n i'n ifanc. 'Nes i dreial cofio beth chi fod neud… chi'n gwybod, rhyw gwrs first aid o'n i 'di mynychu flynyddoedd yn ôl… ond do'dd dim byd allen i neud, ar wahân i ffonio ambiwlans. O ie, a hôl blanced er mwyn ceisio'i chadw hi'n dwym… ro'dd 'i gwefusau hi'n las, a fi 'di gweld digon o *Holby* i wybod beth yw hypothermia…'

'Yn ôl y patholegydd, naethoch chi achub ei bywyd hi

trwy roi blanced drosti,' meddai Col yn gelwyddog, gan ei fod eisiau codi calon Mr Lloyd, â'r profiad erchyll yn amlwg wedi cael cymaint o effaith arno.

Edrychodd Iwan ar y ditectif, gan nodio, er nad oedd modd darllen ei deimladau mewn gwirionedd.

'Ro'dd hi mor oer…' dechreuodd, er nad aeth y frawddeg i unlle. Yn hytrach, newidiodd gyfeiriad cyn dechrau parablu. 'Fi 'di clywed sibrydion am Gari… chi'n gwybod, yn cam-drin ei wraig a stwff… ond do'n i erioed wedi dychmygu fod y storïau'n wir… neu o leiaf ddim mor wael â hyn…'

Tawelodd eto, a thagu'r sigarét o dan sawdl ei esgid.

'A fi'n gwybod mod i'n ei fradychu wrth ddweud y pethe 'ma wrthoch chi… ond ar ôl gweld y llanast ar Ceri… sy'n ffwc o ferch neis, hoffwn i ychwanegu, sai'n teimlo unrhyw deyrngarwch ato fe bellach… y bastard, ma fe'n haeddu carchar am hyn… os nad gwaeth…'

Edrychodd Col ar Kingy wrth glywed geiriau olaf Iwan Lloyd.

'Cwpwl o gwestiynau, Mr Lloyd…'

'Wrth gwrs.'

'O's ganddyn nhw blant o gwbl?' Rhaid oedd gofyn, er nad oedd Col wedi gweld unrhyw dystiolaeth – ffotograffau ac ati – yn y tŷ.

'Na. Dim plant. Perthynas reit… reit… anghonfensiynol sydd ganddyn nhw. Ma Gari rhyw ugain mlynedd yn hŷn na Ceri… do'dd 'i rhieni hi ddim yn hapus am y peth i ddechrau… a dweud y gwir, sai'n gwybod beth yw'r sefyllfa erbyn hyn.'

'A beth am weithwyr Caradog Constructions? O's ganddo fe griw mawr yn gweithio iddo fe?'

'Na, na, dim o gwbl. Jyst cwpwl o fois. Ei neiaint, fel mae'n digwydd. Prys a Morgan Caradog, ond sai'n gwybod ble ma nhw'n byw chwaith…'

'Dim problem,' atebodd Col, gan nodi eu henwau yn ei lyfryn bach. 'Chi 'di bod yn help mawr. Diolch.'

Gadawodd y ditectifs Mr Lloyd yng ngofal yr iwnifforms, a cherdded at y tŷ.

'Beth nawr?' gofynnodd Kingy, oedd eisoes yn gwybod nad dychwelyd i'r gwely na mynd i'r dafarn fyddai'r ateb.

Ystyriodd Col eu hopsiynau. Un, hela Gari Caradog; dau, ymwel â Ceri Caradog yn yr ysbyty, er nad oedd yn siŵr beth fyddai hynny'n ei gyflawni; tri, dal i chwilio am y lladron, gan nad oedd yn credu am eiliad mai Mr Caradog oedd yn gyfrifol am y lladradau; pedwar, edrych am gliwiau yn y tŷ, yn enwedig yn swyddfa Mr Caradog; pump, chwilio am neiaint Mr Caradog, i weld beth fyddai ganddynt i'w ddweud am y lladradau.

Ond cyn iddo gael cyfle i benderfynu, gwelodd Crandon a Clements yn cerdded tuag atynt dros ysgwydd dde ei bartner. Roedd Crandon yn gwisgo dillad oedd yn groes rhwng rhai clown a chymeriad Albanaidd Russ Abbot, er mai'r clwb golff oedd ei gyrchfan, yn hytrach na pharti plant neu Pitlochry. Ar y llaw arall, gwisgai Clements ei siwt orau, â rhosyn gwyn dros ei galon, yn awgrymu ei fod ar ei ffordd i briodas pan dderbyniodd alwad y bos. Roedd gwên anaddas o lydan ar wyneb Crandon, gan ategu honiad cynharach Iwan Lloyd, tra bod golwg o chwithdod llwyr ar wyneb ei ddirprwy.

'Syr. Syr,' cyfarchodd Col a Kingy yr uwchswyddogion, er nad oedd yr un o'r ddau'n gallu dychmygu pam eu bod nhw yno.

'DC Colwyn. DC King,' gwenodd Crandon. 'Felly dyma ni 'te, diwedd Gari Caradog…'

'Y… dim cweit, syr,' atebodd Col yn ofalus wrth iddi wawrio arno mai dod yma i lawenhau oedd prif amcan yr arweinydd. 'Ma Mr Caradog wedi dianc ar ôl hanner lladd ei wraig…'

'Fi'n gwybod hynny,' meddai Crandon, wrth i'r wên ledaenu ymhellach.

'Ydych chi eisiau gweld tu mewn i'r tŷ?'

'Na, na,' wfftiodd y pennaeth. 'Dim ond dod yma i neud yn siŵr bod neb wedi gwneud camgymeriad...'

Yr Adladd

Gyda'i ddyrnau coch yn dychlamu, ei galon ddu yn carlamu a'r niwl yn araf godi, eisteddodd Mr C ar y llawr wrth gorff llonydd ei wraig – y corff a dynnodd o'r pwll nofio gerfydd ei wallt rhyw bum munud ynghynt, y corff a gurodd i ebargofiant gan ddefnyddio cyfuniad creulon o'i gyhyrau cadarn a bwcl dur ei wregys lledr.

Nid oedd yn gallu edrych arni. Ond er hynny, gwyddai fod nodweddion ei hwyneb yno – ei thrwyn smwt, ei llygaid glas a'i dannedd gwynion – un ai ar goll o dan yr ymchwydd neu ar wasgar ar hyd y llawr. Syllodd ar y dŵr mewn llesmair llwyr, gan ymgolli yn y crychdonnau cynnil. Roedd ei feddwl yn wag. Yn llonydd. Nid oedd e'n gallu cofio pam y dechreuodd ymosod ar ei wraig. Nid oedd modd gwybod pa mor hir y parodd y gorffwylltra. Oriau? Munudau? Eiliadau? Doedd dim ots. Os nad oedd hi wedi mynd yn barod, roedd hi ar ei gwely angau.

Trodd i edrych arni nawr. Ar ei gampwaith. Ar ei gywilydd. Roedd ei chroen yn gyfuniad o liwiau bellach – glas, du, porffor – tra rhoddai'r gwaed a orchuddiai ei chorff naws fideo ffiaidd i'r olygfa.

Yng ngolau isel yr ystafell, gwyddai Gari Caradog ei fod wedi mynd yn rhy bell y tro hwn. Er hynny, ni theimlai'n edifar. Os teimlai rywbeth, rhyddid oedd hwnnw. Dylai fod wedi gwneud hyn lawer cynt, meddyliodd. Gwenodd ar hynny. Ar ei greulondeb. Ar ei sicrwydd eithafol. Yn y gorffennol, byddai'n difaru ar unwaith, a cheisio sicrhau maddeuant. Ond nawr, â hi'n gelain, fwy na heb, gwyddai Gari nad oedd maddeuant yn opsiwn y tro hwn ac felly doedd dim pwynt edifarhau.

Yr unig opsiwn oedd ganddo nawr oedd dianc. Ffoi. Ffwcio o 'na. A hynny ar frys. Gwyddai, wrth gwrs, y byddai'r heddlu'n dod ar ei ôl, ond fel ei arwr, Andy McNab, doedd Mr C ddim yn mynd i ildio i neb. Nid heb frwydr, ta beth. Edrychodd ar ei oriawr. Roedd hi'n tynnu am ddeg o'r gloch. Gydag Iwan yn galw amdano'n gynnar yn y bore rhaid oedd diflannu. I'w feddwl daeth rhestr o bethau y byddai'n rhaid iddo'u gwneud a'u casglu cyn gadael – golchi, newid, pacio, pasport. Cyn hynny, trodd at ei wraig, gosod pen-glin bob ochr iddi a syllu ar ei hwyneb cleisiog. Gwenodd. Cofiodd am y cyffro ar ddechrau eu perthynas – y rhyw a'r gwefrau nwydwyllt, heb sôn am yr awch o berygl gwaharddedig – ond ni allai gofio unrhyw hapusrwydd. Ddim go iawn. Caeodd ei ddwylaw am ei gwddf, ond cyn dechrau gwasgu daeth i'r casgliad ei bod hi eisoes wedi trengi. Doedd dim pyls yn curo o dan ei gên a dim anadl yn dianc o'i cheg na'i thrwyn. Poerodd yn ei hwyneb, cyn codi a'i gadael yno'n gorff.

Wedi diffodd golau'r pwll, aeth i'r ystafell gawod yn gyntaf er mwyn golchi'r gwaed oddi ar ei gorff. Tynnodd ei ddillad gwlyb a'u taflu ar lawr, cyn sgrwbio a sgwrio nes bod ei liw naturiol yn dychwelyd. Yna aeth i'r gegin i lenwi bag yn llawn byrbrydau a dŵr – barrau egni, creision, KitKats, ffrwythau ac ati. O'r gegin i'r cwtsh dan stâr, i estyn ei esgidiau cerdded a'i ddillad glaw, ac yna i fyny'r grisiau i lenwi gwarfag cerdded mawr â dillad. Aeth trwy'r dillad fel dyn gwyllt, gan adael llanast difrifol ar ei ôl. Gwisgodd ddillad cyfforddus ar gyfer y daith, cyn oedi ar y landin er mwyn ceisio meddwl am unrhyw beth arall y byddai ei angen arno. Dim byd o bwys, dim ond eilliwr, deodorant a brws dannedd.

I'r swyddfa nesaf i estyn ei basport a rhyw fil o bunnoedd mewn arian parod o'r sêff. Wedi gwisgo pâr o esgidiau rhedeg, aeth at y drws ffrynt a chamu i lawr y dreif gan gario'i eiddo ym mhob llaw. Edrychodd o gwmpas yr ystad, heb weld yr un enaid byw. Dyna un o brif fanteision byw ar yr un stryd â llwyth o bensiynwyr. Datglôdd ei gar, ac wrth agor y bŵt sylwodd ar y rhif cofrestru. Syllodd ar y rhif. Gwenodd. Yna trodd ei sylw at gar Ceri. Ystyriodd ei opsiynau, ac yna cofiodd am blatiau gwreiddiol ei gar, fu'n gorwedd ar silff yn y garej yn casglu dwst ers blynyddoedd lawer.

Wedi gosod ei fagiau yn y car, dychwelodd i'r tŷ ac aeth yn syth i'r garej. Estynnodd sgriwdreifer Phillips o'r blwch a gafael yn y platiau cofrestru. Chwythodd arnynt i gael gwared ar y dwst a sylwi ar y cwpwrdd yng nghornel pella'r modurdy, y cwpwrdd oedd yn gartref i'r gwn. Gwenodd wrth estyn allwedd y clo o'r bachyn wrth y drws, ac mewn amrantiad roedd y gwn yn ei afael a Gari Caradog yn teimlo hapusrwydd llwyr yn tonni drosto. Archwiliodd y gwn i wneud yn siŵr nad oedd y mecanwaith wedi rhydu dros y blynyddoedd. Ceisiodd gofio'r tro diwethaf iddo afael ynddo, ond ni allai fod yn siŵr. Blynyddoedd, yn hytrach na misoedd. Cododd y gwn a chau un llygad, gan anelu at y gelynion dychmygol oedd yn llechu yn ei gof. Gwenodd. Yna cododd focs o fwledi a chario'r gwn yn ôl i'r cyntedd a'i osod yn ofalus mewn gwarfag bychan oedd yn cynnwys ei waled, ei basport, ei arian a manion eraill dibwys.

Allan i'r nos unwaith eto, â'r platiau cofrestru o dan ei gesail. O fewn munudau roedd rhifau cofrestru gwreiddiol y car wedi'u gosod yn eu lle. Dyfalodd Gari'n gywir y byddai'r heddlu'n chwilio am ei gar ac arno'r rhif preifat. Yn lle storio'r rhifau 'B1G C' yn y garej, lle byddai'r heddlu yn siŵr o'u ffeindio maes o law, penderfynodd eu rhoi yn y bŵt, er mwyn cael mwy o gyfle i ddianc.

Dychwelodd i'r tŷ unwaith eto, a gafael yn y gwarfag bach a'r het wlân o'r cwtsh dan stâr. Pisodd, ac yna gadael Gerddi Hwyan, er nad oedd ganddo syniad i ble byddai'n mynd. Yn ei gyffro, anghofiodd gau drws ffrynt ei gartref, beddrod ffug-Sioraidd ei ddiweddar wraig…

Y Gwir o Geg y Godinebwr

Gyda haul y bore'n ymdreiddio'n wanllyd i'r ystafell wely, gorweddai Catrin ar ei chefn yn y gwely maint brenin, a deimlai mor wag heb gorff swmpus ei gŵr wrth ei hochr. Mwythai ei bola'n reddfol a meddwl am y dyfodol, oedd mor ansicr bellach. Ni allai gredu y gallai Mogs ei bradychu fel hyn. Yn enwedig nawr, â'r babi'n datblygu yn ei bol, er na wyddai Mogs am hynny eto. Nid oedd hi'n rhy hwyr i gael erthyliad chwaith, ond ni fyddai'n ystyried hynny – ddim ar ôl yr holl dorcalon. Ceisiodd ddychmygu bywyd fel mam sengl, ond gwnaeth hynny iddi grio. Yna, heb rybudd, cododd y cyfog, a brasgamodd o'r gwely i'r en suite, lle gwag-gyfogodd dros y badell, a'i dagrau'n diferu i'r dŵr yn gymysg â'r poer a'r anobaith a deimlai.

Wedi i'r ymosodiad ostegu a thynnu'r holl egni ohoni, lled-orweddodd ar lawr yr ystafell ymolchi yn cofleidio'r porslen. Trodd ei meddyliau at Mogs unwaith eto. Ble roedd y lwmpyn? Draw yn nhŷ Prys, mae'n siŵr. Neu gyda *hi*, wrth gwrs! Ond cyn i'w meddyliau ei mwydro a'i drysu ymhellach, canodd cloch y tŷ. Anwybyddodd Catrin y sŵn i ddechrau, ond daeth yn amlwg na fyddai'r galwr yn gadael heb ei gweld, felly ymlusgodd draw at ffenest yr ystafell wely i gael cipolwg trwy'r cyrtens.

Wrth y drws ffrynt, ar gerrig mân y dreif, safai Mogs. Cododd calon Catrin ar unwaith, cyn chwalu eto wrth gofio'i frad. Cnociodd ar y ffenest i ddenu ei sylw, gan ystumio y byddai i lawr mewn dwy funud, gan nad oedd am iddo adael. Roedd hi eisiau clywed y gwir. Dim mwy, dim llai. Ac ar ôl hynny, pwy a ŵyr…

Dychwelodd i'r en suite, lle golchodd ei hwyneb mewn dŵr oer, cyn gwisgo'i gŵn nos ac anelu am y drws ffrynt. Wrth gamu i lawr y grisiau, meddyliodd tybed pam nad oedd Mogs wedi defnyddio'i allwedd i agor y drws.

'Iawn?' gofynnodd Morgan pan agorodd ei wraig y drws, er bod yr ateb yn ddigon amlwg yn y llanast llwyr a safai o'i flaen.

'Fi'n mynd i gael cawod a gwisgo,' meddai Catrin, gan droi ei chefn a dychwelyd tua'r grisiau. 'Rho ddeg munud i fi…'

Gwyliodd Mogs ei wraig yn esgyn y grisiau, gan wybod nad oedd modd osgoi'r anochel yn awr. Roedd yn *rhaid* dweud y gwir wrthi, er y gwyddai y byddai hynny'n ei brifo hi ymhellach. Aeth trwodd i'r gegin a llenwi'r tecell, ac wrth i'r dŵr ferwi chwiliodd am dabledi yn y cypyrddau. Roedd y chwys yn diferu o'i dalcen a'r hangover yn ei anterth. Llyncodd ddau co-codamol a dau ibuprofen cyn arllwys y powdr gwyn o'r pecyn Resolve i mewn i wydryn bach o ddŵr oer a'i droelli nes bod yr hylif yn gymylog ac yn adlewyrchu stad feddyliol Mogs. Llyncodd y ddiod gan obeithio y byddai'r moddion yn ei wella cyn i Catrin ddychwelyd o'r gawod, er y gwyddai fod hynny'n annhebygol. Gwnaeth lond cafetière o goffi ffres ac eistedd ar y soffa yn syllu ar wiwer brysur yn yr ardd gefn, gan yfed yr atgyfnerthwr a cheisio rhoi rhyw fath o drefn ar ei feddyliau – tasg anodd ar ôl noson hwyr yng nghwmni ei frawd.

O'r diwedd, clywodd Catrin yn dod i lawr y grisiau. Trodd i'w hwynebu. Gwenodd. Edrychai'n hyfryd, ei gwallt yn wlyb a cholur ysgafn ar ei hwyneb. Gwisgai jîns tyn, glas tywyll a thop llac, blodeuog. Ni wisgai unrhyw beth am ei thraed, ar wahân i'r farnish coch wedi'i grafu ar ei hewinedd.

'Ti'n edrych yn lush…' meddai Morgan.

'Fuck off, Mogs!' oedd ei hateb diflewyn-ar-dafod. 'Dechreua siarad. Ma arnot ti esboniad i fi, yn does?'

Eisteddodd Catrin ar y gadair gyferbyn, gan dynnu ei thraed noeth i fyny o dan ei thin.

'Fi'n aros, Morgan. Fi'n gwrando,' meddai, ar ôl colli ei hamynedd.

'OK… sori… ie…' Brwydrodd Morgan, er nad oedd ganddo syniad ble i ddechrau.

'Jesus, Mogs, beth sy'n bod arnot ti?'

''Drych, Cats, sai'n gwybod beth i ddweud… yr unig beth… wel, look, sai'n cael affair gyda neb, OK?'

'Beth yw'r marciau dannedd 'na ar dy fron di 'te? Ble… na, *pwy* nath hwnna i ti?'

Gwenodd Morgan, yn anfwriadol.

'Nei di byth 'y nghredu i.'

'Jyst *dwêd* wrtha i!'

'OK…' Ond unwaith eto, nid oedd syniad gan Morgan sut i rannu'r gwir gyda'i wraig.

'C'mon, y cachgi! Esbonia.'

'OK, OK! Ges i 'nal yn dwyn o dŷ rhywun a'r perchennog nath 'y nghnoi i…'

Ystyriodd Catrin ei ddatganiad mewn mudandod llwyr. Syllodd ar ei gŵr gan geisio gweld unrhyw arwyddion i'w helpu. Rhwbiodd Mogs ei drwyn, yna'i glust. Nid oedd yn gallu eistedd yn llonydd. Syllai i bob cyfeiriad heblaw i'w chyfeiriad hi.

'Bollocks!' ffrwydrodd Catrin. 'Bollocks, bollocks, bollocks! Ti'n llawn shit, Mogs. Iesu! Ti methu hyd yn oed edrych arna i! Fi'n haeddu gwell na hyn, nag 'w i? Beth sy 'di digwydd i ti, Mogs? Beth sy 'di digwydd i *ni*?'

Tawelodd ei geiriau er mwyn gwneud lle i'w dagrau. Cododd Morgan a chamu ati. Pengliniodd a'i chofleidio. Mwythodd ei gwallt, oedd bellach yn glynu wrth ei hwyneb. Ceisiodd Catrin dynnu i ffwrdd oddi wrtho, ond nid oedd dianc, diolch i'r lledr oedd yn creu cocŵn o'i chwmpas.

'Paid crio, Cats. Wedes i na fyddet ti'n 'y nghredu i…'

'Ac o't ti'n iawn 'fyd!' Ceisiodd ei ddyrnu nawr, ond gafaelodd Morgan yn ei harddyrnau. Peidiodd Catrin symud a brwydro, cyn syllu i fyw ei lygaid a phoeri, 'Cer o 'ma'r bastard. Gad fi fod. Sai byth moyn dy weld ti 'to…'

'Dere,' gorchmynnodd Morgan, gan godi ar ei draed a thynnu Catrin ar ei ôl.

'Fuck off, Morgan!' bloeddiodd ei wraig ei gwrthwynebiad.

'No way! Dere 'da fi. Fi'n mynd i brofi i ti mai dim bullshit yw hyn…'

* * *

Ymhen pum munud roedd Morgan a Catrin yn sefyll wrth ddrws ffrynt cartref Prys. Nid oedd y pâr priod wedi yngan yr un gair yn ystod y daith fer yng nghar Catrin. Cnociodd Morgan fel dyn gwyllt, ond gan nad atebodd Prys y drws ar unwaith, cnociodd eilwaith, yn galetach y tro hwn, gan barhau i wneud tan yr ymddangosodd ei frawd o'u blaen, yn gwisgo dim byd ond ei bants. Defnyddiodd ei law i warchod ei lygaid gwaetgoch rhag haul y bore hwyr, ond pan welodd Catrin yn sefyll wrth ochr ei frawd, diflannodd yr olwg gysglyd ar unwaith – roedd yn deall yn iawn beth oedd yn digwydd. Roedd yr amser wedi dod…

Camodd i'r ochr er mwyn gadael i Morgan arwain Catrin, gerfydd ei garddwrn, i fyny'r grisiau. Ar y landin cul, estynnodd Mogs i fyny, agor y twll yn y to a thynnu'r ysgol i lawr. Yna dringodd i fyny i'r atig a throi'r golau ymlaen, cyn galw ar Catrin i'w ddilyn.

Wrth i Catrin ddringo'r ysgol, sylweddolodd fod ei gŵr yn dweud y gwir. Nid godinebwr ydoedd, ond lleidr. Ac yna roedd hi'n sefyll yn ogof Aladin atig Prys. Â'i freichiau ar led, gwahoddodd Morgan hi i archwilio'r ystafell. Edrychodd Catrin o'i chwmpas, yn methu credu. O'i chymharu â'r rhan fwyaf o atigau, roedd y lle yma'n daclus iawn – roedd desg a soffa fach mewn un cornel, ac o'i blaen, ger y wal bellaf, safai pentwr taclus o sêffs bychan. I'r dde o'r pentwr hwnnw, roedd hen gist o ddroriau yn gorlifo â gemwaith. Aeth Catrin ati'n syth, gan fyseddu'r trysorau ac agor pob drôr i weld ei gynnwys. Yna trodd a gweld cist arall o ddroriau yn ei hwynebu. Agorodd Morgan un o'r droriau a'i gwahodd i edrych i mewn. Camodd Catrin at ei gŵr. Edrychodd ar gynnwys y drôr. Arian parod. Pentwr trwchus o arian parod. Yna agorodd ddroriau eraill, a'r rheini hefyd yn llawn o arian. Bu bron iddi â llewygu, ond llwyddodd i bwyso ar y ddesg er mwyn ystyried yr hyn a welsai. Roedd miloedd o bunnoedd yn y droriau. Nid oedd modd gwybod faint oedd gwerth y gemwaith, er bod digon yno i agor siop. Anadlodd yn ddwfn wrth i'r brodyr eistedd ochr yn ochr ar y soffa yn syllu i'w chyfeiriad.

'Beth yn y byd y'ch chi 'di bod yn neud?' gofynnodd o'r diwedd.

Edrychodd Morgan a Prys ar ei gilydd, ond nid atebodd yr un ohonynt ei chwestiwn.

'Mogs? Esbonia. NAWR!'

Edrychodd Morgan ar ei frawd unwaith eto, a nodiodd hwnnw'n araf.

'Ni... ni 'di... bod... yn dwyn... o dai pobl... ers tua deg mlynedd nawr... falle bach yn hirach...'

Syllodd Catrin arno'n fud, gan ystyried ei eiriau'n ofalus. Teimlodd falchder annisgwyl i ddechrau, ac yna atgasedd llwyr.

'Pam?' oedd ei hunig gwestiwn, ond unwaith eto roedd y brodyr yn dawel, gan nad oedd ganddynt ateb.

*　*　*

Am yr eilddydd yn olynol, dihunodd Catrin mewn gwely heb ei gŵr. Ond roedd y gwely hwn, oedd wedi'i wasgu i mewn i brif ystafell wely carafán ei rhieni, yn llawer llai na gwely ei chartref priodasol. Ac er bod ei phen yn llawn ansicrwydd o hyd, roedd yn ansicrwydd gwahanol i'w gymharu â phryderon y diwrnod cynt.

Ar ôl datganiadau'r brodyr, cafodd Catrin ei llorio gan yr angen i ddianc, i redeg, yn wir i wibio o 'na ar unwaith a sicrhau bod milltiroedd lawer rhyngddi a'r dystiolaeth ddamniol yn atig ei brawd yng nghyfraith. Mewn byd delfrydol, byddai wedi ei heglu hi ar ei phen ei hun ond roedd angen esboniad arni, ac atebion os oedd hynny'n bosib. Wedi gorfodi i Prys wisgo'n gyflym a gwthio'r ddau o'r tŷ ac i'w char, anelodd am draethau eang Penrhyn Gŵyr, gan ffonio'i mam ar y ffordd er mwyn iddi hi allu cysylltu â rheolwr y maes carafannau i'w hysbysu bod ei merch yn dod i aros y nos ac i roi'r allwedd sbâr iddi.

Roedd y garafán wedi bod ym mherchnogaeth y teulu ers tair cenhedlaeth bellach ac er mai dim ond dafliad carreg o draethau ardal Porth-cawl yr oedd ei rhieni'n byw, roeddent wrth eu bodd yn teithio lai na deg milltir ar hugain i'r gorllewin am wyliau bach yn Llangynydd. Byddai ei thad yn honni bod Bro Gŵyr yn 'fyd gwahanol' i Borth-cawl, ac er y gwyddai Catrin fod diwydiannau de Cymru yn ddigon agos i'r fan honno hefyd, eto, roedd yr olygfa o'r garafán yn odidog o'i chymharu â'r un o gartref ei phlentyndod. Yma doedd dim tai Lego i ddifetha'r fista, dim pensiynwyr ar eu sgwteri trydan, dim sbwriel a braidd dim sŵn. Trwy'r ffenest, y tu hwnt i garafannau eu cymdogion, gallai weld Worm's Head i'r chwith a thwyni tywod Llangynydd i'r dde. Er nad oedd modd ei weld, gwyddai fod traeth hudolus Rhosili lai na thri chan llath o'i blaen, dros y twyni bychan.

Cyrhaeddon nhw'n hwyr y prynhawn, ar ôl cael eu dal am dros awr yn nhraffig pêl-droed Stadiwm Liberty, ac wedi troedio'r tywod a throchi'u traed yn nŵr rhewllyd y môr cyn iddi dywyllu, dychwelodd y tri i'r garafán i fwyta ac yfed ond yn bennaf i drafod y sefyllfa. Gyda'r sêr yn disgleirio ar noson ddigwmwl, hyfryd o hydref, eisteddodd y tri ar yr ardal ddecio yng ngwres y twymwr awyr agored a'r brodyr yn sibrwd yr hanes mewn manylder wrth Catrin. Ni allai'r un o'r ddau esbonio *pam* y dechreuon nhw, *pam* yr oedden nhw wedi dal ati na beth yn y byd oedd y *pwynt*. Syniad Prys oedd y cyfan, a Mogs, fel arfer, yn dilyn ei frawd yn ddiamod. Er hynny, chwaraeodd Morgan ei ran, gan ddod yn rhan fwy a mwy canolog o'r cynlluniau yn ystod y blynyddoedd. Gwrandawodd Catrin, gan godi ambell gwestiwn, ond pan aeth hi i'r gwely tua hanner nos, cwympodd i drwmgwsg ar unwaith, a doedd hi braidd wedi symud tan i'w phledren ei gorfodi i godi rhyw chwarter awr yn ôl. Wedi piso, dychwelodd i'r gwely gan nad oedd hi eisiau wynebu Mogs a Prys eto. Roedd arni angen ystyried y sefyllfa go iawn, ond eto, dim ond dryswch llwyr a welai.

Teimlai ryddhad pur o wybod nad oedd Morgan yn cael perthynas â menyw arall, ond gwarth o fod yn briod â lleidr.

Teimlai falchder rhyfedd fod ei gŵr, a ymddangosai braidd yn adferol, yn ddyn clyfar a chyfrwys mewn gwirionedd, ac wedi bod yn dwyn o dan drwynau crach Gerddi Hwyan am dros ddegawd heb i'r heddlu ddod yn agos at ei ddal.

Teimlai dristwch nad oedd hi'n ei adnabod mor dda ag roedd hi'n ei gredu, ond yn bennaf teimlai ryw obaith newydd gan fod Mogs a Prys, yn ddiarwybod iddynt, â'r gallu i achub ei sefyllfa hi gan ddefnyddio elw'r troseddau.

Heb geisio, dechreuodd lunio cynllun. Roedd ei beichiogrwydd yn broblem fawr. Neu, i fod yn fanwl gywir, roedd ei diffyg paratoi a chynllunio at y dyfodol yn broblem. Nid oedd ganddi bensiwn nac unrhyw arian wedi'i gynilo. Nawr, diolch i'r baban a diffyg arian wrth gefn i gyflogi rhywun yn ei lle, byddai Curls & Claws yn siŵr o golli busnes ar ôl i'r bychan gyrraedd, gan nad oedd Catrin yn bwriadu gweithio am gwpwl o fisoedd, o leiaf, wedi iddo gael ei eni. Ni fyddai'r busnes yn gallu parhau hebddi, wrth reswm, ac felly byddai'r cartrefi preswyl yn sicr o gyflogi rhyw gwmni arall i gymryd eu lle.

Câi ei thynnu i bob cyfeiriad yn emosiynol. Ar un llaw,

byddai'r arian o'r lladradau yn fwy na digon i'w helpu hi a Mogs trwy'r cyfnod ansicr oedd o'u blaenau, ond nid eu harian nhw oedd e, ac roedd hynny'n broblem fawr i'w chydwybod. Gwyddai hefyd nad oedd llawer o opsiynau ganddi a dwrdiodd ei hun am fod mor chwit-chwat.

Yn ddirybudd eto, cododd y cyfog a brasgamodd Catrin i'r tŷ bach i chwydu, mor dawel ag y gallai, gan nad oedd wedi dweud wrth Mogs am y baban eto. Doedd gorwedd ar lawr ddim yn opsiwn heddiw, felly cododd a chamu i'r gawod gyfyng, cyn golchi o dan y llif a dychwelyd i'r ystafell wely i wisgo.

Yna, a'i bola'n dal i rwnian a dirgrynu, er nad oedd chwant brecwast arni, ymunodd â'r brodyr yn yr awyr agored. Roedd caniau lager dros bob man, a photel wag o fodca ar ganol y bwrdd. Roedd oglau sbliff Prys bron yn ddigon i wneud iddi ddychwelyd i'r toiled am chwydfa arall, ond llwyddodd i oresgyn yr awydd trwy ochrgamu llif y mwg. Dyfalodd yn gywir nad oedd yr un o'r ddau wedi bod i'w gwelyau a chadarnhawyd hynny wrth i Morgan bron â chwympo wrth iddo godi. Ar ôl ailafael yn ei gydbwysedd, camodd ati a'i chofleidio, ond roedd Catrin yn oeraidd tuag ato.

'Fi'n mynd am dro,' meddai.

'Ti moyn fi ddod gyda ti?'

'Na.'

Gwyliodd Morgan hi'n mynd, cyn troi at ei frawd.

'Fuck,' meddai.

* * *

O'r garafán i draeth Rhosili, troediodd Catrin dros dywod sych y twyni tan iddi gyrraedd graean gwlyb a chadarn y bae. Arhosodd yno'n sefyll ac yn syllu ar y gorwel am amser hir. Gwyliodd long fawr, tancer, yn hwylio tua'r gorllewin, a chynulliad o syrffwyr yn ceisio dofi'r tonnau. Roedd ei meddwl ar ras ac yn hollol wag ar yr un pryd, ond roedd yr awel yn groesawgar ar ôl clawstroffobia'r garafán.

Wrth i'r llanw droi, cerddodd Catrin tua'r dwyrain, gan wylio'r llong ddrylliedig yn dod i'r golwg yn araf o flaen ei llygaid. Roedd rhywbeth hollol hudolus am hynny. Eisteddodd Catrin, a'i thin yn oer trwy'r denim, diolch i'r tywod gwlyb. Roedd mwy a mwy o syrffwyr yn cyrraedd, a phobl yn hedfan barcutiaid o bob maint, tra âi eraill jyst am dro. Gwyliodd gwpwl canol oed yn cerdded law yn llaw wrth i'w plant, bachgen a merch yn eu harddegau, ymlwybro'n araf ar eu holau, y ddau'n byseddu eu ffonau symudol wrth gerdded. I'r dde, roedd tad yn brysur yn adeiladu castell tywod, a'i ddau blentyn bach yn ceisio'i helpu ond yn cythruddo'u tad wrth ei chwalu, a'i wraig yn chwerthin.

Cododd Catrin o'r diwedd a dechrau cerdded am Worm's Head, ond pan welodd faint o risiau roedd yn rhaid eu dringo i gyrraedd brig y pentir, trodd yn ei hunfan ac anelu am dwyni tywod Llangynydd ym mhen arall y bae. Cyn iddi gyrraedd y twyni, dechreuodd ei bola gwyno, yn ogystal â'i choesau a'i chorff yn gyffredinol, felly trodd am y garafán er mwyn llenwi ei bol cyn ei throi hi am adref.

Nid oedd y brodyr i'w gweld yn unman, ond chwarae teg i Mogs, roedd e o leiaf wedi rhoi'r holl sbwriel mewn bag du ar y dec. Camodd Catrin i'r garafán a ffeindio'r ddau'n cysgu'n drwm ar y soffa, gan rochian yn braf fel na phetai unrhyw beth yn eu poeni nac yn pwyso ar eu cydwybod.

Penderfynodd Catrin mai'r gwely oedd y lle iddi hithau hefyd, ond doedd dim gobaith cysgu, er ei bod wedi blino'n lân. Gorweddodd yno am ychydig, ond roedd ei phen yn dal ar chwâl. Ceisiodd ffonio Ceri, ond nid oedd ei ffrind yn ateb. *Typical*, meddyliodd. Roedd hi'n ysu i glywed ei llais, yn bennaf er mwyn dianc rhag y gwallgofrwydd am funud neu ddwy, malu cachu am hyn a'r llall ac esgus nad oedd unrhyw beth o'i le, ond hefyd oherwydd ei bod yn gweld ei heisiau. Teimlai Catrin braidd ar goll ar yr union eiliad hon, ond gwyddai y byddai'n rhaid iddi fod yn gryf yn yr hirdymor, gan nad oedd y broblem fach yma'n mynd i ddiflannu dros nos.

Yr Anochel

'Shit!' mwmiodd Catrin o dan ei hanadl wrth i'w galwad, unwaith eto, gael ei throsglwyddo i beiriant ateb Ceri. Syllodd ar y sgrin mewn rhwystredigaeth. O'i safle yng nghornel pellaf maes parcio cartref preswyl Swyn y Frenni, gwyliodd ambiwlans yn gyrru heibio ar frys cyn sgrialu i stop y tu fas i'r brif fynedfa, a'r parafeddygon yn brasgamu at y dderbynfa ac ailymddangos rhyw ugain eiliad yn ddiweddarach yn gwthio hen ŵr cefngrwm mewn cadair olwyn. Wedi iddynt ei drosglwyddo'n ofalus i gefn y cerbyd, diflannodd yr ambiwlans, ei seiren yn fyddarol a'i olau'n fflachio.

Ystyriodd Catrin ei hopsiynau. Ysai am sigarét, ond estynnodd am ei gwm cnoi. Edrychodd ar gloc ei char, yna codi ei ffôn a chwilio am rif, cyn gwasgu'r botwm gwyrdd ar ôl ei ffeindio a chodi'r teclyn at ei chlust. Arhosodd am ateb.

Wedi deuddeg caniad, codwyd y ffôn.

'Cartref preswyl Swyn y Frenni, Anwen yn siarad, sut galla i eich helpu?'

'Bore da, Anwen, Catrin Caradog sy'n siarad, o Curls & Claws. 'Drych, fi a Ceri'n rhedeg bach yn hwyr bore 'ma, ond byddwn ni gyda chi cyn deg, gobeithio. Elli di basio'r neges 'mlân i Mrs Lyons, plis?'

'Wrth gwrs, Mrs Caradog. Dim problem o gwbl. A dweud y gwir, ma pethe braidd yn brysur bore 'ma'n barod, felly…'

'Grêt, diolch,' meddai Catrin, gan dorri ar ei thraws a dod â'r sgwrs i ben. Yna taniodd y car ac anelu am gartref ei ffrind gorau, yr ochr arall i'r dref, rhyw ddeg munud o daith o'r cartref preswyl.

Am y tro cyntaf, dechreuodd feddwl o ddifrif pam nad oedd Ceri yma yn ôl ei harfer, a pham nad oedd hi'n gallu cael gafael arni. Wrth iddi yrru, rhuthrodd amrywiaeth o bosibiliadau trwy ei phen, o'r dinod i'r eithafol, gan gladdu datguddiadau'r penwythnos yn ddwfn yn ei chof. Gan fod Gari wedi gwneud cymaint o niwed i Ceri dros y blynyddoedd, gwyddai Catrin ym mêr ei hesgyrn bod rhywbeth mawr o'i le. Ond er hynny, nid oedd hi'n barod am yr olygfa a'i harhosai yn Ystad y Castell chwaith.

Y peth cyntaf y sylwodd Catrin arno wrth agosáu oedd bod mwy o geir nag arfer wedi'u parcio ar y stryd y bore hwnnw, ond yr hyn a gadarnhaodd ei holl bryderon oedd presenoldeb car yr heddlu ar ddreif Casa Caradog. Cyflymodd ei chalon, ac wedi parcio'n flêr â dwy olwyn chwith y Mini ar y palmant, rhedodd o'r car tua'r tŷ â'r dagrau eisoes yn cronni yng nghorneli ei llygaid.

'Hei, hei, hei!' ebychodd un o'r gleision oedd yn llechu wrth y fynedfa, gan gymryd cam i'r dde ac atal Catrin rhag ffrwydro trwy'r drws ffrynt ar drywydd ei ffrind.

'Ble ma hi? Beth sy 'di digwydd?' poerodd Catrin yn wyllt, gan geisio gweld i mewn i'r tŷ dros ysgwyddau llydan yr heddwas.

'Miss, miss, rhaid i chi bwyllo.'

Gafaelodd yr heddwas yn gadarn yn ei hysgwyddau, ond heb fod yn gas, gan ei hannog i ymlacio rhyw fymryn.

'*Ble* ma Ceri? *Beth* sydd wedi digwydd?' ailadroddodd y cwestiynau.

Gallai weld heddweision mewn dillad pob dydd yn brysur wrth eu gwaith y tu mewn i'r tŷ.

'Dwi'n cymryd mai Mrs Caradog yw'r "Ceri" chi'n sôn amdani?'

'Ie, ie. Ma hi'n byw yma, gyda…' Methodd Catrin ynganu ei enw. Edrychodd o'i chwmpas eto. Roedd car ei ffrind wedi'i barcio ar y dreif, ond doedd dim arwydd o gar ei gŵr. '*Ble* ma hi?!'

'Yn gyntaf, miss, alla i ofyn pwy y'ch chi?'

Anadlodd yn ddwfn.

'Catrin Caradog,' atebodd yn bwyllog. 'Rwy'n briod â nai ei gŵr. Dwi 'di adnabod Ceri ers ein bod ni yn yr ysgol ac ry'n ni'n bartneriaid busnes.' Cyfeiriodd at enw a logo'r cwmni ar gar Ceri. 'So hi 'di ateb ei ffôn dros y penwythnos a nath hi ddim dod i'r gwaith bore 'ma...'

'OK, OK, Mrs Caradog. Mae Ceri yn yr ysbyty...'

'*Ysbyty*?!'

'Ie. Mae hi mewn coma, yn ôl yr hyn dwi'n ddeall...'

'*Coma*?!'

'Ie...'

'Ysbyty Pen-y-bont, ie?'

'Ie...'

A gyda hynny, trodd Catrin a rhedeg 'nôl i'w char, cyn cefnu ar Ystad y Castell a gyrru'n wyllt at wely ei ffrind anwylaf.

* * *

'Dyna hi, ti'n meddwl?' gofynnodd DC Richard King i'w bartner, gan syllu o'r coridor ar gefn crynedig Catrin trwy ffenest drws ystafell breifat Ceri Caradog yn Ysbyty Tywysoges Cymru, Pen-y-bont ar Ogwr. Bu'n eistedd wrth ochr ei gwely yn syllu ac yn wylo ers dros ugain munud bellach.

'Heb os,' atebodd DC Aled Colwyn. 'Ma hi'n ffitio disgrifiad y cwnstabl i'r dim, yn dyw hi – yr iwnifform binc, y lliw gwallt.'

Cyrhaeddodd Col a Kingy gartref Gari a Ceri Caradog rhyw bum munud ar ôl i Catrin adael, ac wedi clywed ei henw gan y ddau heddwas wrth y drws, penderfynodd y ditectifs ddilyn ei thrywydd gan fod Col yn awyddus iawn i gael gair â hi. Gwyddai mai hi oedd ffrind gorau a phartner busnes Ceri Caradog, a chan ei bod hi'n briod â nai Gari Caradog roedd hi'n ganolog i'r ddau ymchwiliad – yr ymosodiad a'r lladradau.

'Ewn ni mewn?'

Roedd Kingy'n frwdfrydig y bore yma, yn bennaf gan nad oedd yn dioddef o hangover oherwydd iddo fe a Col weithio ar yr achosion trwy gydol y penwythnos. Ar ôl treulio dydd Sadwrn yn chwilio trwy gartref Gari Caradog am gliwiau, heb ffeindio dim byd o werth, aeth y ddau ar drywydd y neiaint ddydd Sul, heb lwyddiant gyda hynny chwaith. Doedd dim ateb yn yr un o'u cartrefi ddoe, ond diolch i ddyddiadur busnes Caradog Constructions, gwyddai'r ditectifs yn union ble i gael gafael ar Prys a Morgan heddiw. Ond roedd Catrin wedi achub y blaen ar y brodyr y bore yma, a byddai cael gair bach â hi yn eu cynorthwyo, o bosib, cyn iddynt gael sgwrs â'r brodyr yn hwyrach.

'Na, dim eto. Gad iddi orffen. 'Drych, ma hi'n dal i grio…'

'Digon teg. Fi'n mynd am ffag, 'te.'

Ac i ffwrdd aeth Kingy, gan adael Col yn y coridor yn syllu ar Catrin a chorff Ceri'n gorwedd ar y gwely o'i blaen.

Roedd ei feddyliau ar ras. Er ei fod yn awchu i siarad â Catrin, gwyddai fod yn rhaid pwyllo a throedio'n ofalus oherwydd y sioc amlwg a gawsai wrth weld ei ffrind fel hyn. O siarad â'r iwnifforms yn Casa Caradog, gwyddai nad oedd Catrin yn gwybod dim am yr ymosodiad tan heddiw, ac felly roedd yn rhaid parchu ei hawl i ddelio â'r llanast dynol oedd yn ei hwynebu cyn iddo fe a Kingy ei holi.

Dychwelodd Kingy o fewn chwarter awr yn cario coffi yr un iddynt, ac eisteddodd y ddau ar seddi plastig anghyfforddus yn y coridor yn aros i Catrin ddod allan am awyr iach. Yfodd y partneriaid eu diodydd mewn tawelwch. Roedd natur yr achos wedi newid diolch i weithred giaidd Gari Caradog a'r ffaith iddo ddiflannu heb adael ei ôl. Fel y dywedodd Quincy fore Sadwrn, gallai fod yn unrhyw le bellach, diolch i'r fantais a gawsai ar yr heddlu. Serch hynny, rhaid oedd canolbwyntio ar ddatrys y lladradau yn awr, a diolch i Kingy, roedd cyfle ganddynt i wneud hynny bellach.

'Der, Col, *rhaid* i ni roi cnoc. So ni'n gallu eistedd yma trwy'r dydd…' meddai Kingy gan godi.

Yn anfodlon braidd, aeth Col i'w ddilyn, ond ar y gair agorodd drws yr ystafell a daeth Catrin allan yn fochgoch ac yn welw, ar ei ffordd i'r toiled.

'Catrin Caradog?' meddai Kingy, gan achub y blaen ar ei bartner.

'Ie.' Trodd Catrin i'w hwynebu, gan sychu deigryn o'i llygad wrth wneud.

'DC Aled Colwyn, DC Richard King. Heddlu Gerddi Hwyan.' Ailafaelodd Col yn yr awenau, gan gamu at Mrs Caradog. 'Oes amser gyda chi i gael gair? Am yr ymosodiad. Am berthynas Ceri Caradog â'i gŵr.'

Nodiodd Catrin.

* * *

Dychwelodd Catrin i ystafell Ceri, a'r ditectifs ar ei hôl. Nid dyma oedd gan Col mewn golwg, ond roedd Catrin yn mynnu aros gyda'i ffrind. Eisteddodd Catrin ar un ochr y gwely mewn cadair gyfforddus, tra gorffwysai'r ditectifs eu tinau ar gadeiriau caled yr ochr arall. Syllodd y tri ar Ceri cyn dechrau, gan edrych yn fanwl ar waith llaw ei gŵr. Roedd ei hwyneb fel betysen oraeddfed o ran lliw, a'r pwythau'n igam-ogamu ar hyd ei bochau, ei thalcen a'i gên, gan wneud iddi edrych fel arbrawf rhyw wyddonydd gwallgof. Ymwthiai tiwbiau di-rif ohoni, yn ei hydradu, ei helpu i anadlu a'i chadw ar dir y byw. Gafaelodd Catrin yn dyner yn llaw ei ffrind.

'Mrs Caradog,' dechreuodd Col ar ôl estyn ei lyfr nodiadau, gwirio ambell fanylyn a rhoi trefn ar ei feddyliau. 'Ma'n wir ddrwg 'da fi am yr hyn ddigwyddodd i'ch ffrind, a dwi'n gwybod ei bod hi'n gyfnod anodd, yn enwedig gan mai dim ond y bore 'ma glywsoch chi'r newyddion, ond rhaid i fi ofyn ambell gwestiwn i chi nawr, dim byd rhy ddwys…'

'Ni jyst yn ceisio creu darlun cyflawn, Mrs Caradog,' ychwanegodd Kingy â'i wên yn llawn cydymdeimlad.

'Ceisio cael rhyw syniad o beth ddigwyddodd nos Wener.'

'Ma hynny braidd yn amlwg!' ebychodd Catrin, gan ystumio at wyneb ei ffrind.

Nodiodd Col a Kingy arni o ochr arall y gwely.

'Pryd weloch chi Mrs Caradog… uh, Ceri… ddiwetha?'

'Prynhawn dydd Gwener,' atebodd Catrin, cyn oedi, ac yna ymhelaethu. 'Daeth hi i'r ysbyty gyda fi yn y bore. Hi yrrodd. Aethon ni am ginio i Fat Cat, wedyn i McArthurGlen, ac a'th hi â fi adre tua pump o'r gloch.'

'Beth am Gari Caradog? Pryd weloch chi fe ddiwetha?' gofynnodd Col ar ôl nodi ateb cyntaf Catrin yn ei lyfr.

'Sai 'di gweld Gari ers misoedd. Fi'n ceisio'i osgoi e ar bob cyfri…'

'Pam felly?'

'Nifer o resymau.'

'Fel beth?'

'Wel… ma fe 'di bod yn 'i churo hi, 'i cham-drin, ers y cychwyn cynta. Falle dim reit yn y dechre, ond yn ddigon agos ati…'

'Ers faint ma nhw 'di bod gyda'i gilydd?'

'Ers pan oedd Ceri yn y chweched yn yr ysgol, so am bron i ugain mlynedd. Ro'dd Gari eisoes yn ei dridegau. Fuckin' paedo.' Poerodd Catrin ei geiriau, ond crac â hi ei hun oedd hi, am beidio â rhybuddio rhywun cyn i'r anochel ddigwydd. 'So Ceri wedi siarad â'i rhieni ers hynny chwaith. Ma'r bastard wedi difetha'i bywyd hi drosodd a throsodd… a nawr hyn…'

'Pa fath o gam-drin y'ch chi'n sôn amdano?'

'Cleisiau. Marciau bwcl belt o bryd i'w gilydd. Bwli yw e. Bwli sydd wedi ffeindio'i punchbag. Y jôc yw bod Ceri 'di methu'n deg â dianc oddi wrtho fe. Po fwya roedd e'n ei churo, mwyfwy caeth oedd hi iddo fe… so hynny'n gneud unrhyw synnwyr i fi.'

'Na fi chwaith, ond mae'n gyffredin iawn mewn perthynas o'r fath. Dyna pam mae cyn lleied o drais domestig yn cyrraedd y llys, neu hyd yn oed cwynion i'r awdurdodau…'

'Pryd oedd y tro diwetha i chi weld marc neu unrhyw arwydd o drais ar Ceri?'

Cododd Catrin ei hysgwyddau, ond roedd hi'n gwybod yn iawn beth oedd yr ateb. Trodd ac edrych ar ei ffrind. Syllodd arni am amser hir, gan wneud i'r directifs deimlo braidd yn anghyfforddus eu bod nhw yno o gwbl.

'Wythnos yn ôl. Roedd e 'di churo hi â'i felt. Eto. Fydde fe byth yn gadael marc mewn lle amlwg – chi'n gwbod, osgoi'r gwyneb a'r breichiau…'

'Oedd 'na reswm pam ei fod e'n ei churo hi?'

'Sdim angen rheswm ar rywun fel Gari Caradog.'

'Ddywedodd Ceri pam wrthoch chi?'

'Na.'

'Roddodd hi ryw syniad i chi fod yna broblemau rhyngddi hi a'i gŵr ddydd Gwener o gwbl?'

'Dim ond cyfres o broblemau oedd eu perthynas nhw, directif. Ond na, do'n i ddim yn ymwybodol o unrhyw beth anarferol ddydd Gwener. Same old, same old…'

'Oes gennych chi unrhyw syniad i ble gallai Gari fod wedi mynd?'

'Beth, so chi 'di ddal e?'

'Dim eto. Ond ma…'

'Rhaid iddo fe dalu am hyn!'

'Oes wir. Ond cafodd e dros ddeg awr o head start cyn i ni ffeindio'r corff, sori, ffeindio Ceri. Y gwir yw galle fe fod wedi gadael y wlad yn ddigon hawdd…'

'A sdim golwg o'i basport yn unman.'

'Beth am ei gar? Ma ganddo fe rif reit gofiadwy.'

'Digon gwir. Ni 'di rhoi APW mas am rif ei gar i bob gorsaf heddlu ym Mhrydain, ond heb glywed gair eto.'

'Bydde'n ddigon hawdd iddo fe swopio'r rhife ta beth,' ychwanegodd DC King.

'A dyna fe? Ma fe'n cael dianc, jyst fel 'na?'

'Mrs Caradog, rhaid i chi ddeall ein bod ni'n gwneud popeth y gallwn ni i'w ddala fe, ond mae'n dasg anodd, os nad amhosib, gan nad oes syniad gyda ni, dim cliw yn y byd, ble aeth e. So fe 'di defnyddio'i ffôn symudol ers dydd Gwener…'

'Na'i gardiau credyd na debyd…'

'Sneb wedi gweld ei gar, neu o leia, sneb wedi gweld ei rif cofrestru…'

'So fe 'di ymddangos ar unrhyw rwydwaith teledu cylch cyfyng…'

'Ma fe wedi diflannu.'

'Am nawr.'

'Ond fe ffeindiwn ni fe, Mrs Caradog, galla i'ch sicrhau chi…'

'Ac fe gaiff e'i haeddiant hefyd.'

Edrychodd Catrin arnynt, gan ystyried eu geiriau gwag.

'A beth am Ceri fan hyn? Ydy hi wedi cael ei haeddiant?'

'Yn anffodus, sdim byd gallwn ni wneud am gyflwr eich ffrind, Mrs Caradog. Yr unig beth ry'n ni'n ceisio'i wneud yw dal Mr Caradog a gwneud yn siŵr y bydd e'n hala cyfnod hir yn y carchar…'

Trodd Catrin ei threm tuag at Ceri eto, yn y gobaith y byddai'r ditectifs yn gadael. Cododd Col a Kingy wrth weld bod y sgwrs wedi dod i ben.

'Diolch am eich amser, Mrs Caradog,' meddai DC King gan ddilyn ei bartner.

'Un peth arall, Mrs Caradog.' Oedodd DC Colwyn cyn

agor y drws, gan droi at Catrin unwaith eto. 'Ble oeddech chi brynhawn ddoe?'

'Pa fusnes yw hynny i chi?' gofynnodd Catrin yn fyrbwyll.

'Jyst gofyn, 'na gyd. Naethon ni alw yn eich tŷ chi, ac yn nhŷ eich brawd yng nghyfraith. Eisiau rhannu'r newyddion a gofyn cwpwl o gwestiynau, yn ôl y drefn…'

'O… wel… sori... a'th y tri ohonon ni i Benrhyn Gŵyr am dro… Rhosili… Llangynydd… bach o awyr iach…'

'Digon teg. Diolch am ateb ein cwestiynau, Mrs Caradog. A gobeithio bydd Ceri fan hyn yn gwella cyn bo hir…'

Gwyliodd Catrin y ddau'n gadael wrth i'r cynllun a eginodd yn ei phen hi'r diwrnod cynt ddechrau tyfu rhyw fymryn, diolch i wrtaith llafar DC Aled Colwyn. Wedi iddynt droi'r cornel a diflannu i ddrysfa'r ysbyty, estynnodd ei ffôn i alw Mogs er mwyn rhannu'r newyddion drwg gyda fe a Prys, a hefyd i'w rhybuddio y byddai'r heddlu'n siŵr o alw i'w gweld cyn diwedd y prynhawn.

* * *

'Beth ti'n meddwl?' gofynnodd Kingy wrth ei bartner ar eu ffordd i'r car.

'Am beth?' Roedd meddwl Col ymhell.

'Am Mrs Caradog.'

'Pa un?'

'Yr un sy'n gallu siarad.'

Cododd Col ei ysgwyddau. 'Ti moyn fy marn broffesiynol ar y mater, neu be?'

'Go on 'te.'

'Sai'n meddwl bod hi'n gwybod fuck all am ddim byd, Kingy bach. Fuck all o werth, ta beth…'

Pengaead Emosiynol

Cefnodd Aled Colwyn a Richard King ar Ysbyty Tywysoges Cymru, gan yrru'n araf yn ôl i Erddi Hwyan ar hyd yr hewlydd cefn cul a throellog yn trafod yr achos, gan gyffwrdd â diffyg gwybodaeth Catrin Caradog am y cynllwyn; anobaith Ceri Caradog o sicrhau gwellhad buan; diffyg cliwiau i awgrymu ble yn y byd roedd Gari Caradog erbyn hyn; a diffyg hyder o gael gwybodaeth gan neiaint yr ymosodwr ciaidd maes o law.

Wedi darganfyddiad Kingy ddydd Gwener, teimlai'r ddau fod pethau wedi arafu'n aruthrol ers ffeindio Ceri Caradog fore Sadwrn. Ysai'r partneriaid am gael mynd i'r afael eto â'r lladradau, gan eu bod yn synhwyro eu bod yn agos iawn at ddatrys yr achos. Y brodyr oedd yn meddu ar yr allwedd i'r blwch Pandora penodol hwn, roedd Col yn sicr o hynny, ac roedd ef a DC King yn edrych ymlaen yn fawr at gwrdd â nhw ar ôl cinio.

Col oedd yn gyrru, tra lled-orweddai Kingy wrth ei ochr, ei draed ar y dash a'i fraich chwith yn hongian allan drwy'r ffenest agored, yn mwynhau'r awyr iach a mwg gwenwynig ei sigarét bob yn ail.

Roedd hi'n ddiwrnod braf arall o hydref, heb gwmwl yn yr awyr las. Ar gyrion y dref, ger Ystad Ddiwydiannol Dan-y-coed, arhosodd y ditectifs am ginio cyflym yn Martin's Grill, sef fan fyrgyrs fach ddigon dinod yn gweini'r brechdanau briwgig gorau'n y wlad. Wedi mân sgwrsio â'r perchennog wrth aros am eu bwyd – cymeriad lleol lliwgar oedd hefyd yn berchen ar fflyd o faniau hufen iâ – bwytaodd y ditectifs mewn tawelwch cymharol ar y palmant er mwyn osgoi gwneud llanast yn y car. Yna anelon nhw am eu cyrchfan, sef cartref Mr a Mrs Harding yn ardal gefnog Pen Talar y dref, yn unol â'r wybodaeth yn nyddiadur gwaith Gari Caradog.

* * *

Eisteddai Prys a Morgan mewn tawelwch angladdol ar fainc yng ngwaelod gardd gefn Mr a Mrs Harding, eu cwsmeriaid diweddaraf, wrth i'r newyddion syfrdanol am Ceri eu taro.

Safai'r palwr bychan yn segur wrth gefn y tŷ crand o'u blaenau, lle byddai heulfan ffrâm dderw ddrudfawr yn cael ei chodi dros yr wythnosau nesaf. Ni allai'r un o'r ddau ystyried gweithio ar ôl clywed yr hanes.

Ffoniodd Catrin o'r ysbyty rhyw ugain munud ynghynt, ac wedi sgwrsio â hi aeth Mogs â'i frawd i'r naill ochr er mwyn rhannu'r wybodaeth ag e. Dyna lle buon nhw'n eistedd ers hynny, yng nghysgod y gazebo a'r tŷ gwydr, heb wybod yn iawn beth i'w wneud nesaf – mynd i'r ysbyty neu barhau â'u gwaith.

''Co chi, bois, chi'n haeddu'r rhain ar ôl yr holl waith chi 'di neud bore 'ma,' clwciodd Mrs Harding wrth agosáu atynt ar hyd y llwybr yn cario dau fyg o de crasboeth. Ond pan edrychodd y bensiynwraig ar y brodyr, gwyddai ar unwaith fod rhywbeth o'i le. Gosododd y mygiau ar y bwrdd crwn o'u blaen, a gofyn 'Beth sy 'di digwydd, bois?'

Ond nid atebodd yr un ohonynt, oedd mor annodweddiadol o'r ddau siaradus a chyfeillgar a ddechreuodd ar eu gwaith yno'r bore hwnnw. Edrychodd Mrs Harding ar Prys i ddechrau, gan mai fe oedd yr arweinydd – roedd hynny'n amlwg iddi. Ond pan welodd fod dagrau'n llifo i lawr ei fochau garw, trodd at Morgan, a eisteddai wrth ei ymyl â'i fraich gadarn o amgylch ysgwyddau main ei frawd mawr.

'Morgan?' gofynnodd Mrs Harding yn betrusgar, yn y gobaith o gael rhyw fath o ateb ganddo.

Yn araf bach, cododd Morgan ei ben ac edrych arni. Mewn gwirionedd, doedd yr un ohonynt wedi sylwi ei bod hi yno o gwbl.

'Mrs Harding,' dywedodd yntau, heb wybod beth arall i'w ddweud.

'Beth sy 'di digwydd?'

Yn bwyllog, ceisiodd Morgan esbonio. 'Ni newydd gael newyddion drwg... ma un o'n ffrindie... hen, hen ffrind a dweud y gwir... gwraig Wncwl Gari...'

'Ceri?'

'Ie, Ceri...'

'Beth amdani?' holodd Mrs Harding ar ôl i Morgan dawelu.

'Ma hi yn yr ysbyty...'

'*Ysbyty*?'

'Ie, ysbyty...'

'Pam?'

'Ma hi mewn coma...'

'*Coma*? Beth ddigwyddodd?'

'Wncwl Gari...'

'Beth am Gari?' gofynnodd gwraig y tŷ unwaith eto, gan nad oedd Morgan yn chwarae'r gêm fel y dylai.

'Wncwl Gari nath ei rhoi hi yno...'

'Beth?'

'Nath e hanner 'i lladd hi... nos Wener... 'i churo hi... a'i gadael hi i farw...'

Tro Mrs Harding oedd hi i fod yn dawel wedyn, wrth i eiriau Morgan fwrw'r marc. Roedd ei gŵr, Carl, yn chwarae golff gyda Gari Caradog ers blynyddoedd, a bu hithau'n cymdeithasu gyda fe a'i wraig o bryd i'w gilydd mewn digwyddiadau yn ymwneud â'r clwb golff.

'Ble ma Gari erbyn hyn?' gofynnodd Mrs Harding ar ôl rhoi trefn ar ei meddyliau.

Ysgydwodd Morgan ei ben yn araf. 'Ma fe wedi diflannu. Sneb yn gwybod lle ma fe, er bod yr heddlu'n honni eu bod nhw'n gwneud pob ymdrech i'w ffeindio…'

'Fi'n siŵr bod hynny'n wir,' meddai Mrs Harding.

'Ma Ceri yn ysbyty Pen-y-bont, ar life support. Ma Catrin, fy ngwraig, gyda hi…'

'Wel, os y'ch chi moyn mynd, peidiwch meddwl bod rhaid i chi aros fan hyn trwy'r dydd…'

'Diolch, Mrs Harding, ond o beth wedodd Cats, sdim byd gallwn ni neud ta beth…'

'Ond ma angen bod yna i'r ddwy ohonynt, yn does.'

'Diolch, Mrs Harding,' ailadroddodd Morgan. 'Gewn ni weld sut byddwn ni'n teimlo mewn munud. Bach o sioc, chi'n gwbod.'

'Deall yn iawn, deall yn iawn. Cymerwch 'ych amser, a fel wedes i, ewch os oes angen.'

*　*　*

'Fuckin' hell, edrych ar seis y lle 'ma!' ebychodd DC King wrth i Col barcio'r car ar y stryd y tu allan i gartre'r Hardings.

'Neis iawn,' cytunodd Col. 'Ond meddylia am yr holl ddwsto.'

'Beth?'

'Dwsto, ti'n gwbod…'

Ond syllu'n wag arno wnaeth ei bartner, cyn i'r wên ledu ar ei wyneb a dod â jôc wael arall i'w therfyn.

'Ti'n meddwl fod pobl sy'n byw yn y fath lefydd yn dwsto, Col? Talu pobl dlawd i wneud y gwaith caled mae'r crach…'

'Ti'n iawn fyn'na, Kingy. So'r bobl yma'n gwybod y gwahaniaeth rhwng tanc dŵr a Toilet Duck…'

'Beth?'

'Tanc dŵr a Toil… o, fuck off, Kingy!' ebychodd Col wrth weld y wên yn lledu ar wyneb ei bartner unwaith eto.

Wedi dod allan o'r car a cherdded y dreif hirfaith, heibio i fan frwnt Caradog Constructions a'r Toyota Prius newydd sbon oedd wedi'i barcio wrth ochr Land Rover Discovery sgleiniog, cyrhaeddodd y ditectifs y drws derw cadarn oedd yn ganolbwynt i'r tŷ. O gwmpas y porth dringai wisteria, oedd yn ddi-liw ar hyn o bryd wrth gwrs, er y byddai'r planhigyn yn trawsnewid y fynedfa yn ystod y gwanwyn.

Canodd Kingy'r gloch, er bod cnociwr efydd mawr siâp pen llew yn syllu arnynt o ganol y drws. Wrth aros, dechreuodd Kingy feddwl am y peint haeddiannol a fyddai'n aros amdano ar ddiwedd y dydd, ond cyn iddo symud ymlaen at y fodca, y tequila a'r Jäger, agorwyd y drws gan hen ddynes drwsiadus yn gwisgo ffedog flodeuog dros ei dillad drud.

'Mrs Harding?' gofynnodd Col, cyn iddi gael cyfle i ddweud gair.

'Ie… pwy…?'

'Ditectifs Aled Colwyn a Richard King, heddlu Gerddi Hwyan. Ry'n ni ar ddeall bod Prys a Morgan Caradog yn gweithio yma…'

'Ydyn, ond ma nhw eisoes wedi cael y newyddion…'

'Pa newyddion?'

'Am Ceri… Ceri Caradog… y ferch yn y coma…'

'O, ie, newyddion trist tu hwnt…'

'Fyddai modd i ni fynd drwodd i gael gair â nhw, Mrs Harding, os nad yw hynny'n ormod o drafferth?'

'Wrth gwrs, wrth gwrs, ond ma nhw wedi cael sioc. So Prys wedi stopio crio ers clywed, a dyw Morgan ddim lot gwell…'

Dilynodd y ditectifs Mrs Harding trwy'r tŷ anferthol, ac o'r holl gwestiynau oedd yn brwydro am sylw ym mhen Col ar yr eiliad honno, yr un amlycaf o bell ffordd oedd *pam yn y byd roedd angen estyniad ar y bobl 'ma?*

'Edrychwch,' meddai Mrs Harding, gan gyfeirio at y brodyr a eisteddai ar y fainc yng ngwaelod yr ardd. ''Na lle ma nhw 'di bod ers awr bron. Ers i wraig Morgan ffonio.'

'Ma'n rhaid i ni siarad â nhw, Mrs Harding,' dechreuodd DC King esbonio. 'Rhag ofn eu bod nhw'n gallu ein helpu ni i ffeindio'u hewythr.'

'Digon teg, ond mae'n anodd credu y byddai Gari'n gallu gwneud y fath beth, wir nawr. Ma fe'n foi mor ffeind.'

'Chi'n ei adnabod e'n dda, 'te?'

'O, na, na. Ond ma Carl y gŵr a fe'n chwarae golff gyda'i gilydd yn aml.'

'A ble ma'ch gŵr chi heddiw, Mrs Harding?'

'Ble y'ch chi'n meddwl?'

'Yn chwarae golff, ie?'

'Ie. O'n i'n meddwl mai mid-life crisis o'dd e'n gael pan ddechreuodd e chwarae, ond ma fe'n lot rhy hen i gael ei ystyried yn ganol oed erbyn hyn!'

Chwarddodd y ddau'n gwrtais ar hynny, cyn ei gadael yn y gegin a chamu'n bwyllog tuag at y brodyr. Wrth agosáu atynt, rhyw gam neu ddau o flaen ei bartner, ystyriodd Col ei argraff gyntaf o'r brodyr Caradog. Gallai weld ar unwaith fod un yn llawer mwy o faint na'r llall ond, er hynny, roedd y tebygrwydd teuluol yn amlwg, yn enwedig o ran esgyrn eu bochau a siâp cyffredinol eu hwynebau. Roedd cyhyrau'r un mawr yn sylweddol, a dweud y lleiaf, yn enwedig yn yr heulwen heddiw, gan ei fod yn gwisgo fest dynn oedd yn arddangos ei arfwisg gnawdol i'r byd, tra oedd rhai'r brawd lleiaf ei faint yn llai amlwg ond yn fwy caled rywsut, ar ôl blynyddoedd o waith corfforol.

Cododd yr un mawr ei ben pan ddaeth Col o fewn deg llath iddynt, ond parhau i syllu tua'r llawr wnaeth y llall.

'Prys Caradog?' dyfalodd Col yn anghywir.

Ysgydwodd Morgan ei ben.

'Morgan?'

'Ie. Pwy sy'n gofyn?'

'Ditectifs Aled Colwyn a Richard King, heddlu Gerddi Hwyan,' meddai Col, gan fflachio'i fathodyn o dan drwyn y cawr. Yna cofiodd Morgan am rybudd ei wraig pan ffoniodd, er i hwnnw gael ei gladdu o dan y newyddion torcalonnus am Ceri. Tan nawr.

Cododd Morgan a chynnig ei law i'r ddau dditectif yn eu tro. Ar unwaith, cymerodd Aled Colwyn ato gan wneud nodyn meddyliol nad dyna oedd yr ymateb arferol pan fyddai e'n cyflwyno'i hun i'r rhan fwyaf o bobl ar lefel broffesiynol.

'Beth gallwn ni wneud i'ch helpu chi? Ni 'di clywed am Ceri'n barod. Ffoniodd Catrin, fy ngwraig, rhyw awr yn ôl…'

'Mae'n flin iawn gyda ni am yr hyn sydd wedi digwydd i'ch ffrind, Mr Caradog…'

'Morgan. Galwch fi'n Morgan.'

Cododd gobeithion Col gyda hynny, gan fod Morgan Caradog yn llawer mwy croesawgar nag roedd yn ddisgwyl. Efallai na fyddai'r llwybr at y gwir mor garegog â hynny wedi'r cyfan.

'Wrth gwrs, Morgan. Cwpwl o gwestiynau sydd gyda ni, 'na gyd. Fi'n siŵr eich bod yn awyddus i ymuno â'ch gwraig yn yr ysbyty.'

'Cwestiynau?'

'Ie, yn bennaf am eich ewythr, Gari Caradog. Ond hefyd am gyfres o ladradau sydd wedi…'

Ond cyn iddo gael cyfle i orffen y frawddeg, ffrwydrodd Prys ar ei draed wrth ymyl ei frawd a dechrau gweiddi.

'Pam nag y'ch chi mas 'na'n edrych amdano fe? Pam?!'

'Prys!' ebychodd DC King, gan gamu tuag ato.

'Mr Caradog i ti, gw' boi!' poerodd Prys ei ymateb, gan syllu ar y ditectif ifanc fel tasai arno awydd ei ladd.

'Mr Caradog.' Erfyniodd Col arno i dawelu, ond nid oedd

Prys yn bwriadu cydymffurfio. Bu'r gair 'lladradau' fel lliain coch i darw, a'i fwriad oedd osgoi cwestiynau'r moch am nawr, tan iddo fe a Mogs gael cyfle i drafod y cam nesaf, beth bynnag fyddai hwnnw…

'Beth y'ch chi'n neud fan hyn? Yn dod i'n cwestiynu ni tra bod y bastard yna mas 'na'n rhywle, yn rhydd i wneud beth fynno fe!'

'Prys!' ebychodd Morgan, gan droi at ei frawd. 'Ma nhw'n ceisio ffeindio Wncwl Gari, myn…'

'Bollocks, Morgan! Dylsen nhw fod mas 'na'n chwilio, dim fan hyn yn… yn…' Tawelodd Prys cyn honni bod yr heddlu'n eu herlid, gan nad oedd hynny'n wir. 'C'mon, Mogs, fuck this! Fi'n mynd i'r ysbyty, cyn ei bod hi'n rhy hwyr.'

Gwyliodd Morgan a'r ditectifs Prys yn troedio'r llwybr tua'r tŷ.

'Sori am hynna,' meddai Morgan o'r diwedd. 'Ma'r newyddion wedi ffwcio Prys lan, gwd and proper.'

'Deall yn iawn, Mr Car… Morgan, deall yn iawn…'

'Hi oedd ei gariad cyntaf, ch'wel…' cynigiodd Morgan heb anogaeth.

'Pwy?'

'Ceri. Gwraig Wncwl Gari. Yr un yn y coma. 'Na pam ma Prys mor ypsét.'

'O,' oedd ateb Col, ond yn ffodus roedd Kingy dal yn effro.

''Drych, Morgan. Jyst cwpwl o gwestiynau clou sydd gyda ni. Ni'n gwbod bod chi ar frys i fynd i'w gweld hi.'

'Fire away,' meddai Morgan yn ddifeddwl.

'O's 'da ti unrhyw syniad ble alle dy ewythr fod? Unrhyw deulu? Hen gariadon? Ffrindiau?'

'Ni 'di rhoi APW cyffredinol mas, ond bydde unrhyw gliw yn gymorth.'

Ystyriodd Morgan y cwestiwn mewn tawelwch llethol, a

gafodd ei dorri gan Prys yn canu corn y fan ac yn refio injan y cerbyd yr ochr arall i'r tŷ.

'Dim clem, sori. Sdim lot o ffrindiau 'da Wncwl Gari, ch'wel, jyst acquaintances, chi'n gwbod. A sai'n gwbod am gariadon na dim. Ma fe 'di bod gyda Ceri ers rhyw ugain mlynedd, a so ni'n rhyw agos iawn…'

'Ond chi'n gweithio iddo fe?'

'Ydyn. Ond so hynny'n meddwl dim byd, really. Dim iddo fe, ta beth. Ma fe 'di trin fi a Prys yn reit wael dros y blynyddoedd…'

'Ym mha ffordd?'

'Dim byd serious, jyst… wel… so fe'n talu'n dda… er mai ni sy'n gwneud y gwaith…' Stopiodd Morgan cyn gynted ag y sylwodd ei fod wedi dweud gormod, ond, wrth gwrs, roedd yn rhy hwyr o lawer.

Canodd Prys y corn unwaith eto – ddwy, dair, bedair gwaith. Gwenodd Morgan a chodi'i ysgwyddau, gan ysu am gael diflannu er mwyn dod â'r cyfweliad i ben. Gwyliodd wrth i'r ddau dditectif sgwennu rhywbeth yn eu llyfrau nodiadau.

'Yr unig beth galla i feddwl yw bod Wncwl Gari'n arfer bod yn y TAs, ages yn ôl cofiwch, cyn iddo fe ddechrau chwarae golff. Ma fe braidd yn obsessed gyda rhyfel a stwff. Ei arwr yw Andy McNab…'

Syllodd y ditectifs arno gan geisio deall perthnasedd ei ddatganiad.

'Falle bod e 'di mynd i weld rhywun o'dd e'n arfer bod yn y TAs gyda fe, 'na i gyd.' Cododd Mogs ei ysgwyddau unwaith eto wrth i gorn y fan ganu'n groch dros y gymdogaeth. 'Sori, rhaid i fi…'

'Wrth gwrs,' cydnabyddodd DC Colwyn, gan gamu o'r ffordd a gadael i'r cawr basio a dilyn ei frawd am yr ysbyty.

Wedi iddo ddiflannu, eisteddodd y ddau dditectif ar y fainc yn yr heulwen.

Cyneuodd Kingy sigarét. 'Beth ti'n feddwl?' gofynnodd.

Pendronodd Col dros y cwestiwn am sbel, cyn codi'i ysgwyddau a gwatwar Morgan wrth wneud.

'Diddorol iawn,' meddai o'r diwedd, cyn codi ar ei draed heb air pellach ac ymlwybro'n araf yn ôl ar hyd y llwybr, ar goll yn ei feddyliau.

Dedfryd Oes

1997

'Beth ddigwyddodd i ti?' gofynnodd Morgan i'w frawd, braidd yn fygythiol, wrth iddo ddychwelyd i'r tŷ, er mai ei anwybyddu wnaeth Prys, fel arfer, gan ddal i syllu ar sgrin y teledu. 'Ble oeddet ti, Prys? Fuckin' hell, myn, ti oedd moyn mynd i weld y ffilm! Dy syniad di oedd yr holl beth!'

'Ti moyn lager, Mogs?' gofynnodd Catrin, a ysai am gael gadael y lolfa cyn i'r brodyr ddechrau cweryla unwaith eto, fel roedden nhw'n gwneud fwyfwy yn ddiweddar.

'Plis, babes.'

'Der ag un i fi 'fyd, plis, Cats?'

'No fuckin' way! Cod ar dy draed, y bastard diog. Beth sy'n bod arnot ti? Ti'n fuckin' pathetic, Prys, pathetic!' cyfarthodd Morgan ar ei frawd, cyn dilyn ei gariad i'r gegin.

Nos Wener oedd hi, diwedd wythnos arall o waith corfforol, ond boddhaol, i Morgan ac wythnos yn llawn llafur sylfaenol yn salon trin gwallt Making Waves i Catrin, lle roedd hi'n araf ddysgu ei chrefft, gan gynnwys gwneud coffi, ateb y ffôn, sgubo'r llawr a llyfu tin. Ar ôl pryd o fwyd Eidalaidd ym mwyty Tony's yng nghanol y dref, ac yn unol ag awgrym Prys, aeth y cwpwl i'r sinema leol, y Monico, i wylio *U Turn*. Roedd Prys i fod i gwrdd â nhw yno, ond wrth gwrs, symudodd e ddim o'r soffa. Er nad oedd ei absenoldeb wedi difetha noson Mogs a Catrin mewn unrhyw ffordd, roedd y ffaith ei fod wedi colli diddordeb ymhob dim heblaw am y cwrw a'r ganja yn peri gofid i'w frawd.

Roedd agwedd Prys at y byd yn gyffredinol wedi dirywio ers misoedd bellach, ac wrth gwrs, ar Morgan yr oedd hynny'n effeithio fwyaf, gan mai fe oedd yn gorfod byw gyda'r bastard blin o ddydd i ddydd. Symudodd Catrin yn ôl at ei rhieni o fewn pythefnos iddi gael ei thaflu allan yn dilyn ei chanlyniadau Lefel A, ond byddai'n treulio o leiaf dair noson yr wythnos gyda'i chymar. Ac er i Catrin a Mogs drafod symud i mewn gyda'i gilydd, nid oedd yr un ohonynt yn ennill digon o arian i wneud hynny, felly roedd y brodyr yn gaeth gyda'i gilydd am y tro.

'Co ti,' meddai Catrin wrth basio potelaid o Grolsch oer i Morgan.

'Ta,' meddai hwnnw, cyn yfed yr hylif hyfryd ac yna gafael yn ei gariad a'i thynnu tuag ato. 'Sori am hynna,' sibrydodd yn ei chlust, ei gefn yn grwm fel Quasimodo. 'Ond ma fe'n blydi hunllef i fyw gyda fe'r dyddie 'ma...'

'Fi'n gwbod, babes, ond ti'n gorfod cofio...'

'I know, I know, ma fe'n cael amser caled a ni mor lwcus,' meddai Morgan, heb wneud unrhyw ymdrech i guddio'r coegni. Roedd Catrin wedi bod yn ceisio cadw'r heddwch rhwng y brodyr ers amser, gan atgoffa Morgan o dorcalon ei frawd yn rhy aml o lawer. Ym marn Mogs, roedd hi'n hen bryd iddo fe dynnu'i fawd mas a symud ymlaen.

'Jyst ceisia fod yn amyneddgar, 'na gyd.'

'Mae'n anodd gwneud hynny weithiau, Cats. Yn anodd iawn.'

'Fi'n gwbod. 'Drych, cer di lan i'r gwely...'

'Ble ti'n mynd?'

'Hang on! Bydda i lan mewn munud. Fi jyst moyn neud yn siŵr bod Prys yn OK...'

'Fuckin' hell, Cats, paid rhoi sylw iddo fe, 'na'n gwmws beth ma fe moyn.'

Tynnodd Catrin yn ôl o'i afael, gan edrych yn ddwys i ddyfnderoedd ei lygaid. 'Mogs, ma dy frawd di'n depressed. Yn depressed iawn. Ti'n deall hynny?'

Nodiodd Mogs.

'Good. Nawr cer lan stâr a gwna'n siŵr dy fod ti'n barod

amdana i, iawn,' gorchmynnodd, gan godi'i haeliau'n awgrymog, cyn sefyll ar flaenau ei thraed, ei gusanu ac yna'i gnoi'n gnawdol ar ei wefus isaf.

Fel bachgen da a chanddo godiad mawr, aeth Morgan yn syth i fyny'r grisiau i dynnu ei ddillad ac ymbaratoi ar gyfer addewid ei gariad tra aeth Catrin, â dwy botel lager yn ei llaw, i ymuno â Prys o flaen y bocs.

'Co ti,' meddai Catrin wrth eistedd ar y soffa a phasio un o'r poteli i Prys.

'Diolch,' atebodd yntau, gan godi i'w eistedd.

Syllodd Catrin arno o gornel ei llygad, gan deimlo cymaint o dosturi drosto. Wrth edrych ar ei lygaid gwaetgoch, synhwyrodd ei bod yn bur debyg iddo fod yn crio, ond yna sylwodd ar y bong ar y bwrdd coffi, a newid ei meddwl. Roedd Prys yn isel ei ysbryd, doedd dim amheuaeth o hynny ym meddwl Catrin, ond gwyddai nad oedd ei yfed a'i gam-drin cyffuriau diddiwedd yn help chwaith, heb sôn am ei ddiogi amlwg.

Ceri Isaac oedd wrth wraidd ei holl broblemau, wrth gwrs – neu, yn hytrach, perthynas Ceri ac Wncwl Gari. Ond roedd Catrin wedi gweld newid cynnil yn agwedd ei ffrind tuag at ei chariad hŷn yn ystod yr wythnosau diwethaf. Roedd y brwdfrydedd dall wedi diflannu bellach, a'r cyffro cychwynnol wedi pylu. Ac wedi sgwrs fynwesol â Ceri dros botelaid o win yn y Butchers y noson cynt, roedd Catrin yn weddol sicr bod cyfle gan Prys i'w hadennill o grafangau ei ewythr.

Cic yn ei din oedd ei angen arno, gwthiad yn y cyfeiriad cywir, hwb ac ychydig o anogaeth. A dyna'n union roedd Catrin yn bwriadu ei roi iddo nawr.

'Weles i Ceri neithiwr,' dechreuodd, gan fachu'r Prysgodyn ar y cynnig cyntaf. Trodd ei ben o gyfeiriad yr ynfytyn-flwch wrth glywed ei henw.

'Ble?' gofynnodd Prys, wrth i ddelwedd erchyll Ceri'n addoli wrth allor ei ewythr fflachio o flaen ei lygaid.

'Yn y Butchers.'

'Yw hi'n iawn?'

'Mae'n OK. Ro'dd hi'n gofyn amdanot ti…'

Pefriodd llygaid Prys. 'Oedd hi?'

'Oedd.'

'Beth wedodd hi?'

'Dim byd mawr…'

'O.' Roedd y siom yn amlwg yn yr ateb unsill.

'Fi'n credu bod hi'n difaru peidio rhoi go i bethe gyda ti.'

'Beth ti'n meddwl? Sai'n deall.'

'Wel, ges i'r teimlad…'

'Teimlad?'

'Gad fi orffen, Prys!'

'Sori.'

'Ges i'r teimlad, vibe os lici di, bod pethe'n dechrau cwlio rhyngddi hi a Gari…'

'Pa fath o vibe?'

'Wel…' Crafodd Catrin am ateb, gan nad oedd hi'n hollol ddidwyll fan hyn. 'Fel arfer, ma hi'n mynd 'mlân a 'mlân am eu perthynas…' Oedodd Catrin ac atal llif ei geiriau, diolch yn bennaf i'r olwg ar wyneb Prys. 'Ond neithiwr… wel… doedd y sbarc arferol ddim yno… dim brwdfrydedd, dim cyffro…'

'So?'

'Soooo, fi'n credu bod siawns 'da ti i'w…' Sychodd ei geiriau wrth i Catrin chwilota am yr ansoddair cywir.

'Beth, Cats? Beth ddylen i neud?'

'Sai'n hollol siŵr, ond fi'n gwybod hyn: ma merched yn hoffi bechg… dynion… sy'n proactive ac sy'n gwybod beth ma nhw moyn, reit…'

Cododd Prys ei ysgwyddau.

'Ydyn, ma nhw, Prys. Heb os. 'Na'r gwahaniaeth rhwng bachgen a dyn go iawn, yn ôl rhyw erthygl yn *Cosmo* ddarllenes i yn y salon, ta beth…'

'Ond beth ddylen i *wneud*?'

Gwenodd Catrin, gan wybod bod Prys wedi'i rwydo a'i ddiberfeddu erbyn hyn.

'Syml. Cer i'w gweld hi. Siarad â hi. Bydd yn onest. Ma merched yn hoffi bach o hynny hefyd. Dwêd wrthi sut ti'n teimlo. Dwêd wrthi faint mae hi'n meddwl i ti…'

'A ti'n meddwl bydd hi'n ei adael e?'

'Fi'n meddwl fod yna siawns dda iawn o hynny.'

'Pryd?'

'ASAP.'

'ASAP?'

'Ie.'

'Fel heno?'

'Na, dim heno. Mae'n rhy hwyr nawr.'

'Bore fory?'

'Pam lai.'

* * *

Canodd larwm Prys am wyth o'r gloch y bore canlynol, a chododd ar unwaith, gan fynd yn syth i'r gawod i olchi budreddi'r diwrnod cynt o'i wallt a'i groen. Wedi gwneud hynny, gwisgodd ddillad glân a sortio'i wallt yn y drych, cyn mynd i'r gegin i lenwi'i fol. Ond wrth gyrraedd yno, sylweddolodd, diolch i help y pili-palas bywiog oedd yn byw yn ei berfedd yr eiliad honno, nad oedd bwyta'n syniad da. Darbwyllodd ei nerfau ef, ynghyd â'r niwl arferol sy'n mynd law yn llaw â chael chwe chôn a hanner potelaid o fodca'r noson cynt, na fyddai bwyta unrhyw beth solet yn syniad da cyn mynd i weld Ceri. Yn hytrach, llenwodd wydr peint â dŵr ac estyn asbrin toddadwy o'r cwpwrdd. Yfodd dri chwarter yr hylif, cyn gollwng y tabledi i mewn, ac wrth iddynt doddi a byrlymu aeth Prys i wneud galwad ffôn.

Eisteddodd ar y soffa, codi'r ffôn oddi ar y bwrdd coffi a gwasgu'r rhifau oedd yn hen gyfarwydd iddo erbyn hyn. Gyda'i galon ar fin ffrwydro, arhosodd yn geg-sych am ateb. Wedi o leiaf ugain caniad, daeth llais benywaidd ar ben draw'r lein.

'Isaac residence, Jennifer speaking.'

'Uh… helô, Mrs Isaac… ydy Ceri 'na plis?'

'Na. Sori. Mae Ceri'n aros gyda'i ffrind Catrin dros y penwythnos. Ni fydd hi 'nôl tan nos Sul. Ga i gymryd neges?'

'Uh… na… dim neges… diolch, Mrs Isaac…'

Dychwelodd Prys y derbynnydd i'w grud ac aros i'w galon arafu. Wrth wneud, gwisgodd ei Sambas newydd sbon am ei draed, cyn dychwelyd i'r gegin ac yfed ei foddion, estyn ei got a gadael y tŷ. Er, rhaid cyfaddef nad oedd ei galon wedi arafu rhyw lawer chwaith.

* * *

'Lle yn y byd ma fe'n mynd?' gofynnodd Morgan wrth iddo gael ei ddihuno gan ddrws ffrynt y tŷ'n cael ei gau'n glep gan ei frawd.

'Sai'n gwybod,' gwenodd Catrin, oedd wedi bod ar ddihun ers hanner awr, yn gorwedd yno'n gwylio'i phoster Athena dynol yn cysgu'n dawel wrth ei hochr.

'Pam ti'n gwenu?'

'Achos,' oedd ei hateb wrth i'w llaw dde grwydro i lawr 'styllen olchi llengig Morgan, ar ei ffordd at ei ganol gwefrol, oedd eisoes yn dynwared goleudy...

* * *

Allan o'r tŷ ac ar draws y cae chwarae aeth Prys, ei galon yn curo a'i feddwl ar ras. Roedd geiriau Catrin y noson cynt yn atseinio rhwng ei glustiau. 'Dwêd wrthi sut ti'n teimlo. Dwêd wrthi faint mae hi'n meddwl i ti', er nad oedd gan Prys syniad ble i ddechrau. Wrth gwrs, gwyddai na fyddai'n cael cyfle i ddweud gair os byddai Wncwl Gari gartref, ond roedd yn rhaid iddo geisio gweithredu, roedd hynny'n amlwg. Cawsai ddigon ar yr hunandosturi, dyna'r gwir, digon ar y tywyllwch oedd yn ei dagu'n ddyddiol, digon ar yr unigrwydd a deimlai a'r cenfigen oedd yn ffrwtian yn ddwfn ynddo.

Eisteddodd ar fainc wrth y gamlas, lle smociodd rôl a rhoi trefn ar ei feddyliau. Gyda'r gwlith yn dal i fritho'r gwair a'r planhigion ar y lan, a haul hwyr yr hydref heb godi eto uwchben y coed, bu'r ffresni o gymorth iddo bwyllo rhyw fymryn. Sugnodd ar y sigarét gan syllu ar ddŵr y gamlas lonydd. Gwelodd gysgodion aneglur yn nofio yn y mwrllwch, gan dorri'r arwyneb o bryd i'w gilydd a tharfu ar y llonyddwch.

Meddyliodd.

Ystyriodd.

Trefnodd.

Taflodd y stwmp at y pysgod, cyn codi ac ailgydio yn ei daith.

Ymhen chwarter awr cyrhaeddodd Ystad y Castell, gan arafu ei gamau wrth agosáu at dŷ ei ewythr er mwyn gweld oedd ei gar yno ai peidio. Gwenodd wrth weld nad oedd arwydd ohono, ond yna sylweddolodd nad oedd esgus ganddo i beidio â wynebu Ceri nawr, a bod yn rhaid iddo weithredu; roedd yn rhaid iddo fod yn ddyn.

Aeth i fyny'r dreif at y drws ffrynt. Oedodd, edrych dros ei ysgwydd, rhag ofn, ac yna canu'r gloch. Edrychodd ar y cymylau duon yn ymgasglu uwchben, a meddyliodd efallai fod car Wncwl Gari yn y garej neu, yn waeth byth, fod Ceri wedi'i fenthyca er mwyn mynd i siopa gan adael Wncwl Gari yn y gwely'n cael lie-in. Dechreuodd ei galon garlamu, ond pan agorwyd y drws, ei angel oedd yno i'w groesawu yn hytrach nag ellyll mwyaf ei fodolaeth.

Er hynny, encilio oedd ei reddf gyntaf. Rhedeg i ffwrdd. Ffoi. Yna gwenodd Ceri, gan hoelio'i draed i'r unfan a'i orfodi i ddweud ei ddweud.

'Beth ti'n neud 'ma?' gofynnodd Ceri'n llawn pryder, gan wthio'i phen allan trwy'r drws i weld oedd unrhyw arwydd o Gari, cyn ei dynnu i mewn i'r cyntedd yn ddisymwth. 'Beth ti'n neud 'ma, Prys?' ailadroddodd ei chwestiwn. Roedd yr ofn yn amlwg yn ei llygaid, a'r wên wedi hen ddiflannu.

'O'dd rhaid i fi dy weld di.'

'Pam?' gofynnodd, gan ei arwain tuag at gefn y tŷ, heibio i'r bar brecwast oedd wedi'i ysgythru am byth ar ei gof. Yn wahanol i'r noson honno, roedd Ceri o leiaf wedi gwisgo heddiw – jîns glas tywyll tyn a hoody oedd yn amlwg yn eiddo i Wncwl Gari, gan ei fod yn lot rhy fawr i'w ffrâm eiddil.

'Fi'n dy garu di, Ceri.'

Trodd Ceri yn yr unfan, gan achosi i Prys gerdded yn syth i mewn iddi. Yn reddfol, ceisiodd yntau ei chofleidio, ond gwthiodd hi e i ffwrdd. Trodd ei chefn eto, gan blygu ei phen a dechrau wylo.

Nid dyma'r ymateb roedd Prys yn gobeithio'i gael, ac ar y gair, dechreuodd fwrw glaw, gan swnio fel cenllif ar do gwydr yr heulfan.

Gosododd Prys ei law ar ei hysgwydd.

'Pam ti'n crio, Ceri?'

Trodd hithau a gadael i'w freichiau cryfion afael ynddi, ond nid atebodd ei gwestiwn, dim ond parhau i feichio crio.

'Pam ti'n crio, Ceri?' ailadroddodd Prys ei gwestiwn, ac ar ôl iddi lwyddo i atal llif ei hemosiynau eisteddodd y ddau ar soffa gyfagos, er mwyn iddi geisio'i ateb.

'Fi 'di neud camgymeriad, Prys,' dechreuodd hi. 'Fi'n dy… hoffi… di hefyd… ti'n gwbod… fel yna…'

Roedd Prys yn methu credu ei glustiau. Roedd Catrin yn iawn!

'Ond fi'n ofnus…'

'O beth?'

'O Gari.'

'Pam?'

'Sai'n gwybod beth neiff e os…'

'Yw e 'di neud rhywb…?'

'Na, na. Dim i fi. Ond ma fe'n gallu bod braidd yn possessive.'

'Ym mha ffordd?'

'Wel, ma fe moyn i fi symud mewn…'

'Symud mewn? No way!'

'*Way*! Ond sai moyn.'

'Beth arall?'

'Dim lot, ond ti'n gwbod shwt ma fe.'

'Ydw,' cadarnhaodd Prys, gan afael yn dyner yn ei dwylo.

'Well i ti fynd. Bydd e 'nôl mewn munud.'

'Sai moyn mynd. Newn ni ddweud wrtho fe gyda'n gilydd.'

'Dweud beth?' meddai Gari.

Rhewodd y cariadon wrth glywed llais uchel eu holl hunllefau'n camu i mewn i'r heulfan.

Trodd Ceri i'w wynebu, tra syllodd Prys yn syth ar ei ewythr, y casineb a'r ofn pur yn cydfyrlymu yn ei fogel.

'Dweud beth?' ailadroddodd Gari, gan gamu atynt â gwên filain ar ei wyneb. Safodd yno fel cawr, yn edrych i lawr ar ei nai a'i gariad. Gwyddai ar unwaith fod rhywbeth mawr o'i le, ac yna cadarnhaodd Prys ei amheuon.

Cododd Prys a sefyll yn heriol o flaen ei ewythr. Syllodd i fyw ei lygaid, er nad oedd ymddwyn fel hyn yn dod yn naturiol iddo o gwbl.

'Dweud beth?'

'Ma Ceri'n 'ych gadael chi, Wncwl Gari. Fi'n ei charu hi, ac mae hi'n 'y ngharu i.'

Arnofiodd y lled wirionedd yn yr awyr am eiliad. Anadlodd

Gari'n ddwfn, gan ystyried y sefyllfa. Ac yna, heb rybudd, ffrwydrodd, gan afael yng ngwallt Ceri a gwar Prys a'u llusgo ill dau trwy'r tŷ, i'r garej. Sgrechiodd y pâr ifanc, ond ni chlywodd Gari eu protestiadau – roedd y niwl coch wedi syrthio a'i synnwyr arferol wedi'i ddallu'n llwyr. Yn y garej, ceisiodd eu gorfodi i eistedd ar y fainc codi pwysau, ond er bod Prys yn barod i ildio, nid felly Ceri. Rhegodd, ciciodd, brathodd a dyrnodd, gan ysgogi Gari i ymateb yn debyg, gan ei tharo'n anymwybodol ag ergyd cledr agored ar draws ei hwyneb. Stopiodd hi rhag cwympo ar lawr caled y modurdy, a'i gosod ar yr hen garped o dan draed yn ofalus. Wrth weld yr hyn wnaeth ei ewythr, cododd Prys ar ei draed yn llawn her, ond derbyn dwrn i'w drwyn wnaeth yntau hefyd, gan chwalu'i ffroenau'n deilchion a gwneud iddo hedfan trwy'r awyr a glanio ar bentwr o fatiau ymarfer gerllaw.

Tywyllwch.

Tawelwch.

Agorodd Prys a Ceri eu llygaid mewn cytgord, diolch i fwced o ddŵr oer a daflodd Wncwl Gari dros eu hwynebau. Roedd y ddau ohonynt yn eistedd ochr yn ochr ar y fainc codi pwysau bellach, eu garddyrnau a'u pigyrnau wedi'u clymu'n dynn, gan ei gwneud hi'n amhosib iddynt ddianc. Ond, yn llawer gwaeth na hynny, chwifiai Wncwl Gari wn o'u blaenau. Gwnaeth sioe fawr o gocio'r Walther PPK, cyn dal yr arf at dalcen ei nai. Ar unwaith, teimlodd Prys gynhesrwydd gwlyb yn ei drowsus cyn i'r ddau garcharor ddechrau crio, eu beichiadau'n codi a chwympo fel un.

'Nawr 'te, Prys bach. Chlywes i ddim beth wedest ti wrtha i funud yn ôl. Allet ti ailadrodd dy hun, plis?'

'Sori, Wncwl Gari,' bloeddiodd Prys trwy ei ddagrau. 'Do'n i ddim yn meddwl…'

Ond ni orffennodd Prys ei frawddeg, oherwydd defnyddiodd Wncwl Gari'r gwn i'w guro ar draws ei foch.

'Pathetig!' poerodd. 'Lle ma dy geilliau di nawr, gw' boi?'

Ond yn ôl y disgwyl, ni chafodd ateb.

'A beth amdanot ti, Ceri? Ti'n 'i garu fe, wyt ti? Ar ôl yr holl bethe dwi 'di neud i ti.'

Syllodd Ceri ar y llawr, ei dagrau'n cronni wrth ei thraed.

'Edrych arna i!' bloeddiodd Gari, gan ddefnyddio'r gwn i godi ei gên a'i llygaid tuag ato. Wedi mynnu ei sylw yn y fath fodd, trodd y gwn at dalcen Prys eto.

'*Pwy* wyt ti'n ei garu, Ceri?'

Mwmiodd Ceri ei hateb o dan ei hanadl.

'*Pwy*?!'

'Ti!' bloeddiodd Ceri'n ôl.

Gwenodd Gari wedi clywed hynny, cyn mynd ati i ddatglymu rhwymau Prys. Ond cyn ei adael yn rhydd, gafaelodd yn ei wallt a dal y gwn o dan ei ên.

'Paid byth ffwcio 'da fi eto, Prys, ti'n deall?' sibrydodd yn ei glust, cyn ei wthio tua'r drws mor wyllt nes iddo faglu a chwympo ar lawr.

Wrth godi, edrychodd Prys yn ôl ar yr olygfa: Ceri wedi'i chlymu i'r fainc ac yn wylo ac Wncwl Gari'n codi uwch ei phen, y gwn yn ei law a'r gwylltineb mor amlwg yn ei lygaid. Gwyddai fod Ceri wedi'i chaethiwo am byth yng ngharchar seicolegol Wncwl Gari.

Chwarae Cwato

2016

'O'wite if I get changed into vese 'ere, guv?' gofynnodd Gari Caradog i'r dyn ifanc y tu ôl i'r til yn warws y cerddwyr ym Meddgelert, mewn acen cocni fyddai'n llenwi Guy Ritchie â balchder.

'The changing rooms are upstairs,' oedd ateb cynnil y cynorthwyydd, a hwnnw eisoes wedi troi ei gefn arno er mwyn gweini'r cwsmer nesaf.

'Fanks, mate.'

Gafaelodd Gari yn y gêr ac anelu am y grisiau. Aeth i mewn i'r cuddygl pellaf posib a chau'r drws ar y byd tu allan. Rhoddodd ei fagiau ar lawr ac eistedd ar y stôl fach yng nghornel yr ystafell newid. Tynnodd ei gap pêl-fas, ei warchodfa rhag llygaid craff y camerâu cylch cyfyng, a rhedeg ei law trwy ei wallt yn araf. Teimlai ei groen yn gleiog yn dilyn noson ddi-gwsg. Gwelai ei hun yn syllu'n ôl o'r drych ar y wal gyferbyn, felly caeodd ei lygaid ac anadlu'n ddwfn. Ar wahân i'r blinder, ni theimlai unrhyw emosiwn arall. Dim edifeirwch. Dim cywilydd. Roedd ei ben mor wag ag wy Pasg. Doedd dim niwl bellach, dim dicter na gwylltineb. Gwyddai iddo fynd gam yn rhy bell y noson cynt, ond nid oedd modd dadwneud hynny bellach.

Doedd dim troi'n ôl.

Ymlaen!

Awê!

I'r gad!

Yn araf ac yn ofalus, dewisodd ei guddwisg gyntaf o'r pedwar cyfuniad posib roedd newydd eu pwrcasu. Gwisgodd drowsus cerdded lliw caci, siwmper gnuog ddu, sanau trwchus dibatrwm, het wlân ddu â phig i gysgodi'i lygaid a chot Gore-Tex ddrudfawr.

Dim byd llachar.

Dim byd i dynnu sylw.

Aeth un dyn i mewn i'r ystafell newid a daeth dyn gwahanol mas.

Gyda'i ysbail yn ei afael, sleifiodd o'r siop brysur heb ddweud bw wrth neb. Dychwelodd i'w gar y tu ôl i'r Warws, yn ddigon pell o'r brif ffordd a redai drwy'r pentref. Rhoddodd ei fagiau yn y bŵt, cyn llithro y tu ôl i'r olwyn a throi'r radio ymlaen er mwyn clywed y newyddion. Arhosodd am bedair munud yn gwrando ar y cyflwynydd a'i westai arbennig, heb glywed eu geiriau chwaith, cyn i'r bwletin Cymraeg ddod 'mlaen, ond doedd dim sôn am lofruddiaeth nac am ymosodiad, na helfa genedlaethol am ddyn arfog a pheryglus.

Diffoddodd y radio. Caeodd ei lygaid. Roedd e'n ysu am gwsg. Dechreuodd y glaw gwympo, yn reit ysgafn i gychwyn cyn troi'n genllif byddarol ymhen dim. Atgoffodd hynny Gari o'i ymweliad cyntaf â Beddgelert, rhyw ddeugain mlynedd yn ôl bellach, ar benwythnos gyda'i gyd-breswylwyr o'r cartref plant, gan gynnwys ei frawd mawr, Gwyn. Ar yr achlysur hwnnw, cysgai'r grŵp mewn byncws syml ychydig bellter o'r pentref, heb fod ymhell o waelod Llwybr Watkin. Cofiodd am y balchder wrth gyrraedd copa'r Wyddfa am y tro cyntaf a'r siom na allai weld dim byd oddi yno gan fod y cymylau'n glynu at yr ucheldiroedd, fel candi fflos anferth ar drwyn cawr. Ar wahân i hynny, yr unig beth arall y gallai ei gofio oedd y diffyg cwsg a'r glaw diderfyn.

Gyrrodd Gari ei gar o faes parcio'r Warws tuag at ganol y pentref, dros y bont gul ac i'r chwith at Gaffi Lyn. Cafodd le i barcio ym mhen draw'r lôn gyfyng, wrth wal derfyn y ffordd. Roedd y glaw wedi peidio'n gyfan gwbl bellach, felly camodd o'r car a gafael yn y bagiau plastig. Agorodd y bŵt a throsglwyddo'i ddillad newydd i'w warfag cynfas. Stwffiodd y dillad i mewn at yr hyn oedd yno'n barod, cyn cefnu ar y cerbyd â'r rhifau cofrestru dieithr. Dychmygodd tybed ble roedd y camper-fan honno oedd bellach yn arddangos rhifau cofrestru ei gar. Ddim yn y lay-by ger Carno, siawns. Gobeithiai fod y teithwyr wedi anelu am y de ben bore, er mwyn drysu'i erlidwyr a'u hatal rhag dod ar ei drywydd.

Ni fyddai neb yn disgwyl iddo ddianc i Feddgelert. Ar wahân i dri ymweliad – gyda'r cartref preswyl yn ei arddegau, gyda'r TAs ar un achlysur ac unwaith arall gyda Ceri ar ddechrau eu perthynas – nid oedd ganddo unrhyw gysylltiad â'r lle. Ac ar ben hynny, byddai'r heddlu'n siŵr o wybod erbyn hyn ei fod wedi cymryd ei basport cyn ffoi, ac oherwydd hynny byddent yn gwylio'r meysydd awyr a'r porthladdoedd, yn hytrach na chefn gwlad gogledd Cymru.

O'r car, aeth Mr C yn syth i dafarn Tanronnen, reit yng nghanol y pentref – rhwng y siop ac afon Glaslyn, dros y ffordd i'r parlwr hufen iâ, dafliad carreg o fedd y ci nad oedd erioed wedi bodoli.

Aeth i mewn trwy'r brif fynedfa, yn syth at y dderbynddesg ddinod. Doedd neb yno, felly canodd y gloch fach gopr ac aros.

'I'll be with you now,' dywedodd llais benywaidd o'r bar drws nesaf. Dyfalodd Mr C yn gywir mai un person yn unig oedd ar ddyletswydd yn y gwesty ar y pryd, felly rhoddodd ei fagiau ar lawr a phwyso ar y pren. Edrychodd o gwmpas, gan werthfawrogi pa mor gyffredin a di-fflach oedd y lle. Y guddfan berffaith, os oedd ystafell ar gael. Gallai weld cwpwl canol oed yn gwisgo dillad cerdded cyfforddus yn cael coffi yn y bar a chlywodd ddau lais arall yn trafod eu helyntion yn dringo'r Cnicht yn ystod glaw trwm y bore hwnnw. Ar wahân i hynny, roedd y lle'n hollol dawel. Crwydrodd llygaid Mr C ar hyd y carped tywyll patrymog ac i fyny'r waliau hufennog, gan oedi o bryd i'w gilydd ar ddelwedd o'r tirlun lleol. Fel yntau, roedd y lle'n flinedig iawn, er y byddai ei ailwampio'n siŵr o ddifetha cymeriad y lle.

'Sorry to keep you,' meddai'r ferch ifanc wrth gamu o gefn y bar y tu ôl i'r dderbynddesg lle roedd Mr C yn aros amdani.

'Norra problem, dahlin',' dywedodd, gan gogio unwaith eto ei fod yn dod o'r Mwg Mawr.

'I'm here on my own until three,' esboniodd y ferch, heb fod angen. 'Anyway, how can I help you, sir?'

'I need a room for five nights.' Tynnodd Mr C ddyrnaid o arian parod o'i boced a'i chwifio o dan drwyn y ferch.

Gwnaeth hithau sioe o wirio'r dyddiadur, gan anwybyddu'r Sais diawl yma oedd yn ceisio dangos ei hun.

'You're in luck, we've got one room available. Would you like to pay now?'

'I would, yes, doll.'

'OK, that'll be… for five nights…' gwiriodd y rhestr brisiau, 'two hundred pounds exactly. And can you fill in this form for me, please sir?'

Cyfrodd Gari'r arian ac wrth i'r ferch ei roi yn y til, llenwodd ffurflen y gwesty gan gofrestru o dan enw A McNab.

'Here's your key, Mr McNab. Room seven. Straight upstairs, last room on the right.'

'Any idea what the weather's gonna be like for the next few days?'

'Cloudy.'

'You don't say,' gwenodd Gari arni, ond ni welodd y ferch hynny gan ei bod eisoes wedi dychwelyd i dawelwch y bar.

Gafaelodd yn ei fagiau ac anelu am yr ystafell. Wrth gamu i fyny'r grisiau, cofiodd droedio yno yng nghwmni Ceri bron i ugain mlynedd ynghynt. Dyma lle arhoson nhw'r tro cyntaf iddynt fynd i ffwrdd am benwythnos gyda'i gilydd. Dwy noson o fabolgampau nwydwyllt, ac ychydig o fynydda ysgafn yn ystod y dydd. Y Pyg Track i fod yn hollol gywir. Deiet-fynydda. Mynydda lite. Llwybr y twristiaid.

Agorodd y drws gan geisio cael gwared ar Ceri o'i feddyliau – tasg haws o lawer nag y dylai fod, o gofio helynt y noson cynt. Hwyl fawr Ceri, helô hyfforddiant gyda'r Fyddin Diriogaethol. Dyddiau hapusaf ei fywyd, yn cropian yn y baw a chwarae soldiwrs gyda chatrawd o bobl o'r un anian. Cofiai dreulio wythnos yn gwersylla gyda'r TAs yng ngwylltiroedd Eryri, heb fod ymhell o Feddgelert. Amser da, cyn i'w gefn ddechrau gwaethygu ac i'r hwyl ddod i ben. Nid oedd wedi meddwl am ei gyfnod fel milwr ers amser maith, a gwenodd wrth hel atgofion.

Yn yr ystafell wely, aeth ati i wagio'i fag mawr, gan hongian ei ddillad yn daclus yn y wardrob. Plygodd ei ddillad isaf a'u gosod yn drefnus mewn drôr – yn unol â disgwyliadau byddin ddychmygol ei ben. Yna camodd at y ffenest a syllu ar yr olygfa – y caeau, y defaid a'r mynyddoedd dan fantell o gymylau tywyll. Trodd ac eistedd ar waelod y gwely, gan edrych o gwmpas ei guddfan ar y llenni gorgywrain, y lluniau rhad o'r ardal leol a'r papur wal blodeuog.

Beth yn y byd wyt ti'n wneud? gofynnodd iddo'i hun. Yr unig beth sicr ym meddwl Gari Caradog yr eiliad honno oedd ansicrwydd llwyr ei sefyllfa. Beth yn union oedd e? Ffoadur? Yn sicr. Llofrudd? Fwy na thebyg...

Trodd ei sylw unwaith eto at y mynyddoedd. Gallai ddiflannu yn eu mysg. Ymgolli yn y cymylau. Blasu rhyddid ei ddyddiau olaf, sawru ehangder y copaon.

Cododd a chloi'r drws, cyn eistedd ac estyn ei wn o'i warfag. Gafaelodd ynddo. Cofleidiodd y dur. Gwerthfawrogai bwysau'r arf yn ei afael. Anelodd at dargedau dychmygol, ac atseiniodd sgrechiadau ei wraig yn ei ben. Estynnodd ei gyfarpar awyr agored o'r wardrob – y trowsus a'r siaced, ei esgidiau cadarn, cyfforddus, ffyn cerdded, balaclafa, menyg, cacen fintys Kendal, fflachlamp, sanau trwchus, dillad isaf thermol, pecyn Camelbak ac, yn olaf, y paent cuddliwio o storfeydd y fyddin Brydeinig.

Tynnodd ei ddillad a chodi'r gwn, gan ddechrau cynhyrfu, ond rhaid oedd pwyllo am y tro. Doedd dim brys. Roedd hi'n rhy olau o lawer ar hyn o bryd iddo fynd allan i ymarfer ei grefft, er y gwyddai y byddai'n dechrau tywyllu ymhen awr neu ddwy.

Wedi clirio'r offer o'r gwely, gorweddodd yn ei lawn ogoniant. Caeodd ei lygaid a chwympo ar unwaith i gwsg didrafferth, heb i Mrs Caradog ddod yn agos at faes y gad.

Atgyfodiad

Gafaelodd Prys yn llaw lipa Ceri, a honno'n gorwedd yn hollol ddifywyd wrth ochr ei chorff swrth. Mwythodd ei llaw'n dyner wrth i'w feddyliau grwydro, baglu ac ymgolli yn nrysfa dywyll ei ben, gan ei boenydio, ei wawdio a'i ddiawlio ar hyd y daith. Gwyddai ei fod yn rhannol gyfrifol am gyflwr presennol ei unig gariad. Costiodd ei lwfrdra flynyddoedd yn ôl yn ddrud iawn i Ceri. Dychwelodd at y bore tyngedfennol hwnnw, gan ailchwarae'r helynt ar uwchdaflunydd ei ymennydd. Mewn lliwiau llachar, gwelodd arf ei ewythr a'r gwylltineb yn ei lygaid ac er na allai weld *sut* y gallasai fod wedi'i herio a'i hachub hithau, roedd yn dal i feio'i hun am yr hyn oedd wedi digwydd; yn bennaf oherwydd y dylai digwyddiadau'r bore hwnnw fod wedi bod yn ddigon o rybudd o'r hyn y gallai Wncwl Gari ei wneud. Ond cuddio'r grasfa wnaeth Prys, a nawr roedd hi'n rhy hwyr o lawer i wneud unrhyw beth i adfer y sefyllfa ac achub y dyfodol.

Rhedodd ei fawd dros wythiennau cefn llaw Ceri. Cribodd y blew ar ei garddwrn, gan erfyn arni i agor ei llygaid a dychwelyd i dir y byw. Bloeddiai arni'n fewnol, er ei fod yn ymddangos yn hollol lonydd a chall i'r heddwas oedd yn gwylio'r ystafell o'i safle yn y coridor. Roedd mochyn bach mewn lifrai wedi bod yn gwarchod ystafell Ceri ers iddi gyrraedd yr ysbyty. Nid oedd Prys yn siŵr ai amddiffyn y claf rhag ymweliad posib, er mor annhebygol, gan Wncwl Gari oedd prif swyddogaeth y swyddog, ynteu sicrhau na fyddai ef a Mogs yn dianc cyn i'r ditectifs allu eu holi am y lladradau. Ond, gyda'r diffyg cwsg yn cael effaith eithafol ar ei gallineb, ac ymweliadau dyddiol DCs Colwyn a King yn ychwanegu at y tensiwn, gwyddai Prys fod y rhwyd yn cau. Yn araf bach, efallai, ond roedd hi'n sicr yn tynhau.

Bu'n eistedd wrth ei hochr ers tridiau, heb symud o'r fan a'r lle – ar wahân i ateb galwad natur, wrth gwrs. Roedd e eisiau bod yno pan agorai Ceri ei llygaid. Nid oedd erioed wedi rhoi'r gorau i'r gobaith y byddent yn cael cyfle i adfer eu perthynas ryw ddydd. Dechreuodd weddïo, cyn cofio nad oedd yn credu mewn duw o unrhyw fath. Mewn gwirionedd, roedd yr hyn wnaeth Wncwl Gari i Ceri yn cadarnhau nad oedd enaid dwyfol yn bodoli.

Ffrwydrodd ffantasi dreisgar yn ei ben wrth feddwl am Wncwl Gari – ei ewythr cyhyrog yn gorwedd ar ei gefn, ynghlwm wrth y fainc codi pwysau yn ei fodurdy, a Prys yn malu'i wyneb gan ddefnyddio disgen ugain pwys.

'Dwêd wrtho fe 'te…'

Torrodd llais Morgan ar draws llif ei ddychymyg, a gwyliodd Prys ei frawd a'i chwaer yng nghyfraith yn dychwelyd gyda llond eu dwylo o luniaeth – coffi mawr yr un o'r Starbucks cyfagos a bag plastig boliog o Greggs. Fel rheol, byddai Prys wrth ei fodd â chynnyrch y popty poblogaidd, ond gan nad oedd wedi bwyta dim arall ers tridiau roedd e'n dechrau diflasu arno erbyn hyn. Er hynny, ni chwynodd, gan fod Mogs a Cats wedi gofalu amdano fel tasai yntau hefyd wedi bod yn glaf yn yr ysbyty dros y dyddiau diwethaf, gan brynu prydau bwyd iddo, yn ogystal â choffis a diodydd di-ri.

'Unrhyw newid?' gofynnodd Catrin wrth basio coffi i Prys, er bod yr ateb yn amlwg.

Cododd hwnnw wrth ateb. 'Na, dim newid. Diolch am y coffi…'

'Ma pasty a baguette i ti fan hyn 'fyd,' meddai Mogs wrth falu bara Ffrengig llawn tuna mayo a salad yn ei geg.

Camodd Prys at ei frawd a phalu i mewn i'r bag plastig.

Tynnodd bastai cyw iâr a madarch ohono, a mynd ati i lenwi ei fol.

'Go on, Cats, dwêd wrtho fe,' ailadroddodd Morgan, gan eistedd ar gadair blastig wrth ochr y gwely.

Edrychodd Prys ar Catrin gan ei hannog i wneud fel y gorchmynnodd ei frawd. Roedd y taerineb yn llais Mogs yn awgrymu bod ganddi rywbeth pwysig i'w rannu.

'Dweud beth?' gofynnodd Prys wedyn wrth weld bod Catrin braidd yn gyndyn i siarad, er mor barod i leisio'i barn ydoedd fel arfer.

'Ma Cats wedi cael syniad. Plan.'

'Plan?'

'Ie. C'mon, Catrin, dere. *Dwêd* wrtho fe.'

Cododd Catrin ei llygaid o'r pot cwscws o'i blaen ar y bwrdd coffi ac edrych o'r naill frawd i'r llall â golwg bell ar ei hwyneb. Yna edrychodd ar Ceri a gallai daeru iddi weld ei hamrannau'n crynu. Cododd a chamu'n llawn cyffro at ochr gwely ei ffrind i gael cip agosach, ond rhaid bod y blinder yn effeithio arni hithau hefyd, gan nad oedd Ceri'n dangos unrhyw arwydd o fywyd – ar wahân i'r *bîp-bîp-bîp* bythol oedd yn dod o'r peiriant oedd yn monitro curiad ei chalon.

'Weloch chi 'na?' gofynnodd i'r brodyr.

'Beth?' daeth yr ateb ag un llais.

'Sdim ots…'

'Dere, Cats. Dwêd…'

'OK, OK. Dere draw fan hyn, Prys. Eistedd.'

Ac er nad oedd Prys am eistedd mewn gwirionedd, gan fod ei goesau wedi cyffio, dychwelodd i'w sedd a gosod ei ginio ar y gwely o'i flaen.

Estynnodd Catrin gadair blastig o gornel yr ystafell, ond cyn ymuno â'r brodyr wrth wely Ceri, gwiriodd fod y drws wedi'i gau'n dynn a sicrhau nad oedd yr heddwas yn clywed yr hyn oedd ganddi i'w ddweud.

Â gwely'r claf yn gweithredu fel bwrdd picnic, plygodd y triawd eu pennau fel tasent yn cynnal cwrdd gweddi, a rhannodd Catrin ei chynllwyn.

'So ti'n mynd i lico hyn…' dechreuodd yn betrusgar, gan fachu sylw Prys yn syth.

'Come on, Cats!' ebychodd Morgan, gan golli amynedd â'i wraig.

'Mogs!' cyfarthodd hithau'n grac. 'Mae'n wir! Doeddet *ti* ddim.'

'Jyst dwêd wrtho fe, nei di, er mwyn i ni gael trafod y peth a dod i benderfyniad.'

'Reit. Dyma fe i ti. Dylech chi fynd at yr heddlu a dweud wrthyn nhw am y lladradau.'

Tawelwch.

'Dyna fe?' gofynnodd Prys, wedi'i ddrysu'n llwyr.

'Dim cweit, ond sort of, ie.'

'Dwêd bopeth wrtho fe, Cats.'

'Cerwch at yr heddlu a chyfadde mai chi sy 'di bod yn gwneud y lladradau. Ma nhw'n gwybod bod chi'n involved, a dim ond mater o amser fydd hi cyn bod nhw'n cael gwarant i chwilio trwy'n tai ni ac yn ffeindio beth sydd yn yr atig. Dy atig di.'

'Cynllun gwych,' oedd ymateb Prys wrth iddo bwyso'n ôl yn ei gadair ac ysgwyd ei ben mewn anghrediniaeth.

'Aros funud. Rhag bo chi'n cymryd y bai, dwedwch wrth yr heddlu mai Gari oedd mastermind yr holl beth…'

'Pam?'

'Achos os gallwch chi ddarbwyllo'r heddlu mai fe oedd yn eich gorfodi chi i ddwyn am ba reswm bynnag, *fe* gaiff ei garcharu am gyfnod maith…'

'Dar-beth?' gofynnodd Prys.

''Na beth wedes i 'fyd!' meddai Morgan.

'Darbwyllo. Convince-o.'

'OK. Ond beth amdanon ni?'

'Gewch chi chwe mis, blwyddyn tops, I reckon. Yn benna am helpu'r cops gyda'u hymholiadau – enquiries. Caiff Gari ddedfryd hir – hir iawn, 'fyd – oherwydd beth nath e i Ceri. Ond os newch chi ishte 'nôl a gadael i'r heddlu ffeindio'r stash, *chi* fydd yn gyfrifol, *chi* gaiff y bai i gyd a *chi* fydd yn cael eich carcharu am gyfnod hir…'

'A no way bod hynna'n digwydd, Prys. Dim nawr, o wbod beth sy ar y ffordd…' Pwyntiodd Morgan at fola Catrin, gan i'w wraig rannu'r newyddion gyda fe'r diwrnod cynt.

Syllodd Prys ar y pâr a eisteddai gyferbyn ag ef, gan deimlo'n fwy unig nag erioed o'r blaen. Ystyriodd eiriau Catrin yn ofalus wrth gnoi'r frechdan tikka yn ei law.

'Pam dyle'r heddlu ein credu ni?'

'Pam lai? Ma'n gwneud eu job nhw'n haws, yn dyw e. A fel ti'n gwbod, yr unig beth ma nhw eisiau yw result. Sdim ots *pwy* sy'n mynd i'r carchar, cyn belled â bod *rhywun* yn mynd.'

'Ond ei air e yn erbyn ein gair ni fydd hi.'

'A pham mae hynny'n beth gwael? Bydd y cops wrth eu bodd yn rhoi Gari Caradog yn y carchar a fyddan nhw ddim yn credu gair ma fe'n dweud ar ôl iddo fe hanner lladd Ceri…'

'Os by' nhw'n 'i ddal e.'

'Ie, wel, ma hynny. Ond bydd cyffesu popeth cyn bod yr heddlu'n dod ar eich ôl chi'n well o lawer na'r alternative, fi'n dweud 'tho chi.'

'Sai'n gwbod…'

'Mae'n dweud y gwir, Prys. Dyna'r unig ffordd mas i ni, I reckon.'

'Ond wedodd Cats nad o't ti'n impressed gyda'r cynllun.'

'Sai *yn* impressed, Prys, ond sdim lot o ddewis 'da ni.'

'Shit!' meddai Prys, cyn tawelu. Oedodd am rai eiliadau

wrth rolio'r wybodaeth o gwmpas ei ben. Ond cyn iddo ddod i gasgliad, torrodd Catrin ar ei draws.

'Yr unig beth y gallwch chi ddylanwadu arno yw hyd y cyfnod y byddwch chi'n ei dreulio yn y carchar…'

'Short-term pain, long-term gain.'

Edrychodd Prys ar ei frawd gan ysu am daro sylw ar ei ystrydeb ddiystyr o wag, cyn sylwi ei bod yn gwneud synnwyr llwyr.

'Meddwl amdano fe, Prys. Ar ôl dod mas, gallwn ni weithio i ni'n hunain. Neb arall. Jyst ti a fi…'

Gwenodd Prys wrth glywed hynny, er nad oedd yn hollol sicr o ddilysrwydd cynllun Catrin. Ond doedd dim gwadu bod eu hopsiynau'n brin.

'Fydd neb eisiau rhoi gwaith i ni, ti'n gwbod…'

'Ond bydd pawb yn gwybod mai Gari oedd y tu ôl i'r cynllwyn. Bydd yr achos yn y papurau ac ar y newyddion a byddwch chi'ch dau'n cael eich gweld fel victims hefyd.'

'Ti'n meddwl?'

'Defo. Ma'i enw fe'n fwd yn barod…' Nodiodd Catrin ei phen at Ceri.

'A chi sy 'di bod yn gwneud yr holl waith dros y blynydde, anyway. Fuckin' hell, faint o weithiau dwi 'di clywed hynny?'

'Fi'n dal ddim yn lico'r darn am fynd i'r carchar,' meddai Prys, oedd yn ei chael hi'n anodd gweld y tu hwnt i hynny.

'Sa i'n gallu gweld ffordd arall, a fi 'di bod yn meddwl am hyn ers dyddiau.'

'Shit.'

'Ma'n *rhaid* i chi neud rhywbeth, bois.' Atseiniodd geiriau Catrin ym mhellafion pen Prys. 'Ma'r cops wedi bod yn amyneddgar, er parch i Ceri, ond so hynny'n mynd i bara. Ac un peth arall 'fyd, ma'n rhaid i chi ddweud wrth yr heddlu cyn bod nhw'n ffeindio Gari.'

'Pam?'

'Achos... achos bydd hi'n well bo nhw'n gallu ei gwestiynu fe'n syth am y lladradau, fel prif suspect y peth, yn lle bo chi'n dweud wrth y cops fel afterthought.'

Ystyriodd Prys ei eiriau, gan ddod i'r casgliad fod Catrin yn fenyw ddoeth.

'OK, ond beth am yr arian?'

'Pa arian?'

'Yr arian sydd yn yr atig.'

'Beth amdano fe?'

'Wel, ma fe... jyst... fyn'na... yn gwneud dim...'

'Beth ti'n awgrymu?'

'Wel, sai'n meddwl bod angen i'r cops ffeindio'r arian...'

'Pam?'

'Wel, os y'n ni'n mynd i fframio Wncwl Gari am hyn, sai moyn colli'r arian, 'na i gyd. I mean, geiff y cops bopeth arall, sdim ots 'da fi am hynny... y gemwaith a stwff... ond bydd yn rhaid dweud wrth y cops bod y cash wedi mynd yn barod...'

'Unmarked bills,' ychwanegodd Morgan. 'Allwn ni ddweud fod Wncwl Gari wedi mynd â'r arian i gyd a'n gorfodi ni i gadw popeth arall yn atig Prys.'

'Sa i'n gwbod am hynny, bois. I mean, wedoch chi mai dim yr arian oedd pwynt y lladradau. Anyway, fyddech chi'n gallu byw gyda'ch hunain?'

Edrychodd Prys a Morgan ar ei gilydd, cyn i'r ddau wenu a dechrau chwerthin.

'Chi'n warthus!' ebychodd Catrin, er y gwyddai y byddai'r arian yn help mawr iddynt i gyd.

'Fuck that, Cats, ni 'di gweithio'n galed dros y blynydde, ti'n gwybod...'

O oedd, roedd Catrin *yn* gwybod hynny.

'Heb gael ein talu'n deg gan Wncwl Gari o gwbl.'

'Ti'n iawn fyn'na.'

'Yn gwmws. A ma'r cash yma'n…'

'Money for nothin'.'

'Yn gwmws. Diolch, Mr Knopfler.'

'OK, ond sut gallwn ni gael yr arian mas o'r tŷ? Mae'r heddlu bownd o gadw llygad ar y lle.'

'Hawdd...' meddai Morgan, ond cyn iddo gael cyfle i ymhelaethu, cipiwyd sylw'r tri gan lygaid Ceri, oedd bellach wedi agor.

'Ceri!' ebychodd y tri yn un.

'Cer i nôl doctor, Mogs!' gorchmynnodd Catrin. Ac i ffwrdd aeth ei chymar gan ei gadael hi a Prys yn gafael yn dyner yn nwylo'r claf, y dagrau'n llifo'n dawel i lawr eu bochau, ond gobaith newydd yn rhuo trwy'u cyrff.

Costa del Cachdwll

Does nunlle cweit mor depressing â maes carafannau yn y gaeaf, meddyliodd Col wrth i'w lygaid grwydro o'r garafán statig gyferbyn, i'r chwith tuag at y môr llwyd a'r cymylau tywyll, ac yna i'r dde at y miloedd o gartrefi gwyliau bach simsan oedd yn ymestyn o'r fan hyn at y gorwel a thu hwnt. Er nad oedd modd gwadu ei honiad, gwyddai hefyd, o brofiad personol, fod Bae Trecco ger Porth-cawl yr un mor bruddglwyfus yng nghanol haf pan fyddai'r lle o dan ei sang o sgalis oedd yn heidio yma fel pla i arddangos eu tatŵs ac i yfed tinnies ar y traeth trwy'r dydd.

Wedi methiant llwyr yr heddlu lleol i ffeindio Gari Caradog, roedd yr helfa bellach wedi lledaenu a'r stori wedi cael lle blaenllaw ar newyddion y BBC ac ITV y noson cynt. Roedd wyneb Mr C yn syllu ar y genedl o dudalen flaen y *Western Mail* a'r *Daily Post*, tra bod ei wep wedi cael cryn sylw ym mhapurau Llundain hefyd, wrth i'r *Daily Mail* roi nifer o fodfeddi i'r hanes, yn enwedig stori Ceri a'r hyn ddigwyddodd iddi hi.

Roedd Col yn falch iawn o glywed ei bod hi wedi deffro o'i choma. Galwodd draw y noson cynt i'w gweld, er ei bod yn rhy gynnar o lawer iddi ateb cwestiynau, gan y câi Ceri hi'n anodd yngan mwy nag un gair ar y tro ar hyn o bryd. Yn ystod yr ymweliad, sylwodd Col a Kingy ar y newid amlwg yn anian y triawd a fu wrth erchwyn ei gwely ers dyddiau. Heb os, roedd rhyw obaith newydd yn perthyn iddynt, er y bwriadai Col biso ar eu parti maes o law. Byddai'n cyhuddo'r brodyr o'r lladradau cyn hir, ac yn cau'r achos unwaith ac am byth – roedd yn hyderus o hynny yn awr.

Gyda Kingy'n eistedd wrth ei ochr yn darllen y *Western*

Mail yn dawel, gwyliodd Col gysgod aneglur yn symud y tu ôl i lenni les y garafán a orweddai lai nag ugain llath o'u heisteddle, sef cuddfan bosib Gari Caradog. Roedd y cyrtens yn gwneud eu gwaith yn anodd, gan nad oedd modd gweld yn glir ai Mr Caradog oedd yno. Ond eto, pe na bai llenni tebyg yn hongian yn ffenestri eu carafán hwythau, ni fyddai modd iddynt arsylwi mor hwylus chwaith.

Ers i'r newyddion dorri, roedd heddlu Gerddi Hwyan wedi derbyn llond llaw o adroddiadau o bob cwr o Brydain yn honni bod Gari Caradog yn y gymdogaeth. Un o'r Alban, o ynys Skye, dau o ochrau Birmingham, un o Gernyw a hon o Borth-cawl. Gyda chymorth yr heddlu lleol, archwiliwyd y lleoedd hyn i gyd, heb ddod o hyd i'r ffoadur. Mewn gwirionedd, nid oedd Col yn credu am eiliad ei fod yn y garafán gyfagos chwaith, a'r unig reswm iddynt gymryd y neges o ddifrif oedd oherwydd mai cyn gyd-weithiwr gysylltodd â nhw. Hen dditectif yn ei saithdegau hwyr o'r enw Jack Jones oedd yn berchen ar y garafán yma, ac o edrych o'i chwmpas dyfalai Col fod yr hen ddyn yn yfed ei hun yn araf i'w farwolaeth.

Yn ôl Jack, byddai perchnogion y garafán drws nesaf yn ei rhentu yn y gaeaf, cyn symud i mewn eu hunain tua mis Mai ac aros tan ddechrau Medi. Wrth gwrs, roedd Col wedi cysylltu â nhw i gael enw'r tenant, er nad oedd yn synnu o glywed nad 'Gari Caradog' oedd yr enw, ond John Owen. Roedd hyn yn gyd-ddigwyddiad rhyfedd i Col, o gofio mai ym maes carafannau Bae Trecco y lladdodd y pedoffeil drwg-enwog ei hun rhyw bymtheg mlynedd ynghynt.

Roedd tîm SWAT o Gaerdydd yn aros am yr alwad, ond er bod yr heddlu'n amau bod gan Mr Caradog arf – Walther PPK yn ôl ei neiaint – roedd Col a Kingy yn ddigon hyderus y byddent yn gallu delio â'r sefyllfa heb orfod galw am gymorth. Cariai'r ddau ohonynt wn Taser, pastwn a chwistrell fyddai'n dallu'r dihiryn dros dro.

'Jesus fucking christ, fi'n bored.' Cododd Kingy ar ei draed a chamu at ffenest fae y garafán. Gwyliodd y tonnau'n torri ar y traeth gwag o'i flaen, cyn troi at y tŷ bach a gwagio holl goffi'r bore i'r badell.

'Be ti'n meddwl, 'te?'

'Fuckin' mewn â ni. Ma angen ateb, yn does? A dim ond un ffordd sydd 'na o gael un. I mean, so ni'n gallu gweld dim o'r fan hyn, y'n ni?'

'Na. Ti'n iawn. Gad fi ffonio Clements i weld beth ma…'

'Fuck Clements, Col! Beth ma fe'n gwbod am waith heddlu go iawn? Desk jockey yw Clements, Col. Ci rhech Crandon…'

'A'n commanding officer ni.'

Tawelodd hynny DC King, ac eisteddodd yn drwm ar y soffa dreuliedig, cyn cynnau ffag ac anadlu'n ddwfn. Ond cyn i Col gael cyfle i alw'r uwch-swyddog, canodd ei ffôn a fflachiodd rhif Danny Finch yn y ffenest fach.

'Danny, beth sy'n digwydd?'

'Ma'r suspects on the move, Col.'

'Beth, y ddau ohonyn nhw?'

'Ie. Yn fan Caradog Constructions. Fi'n eu dilyn nhw nawr. Newydd adael maes parcio'r ysbyty.'

'OK. Aros gyda nhw a ffonia fi 'nôl os gwnân nhw unrhyw beth amheus.'

'Roger.'

Edrychodd DC King ar ei bartner, y cwestiwn yn amlwg ar ei wyneb, er na wnaeth yngan gair.

'Prys a Morgan on the move,' esboniodd Col. 'Ma Danny ar eu trywydd a bydd e'n gadael i ni wybod os ma…'

'… nhw'n gwneud unrhyw beth amheus. Fi'n gwybod, glywes i'r darn yna. Ti'n mynd i ffonio Clements, 'te?'

'Ydw. Ond ma angen cachad arna i gynta. Eistedda fan hyn a chadw lygad.'

* * *

'Ti'n iawn, Mogs, ma fe definitely yn dilyn ni,' meddai Prys wrth ei frawd, oedd yn gyrru'r fan, gan blygu ymlaen ac edrych yn y drych ochr ar yr Astra llwyd oedd yn ymlwybro ar eu holau rhyw ganllath y tu ôl iddynt.

'Wedes i, do. Ti dal yn meddwl fod hwn yn syniad da?'

'Ydw. Ac anyway, sdim lot o ddewis 'da ni, o's e? It's now or never, yn enwedig o gofio beth ni'n neud prynhawn 'ma.'

'Paid sôn. Sai moyn meddwl am 'ny nawr…'

Tawelodd y ddau, gan wneud hynny'n gwmws. Roedd cynllun Catrin eisoes ar waith, a'r brodyr wedi ymrwymo'n llwyr, er lles pawb yn yr hirdymor. Ond er eu hymrwymiad, nid oedd eu haberth ar allor rhyddid yn eu llenwi â llawenydd, dim ond arswyd.

Trodd Mogs i mewn i'r Wern, gan yrru'n araf o amgylch canol glaswelltog yr ystad, ac wrth iddo ddod i stop y tu allan i dŷ ei frawd, gwyliodd y ddau y car heddlu di-farc y tu ôl iddynt yn parcio i'w gwylio.

'Barod?' gofynnodd Prys.

'Aye,' atebodd Mogs, er nad oedd fawr o ddewis ganddo mewn gwirionedd.

Allan â'r ddau â'r adrenalin yn pwmpio rhwng eu clustiau. I lawr y llwybr at y drws ffrynt, heb edrych dros eu hysgwyddau o gwbl. Agorodd Prys y drws ac ymhen eiliad neu ddwy roedd y ddau'n sefyll yng nghysegr anaglyptaidd y cyntedd cyfyng. Heb air, arweiniodd Prys y ffordd i fyny'r grisiau. Roedd y cynllun mor fyw yn eu pennau fel nad oedd angen meddwl am beth i'w wneud. Yn yr ystafell wely gefn, hen wâl Mogs, dadwisgodd y ddau a gwisgo'r long johns a'r crysau-T llewys hir thermol tyn oedd yn aros amdanynt, yn unol â'r cynllun.

Yna, i fyny i'r atig â'r ddau i gasglu'r arian.

Gosododd y ddau fwndeli taclus di-rif rhwng eu crwyn a'u

dillad isaf, tan nad oedd dim ar ôl yn y droriau, cyn dychwelyd i'r ystafell wely gefn ar y llawr islaw a gwisgo dillad glân oedd yn ddigon llac i guddio'r dystiolaeth.

'Reit,' meddai Prys wedi iddo orffen, gan gynnau rôl a thynnu'n galed. 'Barod?'

'Aye,' atebodd Mogs, gan wisgo'i esgidiau.

Unwaith eto, Prys arweiniodd y ffordd, ond cyn iddo gyrraedd gwaelod y grisiau, cafodd Mogs syniad.

'Hang on, well i ni lychu'n gwallt i neud iddi edrych fel bo ni 'di cael cawod.'

'Fuckin' hell, Mogs, ti'n llawn syniadau dyddie 'ma!' ebychodd Prys, gan esgyn y grisiau ac ymuno â'i frawd yn yr ystafell 'molchi.

Ac wedi trochi eu pennau a'u sychu'n gyflym â thywel, gadawodd y brodyr y tŷ cyngor a gyrru'n ôl i'r ysbyty at eu hanwyliaid, gyda'r Astra llwyd yn dal i'w dilyn yn y drych.

* * *

Wedi gwneud ei wneud, dychwelodd Col i'r lolfa a ffonio'i uwch-swyddog. Dywedodd hwnnw wrtho aros am gyfarwyddyd pellach. Roedd yr archwiliad mewnol, oedd yn dal i fynd rhagddo, yn golygu bod Crandon yn oedi ac yn pryderu am bopeth. Pan rannodd Col y newyddion gyda Kingy, aeth hwnnw'n gandryll, gan regi, diawlio a bygwth mynd draw at y garafán drws nesaf ei hun. Ond, yn hytrach na gwneud hynny, aeth DC King i'r tŷ bach, lle llyncodd lond ceg o fodca i wella'i hwyl. Aeth 'nôl at ei bapur a'i fwg, gan anwybyddu ei bartner yn llwyr, a dyna lle bu'r ddau'n eistedd mewn tawelwch tan i ffôn symudol Col ganu ymhen rhyw hanner awr.

'Danny. Beth sy'n digwydd?'

'Dim lot. Fi ar Ystad y Wern, ti'n gwbod…'

'Ie, 'na lle ma Prys yn byw.'

'A'th y brodyr mewn i'r tŷ rhyw hanner awr yn ôl. Ma nhw newydd ddod mas 'to. Fi'n meddwl bod nhw 'di cael cawod. Mae eu gwalltie nhw'n wlyb, ta beth, ac ma nhw'n gwisgo dillad glân.'

'A?'

'A dim byd. Ma nhw'n mynd mewn i'r fan nawr. Fi'n mynd i'w dilyn nhw.'

'Ydyn nhw'n cario unrhyw beth, Danny? Bagiau? Ydyn nhw'n actio'n amheus mewn unrhyw ffordd?'

'Na, so nhw'n cario dim, jyst wedi newid eu dillad. A so nhw'n neud unrhyw beth dodgy chwaith.'

'OK, diolch, Danny. Dilyn nhw eto, a chadwa mewn cysylltiad.'

'Roger,' meddai Danny.

'Fuck's sake,' meddai Col.

'Be wedodd e?' gofynnodd Kingy.

'Dim byd o bwys. Ma'r brodyr wedi cael cawod, though.'

'Diolch byth am hynny – ro'dd ystafell Ceri'n drewi neithiwr pan alwon ni.'

*　*　*

Dewisodd yr heddwas ifanc mewn lifrai a eisteddai y tu allan i ystafell Ceri Caradog anwybyddu'r brodyr wrth iddynt ddychwelyd, gan ei fod yn ymwybodol fod DC Danny Finch wedi bod yn eu dilyn. Roedd e mewn cysylltiad cyson â'r adran dditectifs, ac yn eu hysbysu bob tro y byddai un o'r tri yn gadael ochr eu ffrind. Ei swydd ef oedd eistedd yma a gwylio – dim byd mwy, dim byd llai – a gwyddai, diolch i neges gan DC Finch dros y CB, nad oedd y brodyr wedi bod yn gwneud unrhyw beth amheus yn eu habsenoldeb.

Caeodd Prys y drws y tu ôl iddo'n dawel, cyn camu'n syth at ochr Ceri, oedd yn cysgu ar hyn o bryd. Mwythodd ei llaw'n dyner ac agorodd hithau ei llygaid. Gwenodd arno trwy ei chleisiau, felly plygodd Prys a'i chusanu ar ei thalcen.

Fe symudwyd y claf i ystafell arall ar ôl iddi ddihuno o'i choma ddeuddydd ynghynt. Roedd hon yn llai o faint na'r un flaenorol, ond roedd ganddi doiled preifat, fyddai'n hwyluso cymal nesaf y cynllwyn yn aruthrol.

'Shwt a'th hi?' sibrydodd Catrin, oedd yn eistedd ar gadair blastig ar ochr arall y gwely.

'Gwell na'r disgwyl,' atebodd Morgan, gan bwyso ar waelod y gwely yn bwyta grawnwin.

'Faint?' Llwyddodd Ceri i ymuno yn y sgwrs.

'Y cwbl lot,' meddai Prys gyda gwên lydan yn lledaenu ar draws ei wyneb.

'Ma'r bag yn y bog,' meddai Catrin.

'A' i gynta,' mynnodd Morgan, gan gamu'n syth i'r en suite a chloi'r drws ar ei ôl.

O gornel ei lygad, gwiriodd Prys a oedd yr heddwas yn cymryd unrhyw sylw o'r hyn oedd yn digwydd yn yr ystafell, ond roedd y mochyn bach yn rhy brysur yn sgwrsio gyda nyrs brydferth i gymryd unrhyw sylw o'u symudiadau.

Ar ochr arall drws cloëdig y cachdy, safai Morgan yn ei ddillad isaf yn brysur wrthi'n gosod yr arian parod mewn pentyrrau taclus ym mag dros nos gwag Ceri. Wedi gorffen, tynnodd ei long johns a'i grys-T llewys hir thermol, eu plygu a'u gosod ar ben yr arian parod yn y bag. Yna gwisgodd ei ddillad unwaith eto, fflysio'r toiled ac ailymuno â'i gyd-gynllwynwyr wrth y gwely.

Cyn gwneud yr un fath, edrychodd Prys i weld beth oedd yr heddwas yn ei wneud unwaith eto, ond roedd hwnnw wedi diflannu'n awr, gan dynnu unrhyw straen o'r sefyllfa.

Ymhen pum munud, roedd Prys yn ôl wrth wely ei gariad, a'r heddwas yn ei sedd yn yfed coffi ffres o'r peiriant ym mhen draw'r coridor.

'Chi'n barod?' gofynnodd Catrin, gan afael yn llaw ei gŵr.

Edrychodd y brodyr ar ei gilydd, cyn nodio'u cadarnhad.

Ond cyn gadael, plygodd Prys a chusanu Ceri ar ei thalcen unwaith yn rhagor.

'Caru ti,' sibrydodd, gan ddenu gwên i'w hwyneb.

Ac yna gadawodd y brodyr a Catrin yr ystafell, gan anwybyddu'r heddwas wrth ei basio, a bag dros nos Ceri yn hongian o ysgwydd ei ffrind gorau.

*　*　*

Cloriannodd Col eu hopsiynau. Roedd yntau wedi diflasu'n llwyr hefyd erbyn hyn. Gafaelodd yn y Taser oedd ar y bwrdd a'i daflu'n ysgafn o un llaw i'r llall.

'Dere,' meddai o'r diwedd, gan godi ar ei draed.

'Ble?'

'I ddweud helô wrth y boi drws nesa.'

Cododd Kingy ar unwaith a gafael yn y Taser arall, cyn gwirio bod y chwistrell yn ei boced. Yna, cyn gadael, gafaelodd y ddau yn y pastynau a sleifio allan o'r garafán, gan anelu'n dawel am ddrws ffrynt y garafán drws nesaf.

Roedd y gwynt yn chwipio o gyfeiriad gogledd Dyfnaint, a Col yn rhyfeddu bod pobl yn dewis byw yma gydol y gaeaf. Ond er gwaetha'r oerfel, roedd yr adrenalin yn cadw cyrff y ditectifs yn gynnes. Safodd y ddau bob ochr i'r drws, ar lwyfan pren oedd yn rhedeg ar hyd ochr y garafán, gan geisio clustfeinio ar yr hyn oedd yn digwydd yr ochr arall i'r UPVC. Ond roedd Morus y gwynt yn cadw gormod o dwrw, felly ar ôl cyfathrebu â'i gilydd trwy gyfrwng ystumiau ac amrannau, trodd Col fwlyn y drws a synnu nad oedd wedi'i gloi. Nid oedd hynny'n argoeli'n dda – wedi'r cyfan, byddai ffoadur yn siŵr o gloi drws ei guddfan.

Gwthiodd y partneriaid trwy'r porth yn gweiddi 'Police! Police! Don't move! You're surrounded!' Rhuthrodd y ddau trwy'r gegin gyfyng tuag at eu targed, oedd yn eistedd o flaen y teledu â'i gefn atynt. Roedd John Owen wedi gwneud fel y gofynnodd yr heddlu, ac eisteddai yno â'i ddwylo yn yr awyr, fel delw. Yn araf bach, camodd Col a Kingy tuag ato, eu gynnau Taser yn barod a'u calonnau yn eu gyddfau. O'r tu ôl, roedd y dyn yn reit debyg i Gari Caradog: ei ysgwyddau yr un mor llydan a'i ben yr un siâp â bricsen. Ni sylwodd y ditectifs ar yr hyn oedd ar y teledu gan eu bod yn canolbwyntio mor galed ar y gŵr, ond wrth agosáu ato daeth dau beth yn amlwg: nid Gari Caradog oedd yn eistedd o'u blaenau, ac er bod gan y dyn arf yn ei afael, nid oedd hwn yn saethu bwledi. Yna sylwodd y partneriaid ar y delweddau ar y teledu – ffilm bornograffig ddienaid o fodern.

'Sorry, sir, false alarm,' poerodd Col mewn panig, heb wybod yn iawn sut i adfer y sefyllfa.

'What the fuck?!' ebychodd hwnnw, er na symudodd o'r fan.

'Sorry for the disturbance. We'll leave you to it,' ychwanegodd Col, gan dynnu Kingy trwy'r gegin, tuag at y drws a'u dihangfa.

'I'll fuckin' 'ave your badges for this!' bloeddiodd yr haliwr ar eu holau, er y gwyddai Col na fyddai'n cwyno, diolch yn bennaf i letchwithdod y sefyllfa.

Ar y ffordd 'nôl i'r car, ciciodd Col fin plastig, gan achosi i'w gynnwys arllwys dros y llawr. Roedd e wedi'i cholli hi'n llwyr, a'r diffyg datblygiadau'n cael effaith andwyol arno. Cododd Kingy'r sbwriel, cyn cerdded ar ei ôl, ac erbyn iddo'i ddal roedd Col yn eistedd y tu ôl i'r olwyn yn sedd y gyrrwr yn siarad ar y ffôn.

'Beth sy'n digwydd, Danny?'

'Wel, sai'n siŵr, a dweud y gwir. Rhywbeth bach yn dodgy, fi'n credu. Falle dim dodgy, ond weird. Definitely weird.'

'Danny, beth yn y fuckin' byd ti'n siarad amdano?'

'Fi'n eistedd tu fas i swyddfa'r heddlu…'

'Swyddfa'r heddlu?'

'Ie.'

'Swyddfa heddlu Gerddi Hwyan?'

'Ie.'

'Pam?'

'Achos dyna ble mae'r brodyr erbyn hyn.'

'*Beth*? Esbonia. Plis.'

'Wel, ar ôl i ni siarad, a'th y brodyr 'nôl i'r ysbyty am sbel, rhyw hanner awr falle, cyn dod mas unwaith eto gyda Mrs Caradog. Wedyn nath hi eu gyrru nhw fan hyn a'u dropo nhw off wrth y drws ffrynt…'

'Pam? Sai'n deall.'

'Do'n i ddim chwaith, so 'nes i alw'r ddesg a siarad â'r duty sergeant. Apparently, ma nhw'n gofyn amdanoch chi. Ma nhw moyn siarad 'da chi. Neb arall. Jyst chi.'

'OK,' meddai Col, gan danio'r injan yn llawn cyffro. 'A beth am Mrs Caradog? Ble ma hi? Beth ma hi'n neud?'

'Sai'n gwbod…'

'Pam? Ble ma hi?'

'Uh… sai'n gwbod… jyst dropo nhw off nath hi…'

Bravo Two Psycho

Yng nghysgod Carreg yr Eryr, yn troedio llwybrau Gwrtheyrn gynt, gwyliodd Gari Caradog y ffermwyr ar eu beiciau cwad o'i guddfan, gan wybod eu bod nhw allan yn archwilio'r ergydion oedd wedi bod yn atseinio o amgylch y cwm ers rhai oriau bellach.

Dyna pam eu bod nhw'n cario gynnau, meddyliodd, cyn iddynt ddiflannu y tu ôl i dwmpath o greigiau, er bod gweryru'r ceffylau cyfoes yn dal i gyrraedd ei glustiau ymhell ar ôl iddynt fynd o'r golwg.

Gwyddai hefyd na fyddent yn ffeindio cyrff y ddwy ddafad roedd wedi'u lladd, gan iddo lusgo'r celanedd i'w ffau yn nryswch Dinas Emrys, dafliad carreg o Lyn Dinas. Roedd y gwn yn dal yn ei afael, a'r colur cuddliw yn drwch ar ei fochau. Edrychodd ar ysbail yr helfa hyd yma: dwy ddafad, un afr wyllt fechan, tair cwningen, sgwarnog a ffesant. Syllai llygaid y meirw arno'n gyhuddgar a'u heneidiau'n gofyn 'Pam?' Gwenodd arnynt, a'i wallgofrwydd yn ateb 'Pam lai?' Nid oedd angen rheswm arno, gan nad oedd erioed wedi teimlo mor bwerus, mor dduwiol, mor fyw.

Clywodd leisiau'n agosáu. Gorchuddiodd ei brae â phrysgwydd a symud yn ei gwrcwd, gan suddo'n ddwfn i'r gwair uchel y tu hwnt i'r dderwen lle roedd wedi cuddio'i warfag wrth chwarae soldiwrs.

Gwiriodd y gwn er mwyn sicrhau ei fod yn barod, tasai'n rhaid iddo'i ddefnyddio eto, y tro hwn i lofruddio'i gyd-ddyn mewn gwaed oer. Ar ôl dod mor agos i ladd ei wraig roedd y greddfau'n gryf i fynd gam ymhellach, yr holl ffordd.

Ar wahân i ambell ffermwr yn y pellter, nid oedd wedi

gweld neb arall wrth grwydro a hela yn ystod y dydd. Dyna un o fanteision amlycaf ymweld ag Eryri yn ystod cyfnod o dywydd garw. O leiaf nid oedd hi'n bwrw heddiw, yn wahanol i'r diwrnod cynt, pan anelodd am frig yr Wyddfa ar hyd Llwybr Watkin, gan gyrraedd y copa mewn niwl trwchus a chawod rynllyd o gesair, cyn dathlu ei gamp trwy dorri gwddf hen hwrdd cloff ar ei ffordd yn ôl i'r gwesty. Diolch i'r elfennau, ni welodd enaid byw ar ben y mynydd chwaith, er ei fod yn cuddio bob tro y clywai lais yn agosáu.

Trwy'r gwair, gwyliodd ddau ddyn yn eu tridegau yn cyrraedd Dinas Emrys ac yn eistedd i orffwys, eu cefnau at y cyrff a'u llygaid yn syllu ar donnau bychan Llyn Dinas islaw.

'Coffi fan 'yn, ti'n meddwl?' gofynnodd un ohonynt, ei acen yn bradychu'r ffaith nad dyma ei filltir sgwâr.

'Pam lai? Ma angen piss arna i gynta, ac o leia mae'n weddol gysgodol fan hyn,' atebodd y llall mewn acen ogleddol amwys. Camodd dros wal isel y gaer ganoloesol a gwagio'i bledren dros gloddfa farwaidd Mr C. 'Rho sbarc i'r sbliff 'na, cyn i'r glaw ddod.'

'Aye, mae'n edrych yn reit dywyll. Ti'n meddwl newn ni gyrraedd y Ring cyn…?'

'Dim gobaith. Dwi'n synnu nad ydy hi 'di dechra'n barod. Ond paid â phoeni – gawn ni newid i ddillad sych yn y Ring, a chnesu o flaen y tân.'

'Ti 'di tecsto'r merched?'

'Na, mi fyddwn ni 'no mewn da bryd ac mi fydd 'na beint yr un yn aros amdanon ni.'

'A swper hefyd. Fi'n starfo fan hyn.'

'Ddudish i wrthat ti beidio byta dy frechdana mor gynnar, yn do?'

'Do, ond…'

'Fuck!' ebychodd y pisiwr, gan gamu'n ôl ac yntau'n dal i afael yn ei goc, a'r iwrin yn tasgu i bobman.

'Beth?' pesychodd ei ffrind trwy gwmwl porffor, gan godi i weld beth oedd yn bod.

Dychwelodd y llall ei ddyndod i'w drowsus, cyn cyrcydu a chodi'r rhedyn a'r deiliach oedd yn gorchuddio oergell awyr agored Mr C.

Yn ddiarwybod i'r cerddwyr, roedd gwn yr heliwr yn anelu'n syth tuag atynt, ei fynegfys yn mwytho'r taniwr a'i galon yn curo'n wyllt.

'Beth ti 'di ffeindio?'

'Sbia.'

'Fuck! Weird.'

'Fuckin' reit, weird. Sbia, ma'r rhein wedi cael eu saethu.'

'Beth, hyd yn oed y defed?'

'Ydan.'

'Weird. Ond o leia ma 'ny'n esbonio'r sŵn saethu 'na ni 'di bod yn clywed.'

Gwyliodd Mr C wrth i un o'r cerddwyr godi ffesant a chwningen o'r casgliad. Daliodd i bwyntio'r gwn tuag atynt, ond â'i ddwylo'n crynu'n ddireol, ni thynnodd y taniwr a gwireddu ei ffantasi.

'Beth ti'n neud?'

'Mynd â rhein. Swpar nos fory. Mi fydd y genod wrth eu bodda. Hunter-gatherers, cont!'

'O-o-ond…'

'Ond *be*? Sneb o gwmpas. 'Da ni ddim 'di gweld neb trwy'r dydd bron.' Symudodd y lleidr at ei fag, cyn ei agor a thynnu bag plastig ohono. Rhoddodd y ffesant a'r gwningen yn y cwdyn a'u gosod yn ofalus yn ei warfag.

Yna sychodd ei ddwylo ar ei drowsus. 'Ty'd â'r sbliff 'na i fi,' gorchmynnodd, cyn ailosod y prysgwydd a chodi'i bac.

'Beth am y coffi?'

'Gawn ni goffi pan gyrhaeddwn ni afon Nanmor mewn rhyw hanner awr. Ma 'na le da i gysgodi fan'no, os bydd hi'n bwrw glaw… Well i ni fynd o 'ma rŵan, rhag ofn bydd pwy bynnag laddodd yr anifeiliaid 'ma yn dod i'w nôl nhw.'

'Sa i byth 'di clywed am neb yn hela defaid o'r blaen, wyt ti?'

'Na, ond ma 'na bobl ryfadd yn byw yn y mynyddoedd 'ma, dwi'n deud 'tha ti. Rednecks go iawn…'

Ac wedi gwisgo'u gwarfagiau, i ffwrdd â'r ffrindiau i gyfeiriad Llyn Dinas yn dynwared y 'Duelling Banjos' ac yn piffian chwerthin wrth orffen y sbliff.

Gwyliodd Mr C nhw'n mynd wrth i'w feddyliau frwydro i wneud penderfyniad. Clywodd feiciau cwad y ffermwyr rywle yn y pellter, a phenderfynodd ddilyn y cerddwyr, yn bennaf gan fod clywed am dân agored a bwyd wedi codi chwant arno, ond hefyd oherwydd iddo fe a Ceri fynd i'r Ring am bryd pan ymwelon nhw â'r ardal. Ar ben hynny, roedd e'n dechrau diflasu ar yr unigrwydd. Nid oedd wedi siarad â neb ers cyrraedd Tanronnen, gan y byddai'n sleifio i'r gwesty yng nghanol nos, cyn sleifio oddi yno'r diwrnod canlynol. Gwyddai fod mynd i'r Ring yn benderfyniad mawr, yn benderfyniad peryglus hyd yn oed, ond roedd y perygl hwnnw'n apelio rywffordd. Yn ei wallgofrwydd cynyddol, roedd Mr C, diolch i'r dur oedd yn ei feddiant, yn ffyddiog y byddai'n dychwelyd i Feddgelert cyn y wawr.

Cododd a gosod y gwn yn ei boced. Gafaelodd yn ei warfag a'i roi ar ei gefn gan dynhau'r gwregys am ei ganol. Roedd y dydd yn cyflym ddiflannu, ond nid oedd hynny'n broblem i Mr C, gan ei fod yn falch o weld y tywyllwch – roedd wedi goroesi diwrnod arall heb gael ei ddal.

Cerddodd ar hyd llwybrau soeglyd, gan ddilyn rhyw ganllath y tu ôl i'r ddau fynyddwr. Gwyddai fod ei wyneb ar wasgar dros y papurau, y teledu, y rhyngrwyd a'r radio, ond doedd neb yn gwybod ei union leoliad. Tasen nhw'n gwybod hynny, byddai o dan glo'n barod, wrth reswm. Er ei wallgofrwydd, gwyddai Mr C fod y rhwyd yn cau, er nad oedd y cwlwm wedi'i glymu eto. Teimlodd drymder y dur yn ei boced. Addawai'r gwn un frwydr olaf, a gwenodd wrth gamu trwy'r tir corslyd dan draed, ei esgidiau'n slwtsian wrth gerdded.

Disgynnai'r cymylau'n araf gan orchuddio'r copaon o'u cwmpas. Cododd y gwynt, plymiodd y tymheredd. Gwisgodd Mr C ei fenyg a'i falaclafa, gan ymdoddi ymhellach i'r tirwedd. Nid edrychodd y cerddwyr yn ôl unwaith gan fod y ddau ohonynt yn benderfynol o gyrraedd pen eu taith cyn i'r noson gau amdanynt ac i'r glaw eu trochi at eu crwyn.

Heb fod ymhell o ganolfan addysg awyr agored Plas Gwynant – oedd yn dawel heddiw, diolch i'r tymor a'r tywydd garw – troediodd Mr C ar hyd lôn gefn arw, ac afon fechan yn gwmni iddo. Oedodd wrth weld hen ffermdy o'i flaen, er mwyn gwneud yn siŵr nad oedd neb o gwmpas. Doedd neb ar gyfyl y lle. Dim car na cherbyd, dim enaid byw, dynol nac anifail, felly i ffwrdd â fe gan stelcian ar hyd y buarth ac ailafael yn y llwybr yr ochr arall i'r fferm heb i neb ei weld na'i glywed.

Roedd y cerddwyr ymhell o'i flaen bellach, ac erbyn iddo gyrraedd fferm arall ym mhen y cwm, roeddent wedi diflannu, heb adael unrhyw gliw ar eu holau. Wedi pasio'r fferm heb ddenu sylw ato ef ei hun, trodd Mr C i'r dde a dilyn llwybr cyhoeddus corsiog oedd yn anelu i gyfeiriad Llanfrothen, nes dod at afon yn y cwm, rhyw ganllath o ffermdy arall. Oedodd, a'r tro hwn clywodd leisiau'n sgwrsio a chwerthin, er nad oedd modd gweld neb chwaith. Tynnodd ei finocs o'i warfag a throi ei olygon at yr hen ffermdy a'r buarth oedd yn ei amgylchynu. O flaen y tŷ haf roedd tri jîp wedi'u parcio a'u cefnau ar agor. Yna ymddangosodd tri dyn a bwrw ati i drosglwyddo bocsys a bagiau i'r tŷ. Gwyliodd Mr C nhw wrth eu gwaith, yn cario danteithion y penwythnos i'r pantri. Gafaelodd yn dynn yn y gwn a gwylio'i hun yn camu ar draws y buarth ac yn lladd y tri dyn mewn fflach, cyn troi ei sylw at y merched a'r plant y tu mewn i'r ffermdy, a throi'r cwbl lot yn gyflafan cyn ailgydio yn ei daith. Daeth at ei hun ymhen eiliad neu ddwy. Edrychodd dros ei ysgwydd ar y llwybr roedd newydd ei droedio, ac yna eto ar yr ymwelwyr.

Paid troi 'nôl, dyna fyddai cyngor Andy McNab, a chyda hynny mewn cof dilynodd Mr C yr afon yn syth i lawr y cwm. Roedd y tir, wrth reswm, fel cors, a'r ymdrech yn llosgi ei goesau. Ymhen ychydig, a'r glaw'n dechrau poeri, daeth at dŷ haf arall, ond roedd y lle'n amlwg yn ddiffaith, felly ymlaen yr aeth y crwydryn gan gadw at y llwybr am y tro. Sylwodd fod nifer y defaid yn y caeau yn cynyddu, a phan welodd fferm lewyrchus yr olwg ar y gorwel, gwyddai na fyddai modd iddo sleifio heibio heb gael ei weld. Cyrcydodd y tu ôl i goeden a gafael yn ei fap. Ffeindiodd bentref Beddgelert arno, yna Llyn Dinas, Llanfrothen a Nantmor. Gallai ddyfalu lle roedd e bellach, a phenderfynodd anelu am Groesor, ar draws gwlad.

Aeth i'r dde cyn cyrraedd fferm Gelli Iago, a dringo'r bwlch yng nghysgod y Cnicht. Cododd hwnnw ei gap am eiliad ar Mr C, gan ddatgelu ei gopa trionglog, cyn mynd i guddio unwaith eto wrth i'r cymylau ei gofleidio. Brwydrodd trwy'r mawndir diderfyn, gan basio bryncyn garw wedi'i orchuddio â grug, cyn cyrraedd Bwlch y Battel a throi tua'r de. Yna, wedi dwy filltir heriol arall, ac yntau wedi pasio ac anwybyddu hen chwarel, ogof, llyn, olion cytiau canoloesol a mynydd yr Arddu, cyrhaeddodd Groesor. Ar gyrion y pentref, ystyriodd ei opsiynau. Gwyddai fod y Ring o fewn cyrraedd yn awr – rhyw filltir neu ddwy i lawr y cwm – ac estynnodd ei fap unwaith eto, gan ei fod yn awyddus iawn i osgoi unrhyw arwydd o wareiddiad ac yntau'n edrych fel milwr ar goll yn hela bwganod ac ellyll ei isymwybod. Byddai'n rhaid iddo olchi'r colur cuddliw o'i wyneb cyn ymweld â'r dafarn. Nododd hen drac rheilffordd yn arwain i lawr y cwm, ac anelu amdano, gan ddisgyn i waelod y dyffryn trwy geunant serth a choediog. Troediodd yn araf ac yn ofalus gan nad dyma'r lle delfrydol i droi ei figwrn, ac o'r diwedd cyrhaeddodd graig Carreg Hylldrem a'r ffordd fawr fyddai'n ei arwain at y Ring.

Canlyniad Cadarnhaol Crandon

'Bore da, syr,' meddai Col, wrth gnocio'n ysgafn ar ddrws agored DI Crandon. 'O' chi moyn 'yn gwel…'

'Dewch mewn. 'Steddwch,' gorchmynnodd Crandon gan dorri ar ei draws, heb godi'i lygaid o'r papurach ar ei ddesg.

Gwnaeth Col a Kingy yn union fel y dywedodd eu bos, gan gymryd sedd yr un wrth ochr DS Clements. Nodiodd y dirprwy ar y ditectifs a golwg ddwys yn llechu yn ei lygaid. Roedd llygaid y partneriaid cyn goched ac mor wydrog â rhai Clem, er mai diffyg cwsg oedd wrth wraidd eu cyflwr hwy, yn hytrach na phwysau gwaith a chyfarth bythol Crandon.

Cododd Clements a chau'r drws ar swyddfa'r adran, ac aileistedd cyn i Crandon lusgo'i lygaid o'r ddesg ac edrych ar y triawd am y tro cyntaf.

'O' chi moyn 'yn gweld ni, syr.' Llwyddodd Col i orffen ei frawddeg ar yr ail gynnig, yn bennaf gan nad oedd Crandon fel petai'n cofio pam ei fod wedi galw amdanynt.

'O'n. Beth yw'r diweddaraf am y brodyr Caradog? Ffoniodd Clem fi neithiwr. Rhywbeth am y lladradau. Rhywbeth am gyffesiad…'

'Yn union, syr.'

'Yn union, beth?'

'Cyffesiad, syr. Trodd y brodyr lan jyst wedi cinio ddoe a chyfaddef eu rhan yn y lladradau…'

'*Y* lladradau?'

'Ie. *Y* lladradau.'

Gwenodd Crandon wrth glywed hynny, er y gwyddai Col y byddai'n gwenu fwy fyth ar ôl clywed gweddill yr hanes.

'Pwy fydde 'di meddwl? Ar ôl yr holl ams…'

'Ond nid dyna'r cyfan, syr.' Tro Col oedd hi i dorri ar draws nawr. Cododd Crandon ei aeliau a dawnsiodd ei fwstash o dan ei drwyn. 'Ma'r ddau ohonyn nhw'n honni mai Gari Caradog sydd y tu ôl i'r holl gynllwyn.'

'Gari Caradog? *Y* Gari Caradog?'

'Ie, syr. *Y* Gari Caradog.'

Chwarddodd Crandon y tro hwn, gan daflu ei ben yn ôl a chlapio'i ddwylo.

'Sori am hynny,' meddai gan wenu, ei ddwylo'n hofran o'i flaen fel consuriwr, cyn parhau â'i gwestiynau. 'Reit, sori. Esbonia, plis,' meddai, gan gyfeirio at Col.

'Sdim lot i'w esbonio, syr. Daeth y brodyr yma ddoe, o'u gwirfodd, a chyffesu eu rhan yn y lladradau. Dyna ni, a dweud y gwir. Ar wahân i'w honiad mai eu hewythr oedd y tu ôl i'r holl beth. Yn ôl y brodyr, gorfododd Caradog Senior nhw i ddechrau dwyn rhyw ddeg mlynedd yn ôl. Sai'n gallu cofio'r union ddyddiad ond ma fe i gyd yn y ffeil…'

'Shwt y'ch chi'n *gorfodi* rhywun i ddwyn o dai pobl ar eich rhan?'

'Dyna'r cwestiwn cyntaf ddaeth i 'mhen i 'fyd, syr.'

Gwenodd Crandon, gan werthfawrogi seboni Aled Colwyn.

'A?' gofynnodd Clements.

'Yn ôl y brodyr, sy'n cael eu cwestiynu ar wahân a heb gael unrhyw gyswllt â'i gilydd ers cyrraedd 'ma, ma fe'n ddyn peryglus.'

'"Unhinged" oedd y gair ddefnyddiodd Prys,' ychwanegodd DC King. 'Ma fe 'di bygwth nhw â gwn ar fwy nag un achlysur, ac wedi cadw nhw o dan ei adain ers marwolaeth eu tad, brawd Gari Caradog, 'nôl ym 1996. Eto, yn ôl honiadau'r ddau, so fe'n talu rhyw lawer o gyflog iddyn nhw, ond ma fe'n rhoi bonuses iddyn nhw ar ôl pob lladrad…'

'Er mai fe sy'n cadw'r rhan helaeth o'r arian maen nhw'n ei gymryd.'

'Beth am yr eitemau eraill?'

'Pa eitemau?'

'Beth bynnag arall sy'n cael ei ddwyn.'

'O, ie, reit. Sori, syr. Ma popeth yn atig Prys Caradog. Gemwaith, llwyth o sêffs, popeth a dweud y gwir…'

'Ar wahân i'r arian.'

'Ie. Ma'r arian wedi diflannu.'

'Ma'r brodyr yn honni fod Mr Caradog wedi mynd â'r cyfan.'

'Ond pam cadw'r gemwaith?' gofynnodd Crandon.

'Ie, pam ddim gwerthu'r cwbl lot?' ymhelaethodd Clements.

'Eto, ma'r brodyr ill dau'n dweud nad oedden nhw'n teimlo y gallen nhw werthu'r gemwaith ac ati.'

'Ond pam?'

'Ddim yn teimlo'n reit, medden nhw.'

Tawelodd yr ystafell wrth i'r wybodaeth ymdreiddio'n araf i ymennydd DI Crandon.

'OK. Ddim yn hollol convincing, ond dyna ni,' meddai Crandon, gan godi'i ysgwyddau. 'Y cwestiwn nesaf – *pam* dwyn yn y lle cyntaf? Mae Gari Caradog yn ddyn llwyddiannus a chyfoethog…'

'Llwyddiannus, heb os, a chyfoethog 'fyd, ond so fe 'rioed wedi cael ei dderbyn gan ei gylch o gyfoedion…'

'Yn ôl y brodyr.'

Nodiodd Crandon, gan wybod bod hynny'n hollol wir. Roedd nifer yn y clwb golff, gan gynnwys fe ei hun, yn edrych i lawr eu trwynau ar Gari Caradog ac yn ei drin fel aelod eilradd o gymdeithas glos golffwyr Gerddi Hwyan. Er hynny, roedd hi'n ymddangos fel petai Crandon yn mynd i elwa'n uniongyrchol o'r datblygiadau diweddaraf hyn.

'Ie, yn ôl y brodyr. Cyfuniad o genfigen ac annigonolrwydd…'

'Annigon-beth?' gofynnodd Kingy.

'Inadequacy, Kingy. Ddim yn teimlo'i fod yn ddigon da.

Gydag un yn bwydo'r llall tan iddo gael syniad am sut i ddial arnynt.'

'A beth oedd y cynllun hwnnw?' gofynnodd Crandon yn ddidwyll. Roedd yn awyddus iawn i ganfod sut y gwnaeth y Caradogs lwyddo i osgoi cael eu dal am gymaint o flynyddoedd.

'Rhaid dweud ei fod e'n gynllun gwych, cyn dechrau, syr.'

'Too right,' ategodd Kingy.

'Ma fe'n hollol syml, syr. Chi'n gwbod sut ma pobl yn rhoi allweddi i adeiladwyr sy'n gwneud gwaith ar eu tai?'

'Ydw, wrth gwrs, ni i gyd wedi gwneud hynny.'

'Ydyn, syr, ond falle byddwch chi'n meddwl ddwywaith cyn gwneud eto.'

'Pam?'

'Wel, byddai'r brodyr, o dan gyfarwyddyd eu hewythr, yn gwneud copi o'r allweddi, cyn rhoi'r goriadau o'r neilltu am ddwy flynedd…'

'Mwy mewn rhai achosion.'

'Ie, ond *o leia* dwy flynedd.'

'Ma'r allweddi i gyd yn atig Prys 'fyd.'

'Ydyn. Ta beth, byddai'r brodyr yn defnyddio'r allweddi hyn i dorri mewn i'r tai. Dyna pam nad oedd yna byth arwydd o dorri mewn.'

'Roedden nhw hefyd yn gwneud ffotocopis o layouts y cynlluniau roedden nhw'n eu defnyddio ar gyfer y gwaith…'

'Felly roedden nhw'n gwybod yn union ble roedd pob ystafell ac ati.'

'A Gari Caradog oedd mastermind y cynllun hwn?'

'Ie.'

'Yn ôl y brodyr.'

Pendronodd Crandon dros yr hyn a glywsai. Cododd o'i gadair, camu at y ffenest ac edrych allan ar y stryd fawr o'i flaen. Gwyliodd y ceir yn gwibio heibio. Roedd rhywbeth o'i le ar gyffesiad y brodyr, gwyddai hynny'n reddfol. Y prif reswm am hynny oedd nad oedd o'r farn fod Gari Caradog, rhywun yr oedd wedi'i adnabod trwy'r clwb golff ers blynyddoedd lawer, yn ddigon clyfar i feddwl am y fath gynllun. Gwyddai am ei broblemau anger management, ac felly gallai gredu'r rhan honno o'r stori, ond nid Gari oedd y brains y tu ôl i'r lladradau. Dim gobaith. Er hynny, nid oedd am rannu ei amheuon â DC Colwyn a DC King. Roedd Gari Caradog eisoes mewn digon o drafferth, a byddai honiadau'r brodyr yn ei garcharu am gyfnod hirach o lawer. Os câi ei ddal, hynny yw. A chwarae teg i'r brodyr hefyd, roeddent wedi cymryd mantais o'r sefyllfa a gweld cyfle i dorri'n rhydd o grafangau eu hewythr. Rhaid oedd eu parchu am hynny, ac os byddai hynny'n golygu ffarwelio â Gari Caradog am flwyddyn neu ddeg, pwy oedd e i sefyll yn ffordd ffawd? Gwenodd â'i gefn at y triawd, gan wybod yn awr mai fe fyddai capten newydd y clwb golff. Roedd hynny'n ei wneud yr un mor hapus ag roedd llwyddo i ddatrys yr achos. Os nad yn hapusach.

Ailymunodd Crandon â'r lleill, ac eistedd y tu ôl i'w ddesg.

'Unrhyw beth arall y dylwn i wybod?'

'Dim byd swyddogol, ond…' Oedodd Col cyn ymhelaethu.

'Ond beth?'

'Wel, syr, sai'n eu credu nhw.'

'Pam?' gofynnodd Crandon, gan geisio cuddio'i siom.

'Ma fe bach yn rhy… yn rhy hawdd… yn rhy daclus…'

'Pa ran?'

'Yr esboniad. Peidiwch â 'nghamddeall i, syr, fi'n credu mai nhw sydd wedi gwneud y lladradau, ond dwi'n amau ai eu hewythr sydd y tu ôl i'r holl beth.'

'Pam?'

'Sai'n gwybod, syr. Hunch, falle.'

'Hunch?' Anadlodd Crandon ryddhad pur.

'Ie,' cyfaddefodd Col braidd yn chwithig.

''Na gyd? Dim byd concrid, DC Colwyn?'

'Na.'

'Ond ma stori'r brodyr yn hollol watertight,' esboniodd Kingy, gan geisio gwyro'r sylw i ffwrdd oddi wrth reddfau di-sail ei bartner. 'Sdim contradictions. Dim camgymeriadau.'

'Ond jyst wedi ymarfer y stori ma nhw, Kingy!' ebychodd Col.

'Falle wir, DC Colwyn,' meddai Crandon. 'Ond os ffeindiwn ni Gari Caradog, ei air e yn erbyn gair y brodyr fydd hi, a dwi'n reit ffyddiog mai gyda'r brodyr y byddai rheithgor yn ochri.'

'Ma hynny'n bwynt teg, ond ydych chi'n fodlon i ddyn dieuog…?'

'Dieuog!' chwarddodd Crandon. 'Ydych chi wedi gweld beth nath e i'w wraig, DC Colwyn?'

'Do, a sai'n gwadu hynny, ydw i?'

'DC Colwyn,' dywedodd Crandon yn ei lais mwyaf nawddoglyd. 'Dyma'r sefyllfa fel dwi'n ei gweld hi: ma Gari Caradog yn mynd i'r carchar am gyfnod hir…'

'Os ffindiwn ni fe, syr.'

'Diolch, Clem. Os ffindiwn ni fe, bydd Gari Caradog yn mynd i'r carchar am gyfnod hir. Ma'r hyn wnaeth e i'w wraig yn sicrhau hynny. Bydd ei neiaint hefyd yn mynd i'r carchar am eu rhan nhw yn y lladradau. Nawr, a maddeuwch i fi am fod mor fiwrocrataidd fan hyn, ma hynny'n ganlyniad da i ni – fel adran ac fel unigolion. Mae'n dod ag achos sydd wedi bod yn destun cryn chwithdod i ni fel adran i ben ac yn gweld dyn peryglus yn cael ei garcharu. Bydd strydoedd y dref yn fwy diogel, blah blah…'

'Ond so nhw'n dweud y *gwir*, syr!'

'Ond DC Colwyn, nid ni sydd i benderfynu hynny. Ein job ni yn yr achos hwn yw nodi datganiadau'r brodyr a gweld beth sydd gan Gari Caradog i'w ddweud am yr holl beth…'

'Bydd e'n siŵr o wadu'r cyfan, wrth gwrs…'

'Wel, wrth gwrs bydd e, syr, achos dim fe…'

'Does dim ots am hynny, DC Colwyn. Y rheithgor fydd yn penderfynu hynny.'

'Beth am y merched?' gofynnodd Clements.

'So ni 'di cael lot o sens mas o Ceri,' esboniodd DC King. 'So hi'n gallu cofio rhyw lawer o ddim ar hyn o bryd, sy'n hollol normal i gleifion sy wedi bod mewn coma, yn ôl y doctoriaid…'

'Yw ei chof yn debygol o ddychwelyd yn y dyfodol agos?'

'So nhw'n gallu dweud.'

'Beth am y llall? Catrin. Gwraig Morgan Caradog.'

'Fe holon ni hi neithiwr yn gyflym, pan ddaeth hi yma i ofyn am ei gŵr.'

'A?'

'Dim lot, syr. So hi'n rhan o'r cynllwyn. Mae hi'n berchen ar fusnes llwyddiannus.'

'So?'

'Wedodd hi bod hi'n amau ei gŵr o bryd i'w gilydd…'

'Bob rhyw ddwy flynedd, fel mae'n digwydd.'

'Ie, dywedodd hi bod 'na batrwm pan fyddai Morgan yn actio'n rhyfedd am gwpwl o wythnosau, mis efallai…'

'Roedd hi'n amau mai cael affairs oedd e.'

'Oedd, roedd hi actually'n hapus i glywed mai dwyn o dai pobl roedd e!'

Daeth hynny â gwên i wyneb Crandon.

'A chi'n 'i chredu hi?'

'Sdim rheswm i beidio am nawr, syr, ond byddwn ni'n ei holi hi eto mewn mwy o fanylder maes o law.'

'OK. Da iawn. Yr unig beth sydd ar goll nawr yw Gari Caradog…'

'Heb anghofio'r gwir, syr,' meddai Col, gan barhau i syllu ar ei fos.

Gwenodd hwnnw arno, gan barchu maint ei geilliau.

'Peidiwch chi poeni am hynny, DC Colwyn. Y peth pwysig fan hyn yw'r canlyniad. Chi 'di datrys y pos. Llongyfarchiadau.'

'Diolch, syr,' meddai Kingy'n llawn balchder, ond ddywedodd Col ddim gair.

* * *

Camodd DC Colwyn a DC King i mewn i ystafell gyfweld 2, lle roedd Prys yn eistedd ar gadair blastig ddu wrth fwrdd metel plaen. Ar wahân i'r dodrefn a'r pecyn Golden Virginia, y leitar, y blwch llwch a'r papur Rizla blas licoris, roedd yr ystafell yn hollol wag.

Roedd Col yn gandryll diolch i agwedd ei fos yn y cyfarfod. Ac er ei fod yn gwybod y byddai Gari Caradog yn cael ei haeddiant, nid oedd yn barod i adael i'r lladron ochrgamu eu haeddiant hwythau. Roedd yn bendant nad oedd y brodyr yn dweud y gwir, er na allai weld sut y gallai lwyddo i'w baglu chwaith. Roedd straeon y ddau'n cyfateb yn berffaith, a'u gwaith cartref yn haeddu seren aur am yr ymdrech a'r perfformiad.

Er hynny, roedd y diffyg cwsg a'r celwydd amlwg wedi cyfuno i greu niwl coch ym mhen DC Aled Colwyn, oedd ar fin ffrwydro fel nwy gwenwynig, reit yng ngwyneb Prys Caradog.

Gwyliodd y lleidr y ditectifs yn dod i'r ystafell, gan lyfu'r Rizla a gorffen ei rôl. Y ddeunawfed heddiw yn barod. Cyn cynnau'r mwgyn, pesychodd a phoeri llond llwnc o lysnafedd ar y llawr.

Gyda bysedd melyn, cododd y rôl a'i thanio. Tynnodd y mwg yn ddwfn, cyn dynwared draig a chwythu'r llygredd i gyfeiriad Colwyn a King. Brwydrodd i beidio â gwenu arnynt. Roedd hi'n amlwg bod ei bresenoldeb a'i ddatganiadau fe a'i frawd wedi drysu'r ditectifs a'u gwneud yn gandryll. Ond roedd Prys yn hapus bellach, am y tro cyntaf mewn blynyddoedd lawer. Gwelai ddyfodol llawn gobaith nawr. Dyfodol di-ewythr. Dyfodol gyda Ceri – efallai.

Gwelodd Col y wên gam ar wyneb Prys a bu bron iddo chwalu ei ên er mwyn ei gwneud yn nodwedd barhaol.

'Eisteddwch,' gwahoddodd Prys, mewn ymdrech amlwg i'w cynddeiriogi.

Tra arhosodd DC King wrth y drws, pwysodd DC Colwyn ar y bwrdd, gan syllu'n syth i fyw llygaid y lleidr.

'Ni'n gwybod 'ych bod chi'n dweud celwydd…' dechreuodd, cyn cael llond pen o fwg yn ddiolch. 'Ni'n gwybod mai chi oedd y tu ôl i'r lladradau, nid eich wncwl…'

'Na, chi ddim,' atebodd Prys.

'Ydyn!' llefodd Col.

'Na, chi ddim. Gyda phob parch, ditectif, chi'n *gwbod* fuck all, *am* fuck all. A tasen ni heb ddod 'ma ddoe a rhannu'r wybodaeth 'ma gyda chi, byddech chi'n gwybod llai byth.'

Pwysodd Prys yn ôl ar goesau ôl y gadair. Sugnodd ar y sigarét gan fwynhau'r frwydr. Yn enwedig gan mai fe oedd yn ennill ar hyn o bryd.

'So dy wncwl di'n ddigon clyfar i feddwl am y fath gynllun. A ma fe'n rhy gyfoethog 'fyd.'

'Ydy, ma fe, ond nid dwyn arian oedd y pwynt i Wncwl Gari.'

Dyrnodd Col y bwrdd gan wneud i'r baco, y Rizla a'r blwch llwch neidio.

'Ni'n gwybod mai chi oedd…'

'Profwch 'ny, 'te.'

'Fi'n bwriadu gwneud,' poerodd Col, cyn troi a ffrwydro trwy'r drws, ei fochau cyn goched â'i lygaid bellach.

Haeddiant

Sleifiodd Mr C tua phen ei daith, gan gadw'n isel at ochr y ffordd a throedio mor dawel â phosib, oedd yn ddigon hawdd heno diolch i'r dilyw a ddaliai i ddisgyn a bygwth boddi'r cwm cyn y bore. Cripiodd trwy'r cysgodion, gan basio criw o fechgyn lleol oedd yn cynnal llys wrth gysgodi rhag y glaw yn ffoledd Clough ar gyrion Llanfrothen. Oedodd Mr C wrth fôn hen dderwen ar ochr arall y ffordd i'w gwylio, gan weld miri a ffug fawredd glasoed mor amlwg yn eu hystumiau. Meddyliodd pa mor hawdd fyddai rhoi stop ar eu hwyl, unwaith ac am byth, ond gwyddai nad dyna'r cyffroad roedd yn chwilio amdano chwaith. Yna clywodd sŵn caniau seidr yn hisian agor, ac felly i ffwrdd â fe gan adael y llanciau i'w llyncu.

Cyrhaeddodd ffiniau maes parcio tafarn y Ring, cyn oedi unwaith eto a chyrcydu y tu ôl i wal gerrig sych fu yno ers canrifoedd yn ôl y mwsog oedd arni. Â'i goesau'n gwegian a'i ddillad wedi'u gludo wrth ei groen, gwyliodd y ffoadur brif fynedfa'r tŷ cyhoeddus, a'r cynulliad o ddarpar ddioddefwyr canser oedd wedi ymgynnull i smocio a sgwrsio.

Dechreuodd Mr C feddwl y byddai'n rhaid iddo gerdded yn ôl i Feddgelert, gan nad oedd hi'n ymddangos yn debyg y byddai'n gallu cyrraedd y tai bach heb gael ei weld er mwyn newid ei ddillad cyn mwynhau lluniaeth enwog y lle.

Fel ysbryd, symudodd yn ddistaw trwy'r maes parcio a chyrraedd cefn yr adeilad, lle cuddiodd y tu ôl i gar gyriant pedair olwyn.

Gwelodd ddrws cefn y dafarn a'r toiled oedd gam neu ddau y tu hwnt i'r trothwy. Cododd ei obeithion o flasu cwrw, bwyd ac awyrgylch y lle. Ond cafodd siom wrth weld tyrfa o ddynion wedi ymgasglu yn y gysgodfan bren i'r dde o'r porth a diflannodd ei obeithion eto.

Trwy'r gwaywffyn glaw, gwyliodd y giang yn gwneud eu gwneud. Aroglodd bersawr digamsyniol Mari Joanna yn yr aer. Clywodd fwy o regfeydd mewn dwy funud nag y byddai'n debygol o'u clywed mewn noson yng nghwmni Malcolm Tucker. Cododd y lleisiau mewn cytgord wrth i ffocws y criw ganolbwyntio'n benodol ar un o'u plith, cyn i'r bygythiadau droi'n chwerthin croch drachefn.

O'r diwedd, a Mr C bron wedi rhoi'r gorau i'w gynllun, brasgamodd y fintai o'r lloches a diflannu trwy'r drws cefn, gan adael y maes parcio fel mynwent ar eu holau.

Arhosodd Mr C nes i ddau ohonynt ailymddangos o'r tŷ bach cyn codi, rhedeg ar hyd y tarmac a sleifio trwy ddrws y cachdy. Heb oedi, a heb edrych yn ôl trwy gil y drws oedd yn araf gau y tu ôl iddo, camodd i'r unig guddygl a chloi'r drws. Curai ei galon rhyw rythm gwyllt, ac eisteddodd i lawr tan iddi arafu. Wrth eistedd yno yn ei ddillad gwlyb, palodd trwy gynnwys ei warfag, oedd yn hollol sych, diolch i'r dechnoleg Gore-Tex ddiweddaraf, a dod o hyd i'w ddillad glân. Gyda'i ddwylo'n crynu'n wyllt, estynnodd bâr o drowsus cerdded ysgafn, dillad isaf o gotwm cyfforddus, crys polo gwyrdd, cap pêl-fas a chot gnu ysgafn. Prynasai bob dilledyn, ar wahân i'r cap, o'r Warws ar gyrion Beddgelert lai nag wythnos ynghynt, a chyn eu gwisgo rhaid oedd tynnu'r tagiau, heb anghofio defnyddio tywel y gwesty i sychu, diolch i'r drochfa a gawsai wrth gerdded yma ar draws gwlad.

Gyda'i ddannedd yn clecian, tynnodd ei ddillad a mynd ati i sychu ei groen, oedd cyn lased â'r WKD a gâi ei weini yn y bar lan stâr. Wrth ddod at ddiwedd ei dasg a gwisgo'i gap ar ei ben a'i got dros un ysgwydd, rhewodd wrth glywed y drws yn agor a dau lais meddw yn ymuno â fe yn y toiled.

Wrth i'w lleisiau daranu oddi ar y teils, cafodd Mr C ei

ddrysu gan eu hiaith estron. Nid oedd erioed wedi clywed Cymraeg tebyg o'r blaen, a brwydrodd i ddeall hyd yn oed ddeg y cant o'r hyn a ddywedwyd. Er y diffyg dealltwriaeth, roedd un peth yn amlwg: roedd y ddau ohonynt wedi meddwi'n rhacs, a pharhad eu piso'n adlewyrchu hynny. O'r diwedd, tawelodd y llif a'r lleisiau. Clywodd Mr C ddrws y toiled yn agor ac yn cau, felly gwisgodd ei got, gosod y gwn yn ei boced, gafael yn ei warfag ac agor drws y cuddygl.

'Ffycin hel, be ffwc sy 'di digwydd i chdi?' poerodd un o'r piswyr, oedd tan yr eiliad honno wedi bod yn syllu arno'i hun yn y drych dros y sinc, ar goll yn nhrobwll ei ben.

Syllodd Mr C heibio iddo, a dod wyneb yn wyneb â'r llanast roedd y colur wedi'i adael ar ei wyneb. Roedd fel minstrel aflêr, ar goll mewn dyfodol dryslyd.

Syllodd y meddwyn ar yr ellyll erchyll a safai y tu ôl iddo yn y drych cyn sythu a gadael, gan fwmian yn aneglur o dan ei anadl.

Cyn gynted ag y gadawodd, aeth Mr C ati i olchi ei wyneb yn iawn. Doedd dim sebon yn y cynhwysydd na dŵr twym yn y tap, felly rhaid oedd sgrwbio mewn dŵr oer. Anodd fu symud y colur, ond wedi rhai munudau dychwelodd gwir liw ei groen unwaith eto. Sychodd ei fochau â'r tywel o'i fag, gan nad oedd y peiriant aer poeth yn gweithio chwaith. Yna anadlodd yn ddwfn a gafael yn y gwn yn ei boced, gan werthfawrogi oerni'r dur yn ei gledrau chwyslyd.

Aeth allan o'r lle chwech ac i fyny'r grisiau, cyn agor y drws a chamu i ryw fydysawd cyfochrog lle roedd pawb wedi meddwi a phawb yn siarad Cymraeg mewn tafodiaith gwbl ddieithr i Mr C. Roedd y lle dan ei sang ac arogl y mwg o'r tân a'r rhechfeydd yn dawnsio yn yr aer gyda'r chwerw a'r chwys. Roedd rhywrai'n canu rownd y gornel, er nad oedd modd gweld pwy.

Difarodd ar unwaith ddod yma, ond cyn iddo gael cyfle

i ddianc trwy'r drws cafodd ei wthio gan sgrym nerthol i ganol y dyrfa, wrth i grŵp arall o ysmygwyr ddychwelyd o'r gysgodfan ger y drws cefn. Edrychodd Mr C o'i gwmpas yn wyllt, â'r gwn yn dynn yn ei law wrth i'r panig gydio ynddo. Yna gwelodd un stôl wag yng nghornel pella'r bar – gwerddon o gallineb yng nghanol y gwallgofrwydd. Anelodd amdani gan wthio'i ffordd trwy'r cyrff, oedd yn anfodlon symud i ryw fastard estron a'i rycsac foliog.

Gyda rhyddhad amlwg, eisteddodd Mr C ar y stôl a gwthio'i warfag i'r cornel. Wrth aros ei dro, edrychodd o'i gwmpas, gan wneud pob ymdrech i osgoi dal llygad neb. Gwrandawodd ar y lleisiau'n plethu ac yn codi o'i amgylch, cyn ffrwydro uwch bennau'r rafwyr ac ailddechrau. Gwelodd ffermwyr yn yfed ochr yn ochr â hipis; pysgotwyr yn sgwrsio â sgamwyr; pobl barchus yn trafod â photswyr; adeiladwyr yn cyd-yfed â cherddwyr; ac ambell i ferch yn brwydro'n ofer am sylw yng nghanol y cynulliad ceilldrwm.

Gwenodd wrth weld y cerddwyr y bu'n eu dilyn yn gynharach, eu dymuniadau wedi'u gwireddu a'r ddau'n bochio i mewn i blateidiau o fwyd blasus yr olwg o flaen y tân a'u gwragedd neu gariadon yn sgwrsio â'i gilydd, heb gymryd unrhyw sylw o'r rhialtwch.

Cododd hynny chwant bwyd ar Mr C, felly trodd at y bar mewn ymdrech i ddal sylw un o'r gweithwyr. Ond, wrth droi, gwelodd y meddwyn a welsai yn y toiled yn syllu arno o ben draw'r bar, ei lygaid yn llawn cwestiynau ac amheuon.

Uwch ei ben, ar y teledu yng nghornel ucha'r ystafell, sylwodd Mr C fod y newyddion cenedlaethol newydd ddechrau. Trodd ei ben a thynnu ei gap i lawr dros ei wyneb. Carlamai ei galon ac, unwaith eto, gafaelodd yn dynn yn y gwn.

'Ti'n aros, cyw?' gofynnodd y ferch geriwbaidd â'r llygaid glas.

'Pint o' Stella, please dahlin'', atebodd Mr C heb oedi, ei acen cocni yn denu sylw'r rhai oedd yn sefyll agosaf ato.

Wrth i'r ferch fynd ati i gyflawni ei archeb, teimlodd Mr C lygaid ei gyd-yfwyr yn llosgi ei gefn.

'You still doin' food, dollface?' gofynnodd Mr C pan ddychwelodd y ferch â'i ddiod.

'Kitchen's just closed, sorry, cyw. But I've got a few sandwiches left if you want one of those.'

'What you got?'

'Tuna mayo and salad or ham and cheese.'

'Giz both of 'em, babe. I was hoping for some proper scram, but I guess this'll 'ave to do.'

'Sorry about that, the kitchen's just closed now. We can't serve hot food when it's busy like this. Health and safety, see.'

'No problemo, dahlin', these sarnies 'll do the job. What do I owe ya?'

'Seven sixty please.'

'There's a tenner, get yourself one, o'wite?' dywedodd gyda winc, gan ddynwared Barrymore heb sylwi hyd yn oed.

'Thanks,' meddai'r ferch, gan droi ei chefn arno a gwenu. Roedd Mr C yn disgwyl ychydig o newid, ond ni ddychwelodd; yn hytrach, aeth yn syth o'r til i weini rhywun arall. Cwynai bola Mr C, felly trodd ei sylw at y brechdanau a'i beint, er ei fod yn ymwybodol bod y piswr meddw yn dal i syllu arno o ben draw'r bar.

Bochiodd i mewn i'r brechdanau, gan lyncu'r Stella a mwynhau'r gwefrau wrth i'r swigod rhynllyd lifo i lawr ei wddf. Clywodd ambell air dealladwy o gegau ei gymdogion cyfagos wrth y bar. Er nad oedd yn gallu clywed popeth, roedd hi'n amlwg nad oedd croeso iddo yma mewn gwirionedd. Trodd ei feddyliau at ddianc, a phenderfynodd adael cyn gynted ag y byddai wedi gorffen bwyta.

'Fanks, dahlin', dywedodd wrth wthio'r plât gwag ar hyd y bar, cyn arllwys gweddill y Stella i'w geg a gafael yn ei warfag.

Trodd ar ei eistedd a daeth yn agos at gael trawiad ar y galon yn y fan a'r lle wrth ddod wyneb yn wyneb â fe ei hun yn syllu i lawr arno o'r sgrin deledu tra bod y newyddiadurwraig yn parablu'n fud o'r stiwdio ym Mae Caerdydd.

O gornel ei lygad, gallai weld y dyn o'r tŷ bach yn syllu o'r sgrin deledu i'w gyfeiriad, ac o'i gyfeiriad i'r sgrin deledu. Yna defnyddiodd ei benelin a'i ben i fynnu sylw un o'i ffrindiau ac ystumio i gyfeiriad yr estron â'r acen anghredadwy o anghyson.

Cododd Mr C ar ei draed, ond roedd y llwybr at wareiddiad yn drwch o gyrff. Yna llenwodd ei wyneb y sgrin, cyn iddo gael ei rewi, diolch i hud a lledrith Sky+.

'Dyna fo!' bloeddiodd y meddwyn o'r toiled gan bwyntio bys i gyfeiriad Mr C. 'Welish i o yn lle chwech, camofflaj dros 'i wynab o.'

'Sorry, mate, I don't understand the lingo,' oedd ateb llipa Mr C.

'Bolycs. Honna 'di'r acan cocni mwya shit glywish i 'rioed,' bloeddiodd rhywun o ben draw'r dafarn, cyn i law llawer agosach gipio'r cap oddi ar ei ben.

'Fo ydi o!' cydadroddodd côr o leisiau, wrth i bennau'r cyhuddwyr droi o'r sgrin at Gari fel torf yn gwylio tenis.

'Ffwcin gafal yn'o fo, weloch chi be nath o i'w wraig?!' gwaeddodd rhywun arall, a dyna pryd y teimlodd Mr C y dwylo'n cau amdano.

Cododd y panig a'r pryder, ac yn reddfol, gafaelodd Mr C yn un o'r dwylo a'i thorri y tu ôl i gefn ei pherchennog, cyn cydio yn y gwn â'i law arall a'i godi at ben y dyn.

Camodd yr ystafell gyfan yn ôl fel un, eu syndod yn eu tawelu a'u sobri mewn amrantiad.

Safai Mr C yno gan wybod bod y foment dyngedfennol wedi cyrraedd. Dyma ni, roedd y diwedd ar fin dod. Byddai'r heddlu'n gwybod ei leoliad o fewn hanner awr, os nad oedden nhw'n gwybod yn barod, gan fod siawns go dda fod un o'u nifer yma heno. Os felly, roedd y glas ar ras i'r Ring.

Teimlodd ddiferyn o chwys yn llifo'n araf i lawr ei dalcen, a'r dyn a ddaliai yn gwingo ac yn cynrhoni mewn ofn pur. Clywodd e'n gweddïo o dan ei anadl. Aroglodd yr amonia'n codi o'r iwrin oedd newydd dreiddio trwy'i drôns. Syllai degau o wynebau i'w gyfeiriad, y rhan fwyaf yn gegagored. Roedd y tawelwch yn annioddefol.

Gwyddai beth oedd yn rhaid iddo'i wneud, ond nid oedd ei ddwylo fel petaent mewn cysylltiad â'i ymennydd. *Saetha!* bloeddiodd ei ben, ond ni symudodd ei fysedd. Yna, cyn iddo gael cyfle i weithredu, clywodd glic byddarol yn ei glust chwith a throdd yn araf i weld y barmêd a fu mor glên wrtho rai munudau ynghynt yn dal gwn dau faril i'w ben.

'Rho'r gwn lawr, y ffycin bastad gwirion,' meddai'r ferch, fel tasai pethau fel hyn yn digwydd bob penwythnos.

A chyda hynny, ffrwydrodd y lle â lleisiau a chymeradwyaeth.

Ond, â'r fagl eisoes wedi'i faglu, doedd gan Mr C ddim i'w golli, felly gwrthododd wneud fel y mynnai'r far-forwyn. Syllodd hithau arno, fel y byddai Ceri'n ei wneud ar ddechrau eu carwriaeth, cyn iddo gael gwared ar y math yna o ymddygiad ac agwedd o'i chymeriad â chefn llaw amserol. Meddyliodd am y tro diwethaf iddo weld ei wraig. Cofiodd ei gadael yno, wrth ochr y pwll, yn gelain byw ar lannau ei freuddwyd gwlyb. Fflachiodd llygaid y defaid a saethodd y prynhawn hwnnw o flaen ei lygaid, cyn i'r ddelwedd ddiflannu diolch i weithred yr anelwraig. Symudodd ei gwn rhyw fodfedd i'r chwith i'w ben a saethu'r wal wrth ei ochr gan ei fyddaru.

'*NAWR!*' gwaeddodd arno.

A'r tro hwn, gollyngodd Mr C y gwn a'r carcharor, cyn gwylio'r dorf yn cau amdano. Y peth diwethaf y gallai ei gofio cyn i'r fagddu ei fygu oedd cael ei lusgo i lawr grisiau cefn y dafarn tua'r maes parcio, â degau o yfwyr yn ei ddilyn, pob un ohonynt yn benderfynol o gyfrannu at y gweir anochel ac at ei gosb haeddiannol.

Cyfiawnder?

Edrychodd Ceri ar ei horiawr am yr ugeinfed tro ers cyrraedd y maes parcio rhyw chwarter awr ynghynt.

'O'n nhw fod mas bum munud yn ôl,' cwynodd, gan syllu ar ei hadlewyrchiad yn nrych ochr ei char newydd – Land Rover du sgleiniog â'r rhif cofrestru CER 1 – a bwrw golwg draw at borth rhyddhau carcharorion jêl Bryste, yn ardal Horfield y ddinas.

'Byddan nhw 'ma nawr, Cer. Chill, plis.'

Cododd Catrin ei haeliau a chrychu'i thrwyn ar Gwyn bach oedd wrthi'n bwyta iogwrt blas mefus ac yn gwneud llanast aruthrol yn ei sedd yng nghefn y tanc, gan wneud iddo chwerthin yn braf a phoeri'r hylif pinc dros bob man. Pe na bai Gwyn yma, byddai Catrin ar bigau'r drain hefyd, ond ers i'r bychan gyrraedd roedd rhyw drefn newydd ar ei bywyd. Wrth gwrs, ysai am gael gweld ei gŵr er mwyn cael teimlo'i gyhyrau, heb sôn am gael ychydig o gymorth gyda Gwyn bach a'i gachiadau goruwchnaturiol.

Cododd ei phen a gwylio Ceri'n tindroi. Doedd y ffaith iddi roi'r gorau i ysmygu yn ystod y misoedd diwethaf ddim yn ychwanegu at ei hwyliau, wrth gwrs. Yn fwy na hynny hyd yn oed, roedd y ffaith ei bod hi a Prys ar fin ailafael yn eu carwriaeth ar ôl cyfnod sabothol o bron i chwarter canrif yn ei gwneud yn nerfus.

Gwiriodd ei gwallt yn nrych ochr y jîp.

'Ydy 'ngwallt i'n olreit, Cats?'

'O'i gymharu â beth ma Prys wedi'i weld dros y misoedd diwethaf, ti fel Kate Moss, Cer,' atebodd Catrin.

Cododd Ceri o'r drych a syllu ar ei ffrind, oedd yn sefyll wrth ddrws cefn agored y jîp yn bwydo'i mab. Trodd Catrin ac edrych yn ôl arni gan wenu.

Ymunodd Ceri â'i ffrind gorau a'i nai, gan afael yn Catrin a'i chofleidio'n dynn. Roedd y ddwy mor hapus, a'r rhyddhad yn amlwg ar eu hwynebau.

Roedd brwydrau a chaledi'r misoedd diwethaf – adferiad araf a phoenus Ceri yn dilyn ymosodiad milain Mr C; yr ymchwiliad a'r achos llys; genedigaeth Gwyn; dewrder Ceri wrth roi tystiolaeth yn erbyn ei gŵr yn gyhoeddus; a charchariad y brodyr am flwyddyn am eu rhan yn yr holl helynt – ar fin dod i ben.

Wrth sefyll yno'n gafael yn dynn yn ei gilydd, crwydrodd meddwl Catrin yn ôl at y tro diwethaf iddi weld ei dyn. Garglai Gwyn yn ddiffwdan wrth ei hochr, a haul annisgwyl yr hydref yn ychwanegu rhyw awgrym o liw naturiol at ysgwyddau noeth y ddwy.

Wrth i'r barnwr ddatgan ei ddedfryd, a chynllun Catrin wedi gweithio'n well na'r disgwyl, cafodd ei hemosiynau eu tynnu i bob cyfeiriad, diolch i'r ffaith fod Gwyn – oedd yn llai na mis oed ar y pryd – wrthi'n sugno ar ei bron ar yr union eiliad honno. Hefyd, yn hollol ddiymadferth, bu'n rhaid iddi wylio Morgan yn cael ei arwain o'r doc a'r dagrau'n llifo i lawr ei fochau. Aeth adref a chrio am oriau. Ond, diolch i'r baich sy'n mynd law yn llaw â gofalu am faban, yn ogystal â'r ffaith ei bod yn gwybod y byddai Morgan yn ôl wrth ei hochr mewn mater o fisoedd, daliodd Catrin ati, gan ffynnu yn ei rôl newydd fel mam. Roedd yr arian parod – ffrwyth troseddau'r brodyr, a guddiodd Catrin yng ngharafán ei rhieni tan ar ôl yr achos llys – wedi helpu'n fawr yn ystod eu habsenoldeb, heb sôn am gymorth ei rhieni, a synnodd Catrin yn aruthrol wrth i'r ddau fod yn gefn iddi hi a Gwyn trwy gydol dedfryd Morgan.

Ysgrifennodd Mogs ati o fewn dyddiau iddo gael ei garcharu yn erfyn arni i beidio â dod i'w weld, gan nad oedd eisiau i Gwyn, er mor ifanc, ei weld mewn carchar. Wrth reswm, nid oedd Catrin am wrando, ond ufuddhaodd ar ôl siarad â fe dros y ffôn. Yn hytrach na mynd i'w weld byddai'n ysgrifennu llythyr ato bob wythnos yn ei atgoffa gymaint roedd yn ei garu a'r hyn oedd yn aros amdano yng Ngerddi Hwyan. Heb yn wybod iddi hi, gwnâi'r lluniau di-rif o'i fab bach i Mogs grio'n gyson, a llenwi ei galon â gobaith y byddai popeth yn iawn wedi iddo gael ei ryddhau.

Chwaraeodd Ceri ran allweddol yn nedfrydau cymharol fyr y brodyr, ac er nad oedd Gari yn y llys i weld ei pherfformiad, roedd e'n amlwg yn ei dychymyg wrth iddi raffu ei chelwyddau. Roedd yn benderfynol o achub Prys, fel rhyw fath o ddiolch iddo am fod mor driw iddi ar hyd y blynyddoedd. Wedi misoedd o weithio'n galed i adfer ei hun yn gorfforol a meddyliol, safodd yn y llys i ddisgrifio hanes teyrnasiad milain ei gŵr. Beichiodd grio wrth adrodd hanesion yr ymosodiadau cyson. Wylodd wrth gofio bygythiadau'r gwn a realaeth ei wregys lledr, ond yn fwyaf arwyddocaol, syllodd yn ddidwyll ar y rheithgor wrth gadarnhau mai Gari Caradog oedd y tu ôl i'r lladradau.

O'r cychwyn cyntaf, lliwiodd ei stori â manylion dychmygol – cofiodd y bagiau o arian parod fyddai'n ymddangos o bryd i'w gilydd a'r holl emwaith ar hap y byddai ei gŵr yn ei roi iddi'n anrheg, fel arfer ychydig ddyddiau ar ôl ei churo. Roedd hi'n reit amwys ynglŷn ag ambell fanylyn, dyddiadau yn bennaf, ond diolch i gyflwr bregus ei hymennydd yn dilyn yr ymosodiad olaf, a meistrolaeth absoliwt cyfreithiwr y brodyr ar chwarae'r garden emosiynol ar yr union adeg gywir, credodd y rheithgor bob gair o'i heiddo. Cafodd Gari Caradog ei ddedfrydu, yn ei absenoldeb, i bymtheg mlynedd yn y carchar, tra byddai'r brodyr yn rhydd o fewn blwyddyn.

Cofiodd ei llygaid hi a llygaid Prys yn cwrdd ar ôl i'r barnwr ei ddedfrydu a Prys yn dweud 'Rwy'n dy garu' wrth gael ei dynnu o'r doc ar ôl ei frawd. Yn wahanol i Catrin, aeth Ceri i weld Prys yn ystod ei gyfnod o dan glo. Ni ddywedodd yr un ohonynt rhyw lawer yn ystod yr ymweliad cyntaf, rhyw fis ar ôl yr achos, gan eu bod yn beichio crio. Ond, wrth gwrs, doedd dim angen geiriau arnynt.

Fflachiodd wyneb Gari o flaen ei llygaid am eiliad, ond nid oedd e'n mynd i ddifetha heddiw. Yn wir, roedd hi'n annhebygol iawn y byddai'n difetha unrhyw beth byth eto, gan iddo gael ei haeddiant. Roedd wedi'i ddileu o'i bywyd am byth, ac roedd pennod newydd ar fin agor.

Bellach, roedd Ceri'n byw yng nghartref Prys ar Ystad y Wern, ar ôl iddi werthu Casa Caradog yn dilyn yr ysgariad. Roedd hi wedi gweithio'n galed i ailwampio'r lle yn ei absenoldeb. Nid tŷ cyngor cyffredin y byddai Prys yn dychwelyd iddo heddiw, ond cartref moethus mewn cragen gamarweiniol yr olwg. Defnyddiodd yr arian hael a gawsai yn dilyn yr ysgariad i drawsnewid yr hen dŷ cyngor. Byddai Prys wrth ei fodd, yn enwedig gyda'r twba twym yng ngwaelod yr ardd, er mai ei phresenoldeb hi ar yr aelwyd fyddai'n codi'i galon mewn gwirionedd.

Llaciodd y merched eu gafael ar ei gilydd, a chododd Catrin Gwyn o'i sedd a'i droi er mwyn arogli ei din. Crychodd ei thrwyn mewn ymateb i'r persawr pwplyd.

'O'n i'n meddwl mod i'n gallu smelo rhywbeth…'

''Drych,' meddai Ceri, wrth i Mogs a Prys gerdded allan o'r glwyd tuag atynt, yn wên o glust i glust.

'A, wel, job bach i Dadi, fi'n credu,' meddai Catrin, gan droi i wylio'i henaid hoff cytûn yn ailymuno â hi.

Dechreuodd y brodyr loncian i'w cyfeiriad, a phan gyrhaeddodd y ddau y cerbyd cofleidiodd pawb ei gilydd a'r dagrau'n llifo. Yna cododd Morgan ei fab uwch ei ben, a'i droi nes ei fod yn sgrechian chwerthin. Yn reddfol, gwnaeth sŵn rhech ar ei fola, â'r un canlyniad unwaith eto. Cofleidiodd ei wraig mor dynn fel y bu bron iddo dorri ei hysgwydd.

A thrwy'r cyfan, safai Prys a Ceri, eu trwynau'n cyffwrdd, heb ddweud gair ond yn siarad cyfrolau.

* * *

'O, fuckin' hell, Col, pam yn y byd ni 'nôl fan hyn 'to?' cwynodd
DC King wrth i'w bartner droi'r car oddi ar y ffordd a gyrru'n
araf dros yr atalfeydd cyflymdra i mewn i faes parcio Ysbyty
Meddwl Cae Mawr, nid nepell o garchar y Parc, ar gyrion Pen-
y-bont ar Ogwr.

Wedi dod o hyd i le gwag a thawelu'r injan, cefnodd Col ar
ei bartner gan anwybyddu ei erfyniadau arno i 'anghofio am
y cachgi' a 'symud ymlaen'. Am ryw reswm, nid oedd hynny'n
bosib.

Anelodd am brif fynedfa'r adeilad Gothig, oedd mor
gyfarwydd iddo bellach, yn y gobaith y byddai'n gweld
rhyw newid er gwell yng nghyflwr Gari Caradog, er, mewn
gwirionedd, nad oedd yn ffyddiog o hynny.

Cerddodd trwy'r drysau trwm at y dderbynfa, lle bu'n rhaid
iddo ddisgwyl i'r dderbynwraig orffen galwad ffôn cyn cael sylw.
Wrth aros, gwyliodd un o'r cleifion mewnol truenus – dyn gwelw
yn ei arddegau hwyr neu ugeiniau cynnar yn gwisgo gŵn nos a
sliperi, ei gefn yn grwm fel petai pwysau'r byd yn llythrennol
ar ei ysgwyddau, a'i gamau mor gloff fel bod cyrraedd diwedd
y coridor yn gamp ynddi ei hun – yn cael ei dywys tua'r awyr
agored gan ei rieni, eu gwalltiau'n gynamserol o wyn diolch
i ffawd anffodus eu mab. Tarodd y sefyllfa Col, ond cyn i'w
feddyliau gael cyfle i droi at ddyfodol ei epil yntau, achubodd y
dderbynwraig ef drwy orffen ei galwad a gwenu arno.

'Sori am 'ny. Shwt alla i'ch helpu chi?'

'Dr Evans, plis.'

'Pa un? Ma tri 'da ni ar y staff.'

'Huw Evans. Pennaeth yr Uned Droseddol. Dwedwch wrtho
fe mai DC Aled Colwyn sydd eisiau ei weld, heddlu Gerddi
Hwyan.'

Camodd Col o'r neilltu a pharhau i wylio taith araf y dyn

ifanc a'i rieni, ond cyn iddo gyrraedd y drws ymddangosodd Dr Evans yn y dderbynfa gan estyn ei law i Col.

'Unrhyw newid?' gofynnodd Col, heb wastraffu eiliad. Beth oedd y pwynt? Gwyddai Dr Evans yn iawn pam ei fod e yma bellach, gan mai dyma'r chweched tro i Col alw heibio ers i Gari Caradog gael ei symud o Ysbyty Gwynedd dri mis ynghynt.

'Fel dwi 'di esbonio wrthoch chi o'r blaen, Ditectif Colwyn, does dim disgwyl i Mr Caradog *wella* o gwbl yn sgil ei anafiadau. Peth prin iawn yw gweld unrhyw adferiad mewn achosion o drawma pen difrifol tebyg i'r hyn wnaeth e ddioddef.'

Llifodd y geiriau'n gwrtais o'i geg, er ei bod hi'n amlwg i Col fod y seiciatrydd wedi hen ddiflasu ar ei ymweliadau erbyn hyn.

'Ga i weld e?' gofynnodd Col, ac er mai greddf gyntaf y meddyg oedd gwrthod, roedd e'n fwy penderfynol o osgoi unrhyw fath o wrthdaro, felly tywysodd y ditectif ar hyd y coridorau llwm i Uned Droseddol yr ysbyty meddwl.

Wedi datgloi'r drws gyda chyfuniad chwe rhif cyfrinachol, arweiniodd Dr Evans y ffordd i'r ystafell gyffredin, a'r heulfan fawr ar ei hochr ddeheuol. Dyma ble preswyliai cleifion mwyaf cythryblus y sefydliad a'r unigolion oedd wedi troseddu cyn dod yno. Ond, yn hytrach na bwystfilod a gwehilion cymdeithas, yr unig beth a welai Col ar ei ymweliadau oedd pobl anabl, llongddrylliadau dynol ar goll yng ngwagleoedd eu pennau. Wrth gwrs, roedd yr hyn a wnaeth Gari Caradog i'w wraig yn warthus ac yn anfaddeuol, ond nid oedd e'n mynd i niweidio neb na dim byd bellach. Roedd y seicos go iawn o dan glo yn unedau arbennig y carchardai, ond i lefydd fel hyn y byddai'r anffodusion llai peryglus yn cael eu hanfon, i dreulio gweddill eu bywydau truenus yn bwyta bwyd babanod a gwisgo dillad isaf tebyg.

Gwyddai Col fod Prys a Morgan Caradog yn cael eu rhyddhau o'r carchar heddiw, ac roedd y teimlad nad oedd cyfiawnder wedi'i gyflawni o ran y lladradau yn dal i'w gorddi. Gwyddai ym mêr ei esgyrn nad Gari Caradog oedd y tu ôl i'r cynllwyn, er bod profi hynny wedi bod yn amhosib yn sgil ôl-effeithiau'r hyn ddigwyddodd iddo ym maes parcio tafarn y Ring.

Arweiniodd Dr Evans y ffordd i'r heulfan ac at Gari Caradog, oedd yn eistedd yng nghysgod coeden balmwydd dal, yn syllu'n wag ar yr ardd aeddfed y tu hwnt i'r gwydr. Eisteddodd Col ac edrych arno. Rywle yn yr ystafell gyffredin y tu ôl iddynt, cododd sgrech o geg rhyw seico sâl. Syllodd Col ar y llanast dynol o'i flaen. Diferai poer trwchus o gornel ei geg ac roedd mwy o fwyd ar ei fib nag yn ei fola. Syllai llygaid marmoraidd Mr Caradog o'i flaen i mewn i wacter ei isymwybod, heb ganfod troedle yn y diddymdra diddiwedd, a gwyddai Col mai dyma'r tro olaf y byddai'n dod i'w weld.

Cododd. Diolchodd i Dr Evans, cyn gadael yr uned yn gwybod y byddai'r gwir yn aros yn gaeth yn yr heulfan hon am byth.

"Mae Tywysog Tywyllwch llenyddiaeth Gymraeg yn ei ôl gyda nofel feistrolgar ac ysgytwol arall… does dim dianc rhag cysgodion *Un Ddinas Dau Fyd*."
Dewi Prysor

UN DDINAS DAU FYD
LLWYD OWEN

y Lolfa

£8.95

£7.95

£7.95

£7.95

£7.95

£9.95

Am restr gyflawn o lyfrau'r Lolfa, mynnwch
gopi am ddim o'n catalog
neu hwyliwch i mewn i'n gwefan

www.ylolfa.com

lle gallwch archebu llyfrau ar-lein.

TALYBONT CEREDIGION CYMRU SY24 5HE
ebost ylolfa@ylolfa.com
gwefan www.ylolfa.com
ffôn 01970 832 304
ffacs 832 782